rororo

ZU DIESEM BUCH

In einer Gesellschaft, «in der man nur leben kann und darf, wenn man ihr den Rücken kehrt», führte Imre Kertész jahrzehntelang, gleichsam als Gefangener seiner Erfahrungen, eine Geheimexistenz: zurückgezogen, ganz und gar ausgerichtet auf das Schreiben, jene Zwangsarbeit, ohne die das Sein unerträglich war. Sein «existentielles Tagebuch» will weder Arbeitsjournal noch Chronik der laufenden Ereignisse sein. Gleichwohl hält es Beobachtungen fest, etwa anläßlich einer Reise in die DDR 1980, in denen sich Kertész als einer der sensibelsten und klügsten Zeugen seiner Zeit erweist.

Imre Kertész, geboren 1929 in Budapest, wurde 1944 nach Auschwitz deportiert und 1945 in Buchenwald befreit. Seit 1953 lebt er in Budapest als freier Schriftsteller und Übersetzer (u. a. von Nietzsche, Freud, Hofmannsthal). Für seine Romane, Erzählungen und Essays wurde er mit mehreren Preisen ausgezeichnet.

Weitere Informationen zum Werk des Autors finden sich im Anhang dieses Buches.

IMRE KERTÉSZ

ROMAN

Galeerentagebuch

Aus dem Ungarischen von
Kristin Schwamm

ROWOHLT TASCHENBUCH VERLAG

2. Auflage Oktober 2002

Veröffentlicht im Rowohlt Taschenbuch Verlag GmbH,
Reinbek bei Hamburg, Oktober 1999

Die Originalausgabe erschien 1992 unter dem Titel
«Gályanapló» bei Holnap Kiadó, Budapest
Lektorat Ingrid Krüger

Umschlaggestaltung Barbara Hanke / Cordula Schmidt
(Foto: G+J Fotoservice)
Gesamtherstellung Clausen & Bosse, Leck
Printed in Germany
ISBN 3 499 22575 1

Que diable allait-il faire dans cette galère?

MOLIÈRE

...offenbar war dieses Zurückverfolgen eines Weges ein Teil der großen Prüfung; und selbst in diesem Augenblick wußte Martin, daß es kein Traum war, sondern ein seltsam symbolisches Bild der Zukunft.

MALCOLM LOWRY

Jeder Künstler ist heutzutage auf die Galeere seiner Zeit verfrachtet.

CAMUS

Nature will be reported.

EMERSON

I

FÄHRT HINAUS

(aufs offene Wasser)

1961 Vor einem Jahr habe ich mit der Arbeit am Roman angefangen.
Alles muß weggeworfen werden.
Ich bin im Park spazierengegangen, über brüchiges, dürres Laub. Auf dem Gras, das innen noch grün ist, rote und gelbe Blätter, auch die noch übriggebliebenen an den Eichen rundum sahen schon aus wie lauter verzagte Hände. Ich fühlte, wenn ich Geduld habe mit mir, wird das Wunder geschehen.

1963. WEIHNACHTEN Welche Möglichkeit hat die Kunst, wenn der Menschentyp, den darzustellen sie nie müde geworden ist (der tragische), nicht mehr existiert? Der Held der Tragödie ist der sich selbst hervor- und zu Fall bringende Mensch. Der Mensch heute jedoch paßt sich nur noch an.
Der funktionale Mensch. Die Ausprägungen und Organisationen der modernen Daseinsstruktur, innerhalb deren das Leben des funktionalen Menschen abläuft wie der Kolben in einem gut isolierten Glaszylinder. Aber Vorsicht: Der funktionale Mensch ist ein entfremdeter Mensch, er ist dennoch nicht der Held der Zeit: Der *entfremdete*, der funktionale Mensch hat ja *gewählt*, auch wenn seine Wahl im wesentlichen eine Absage ist. Woran? An die Wirklichkeit, die Existenz.

Denn er bedarf ihrer nicht: Die Wirklichkeit des funktionalen Menschen ist eine Pseudowirklichkeit, ein das Leben ersetzendes Leben, eine ihn selbst ersetzende Funktion. Zwar ist sein Leben meistens ein tragisches Vergehen oder ein tragischer Irrtum, jedoch ohne die notwendigen tragischen Folgen; oder eine tragische Folge ohne das notwendige tragische Vorgeschehen, da die Folgen nicht durch die Eigengesetzlichkeit von Charakter und Handlung auferlegt wurden, sondern durch das – für den Einzelnen immer absurde – Bedürfnis nach Ausgewogenheit der gesellschaftlichen Organisation. Das Leben des Einzelnen ist nur Symbol eines vergleichbaren Lebens, ihm ist im voraus ein Platz bestimmt und zugewiesen, den er nur noch auszufüllen hat. So lebt niemand seine eigene Wirklichkeit, sondern jeder nur die eigene Funktion, ohne das existentielle Erlebnis seines Lebens, das heißt ohne ein eigenes Schicksal, das für ihn Gegenstand von Arbeit – einer Arbeit an sich selbst – bedeuten könnte. Der Horizont des funktionalen Menschen ist nicht der «bestirnte Himmel über ihm» und auch nicht das «moralische Gesetz in ihm», sondern die Grenzen seiner eigenen organisierten Welt: die schon erwähnte Pseudowirklichkeit.

Wie dies alles in der Kunst als technisches Problem erscheint: Das realitätslose, funktionale Leben eignet sich nicht als künstlerischer Stoff. Das Nichts durchflimmert dessen Schicksal, da diesem Schicksal jener Sinn fehlt, in dem die Möglichkeit der Tragödie steckt.

Die Krise der «Humanität», die Falle der «Humanität», die dem «Künstler» vor die Füße geworfen wird – worum handelt es sich dabei überhaupt? Moralische Gemeinschaft – «Engagement» –, oder da stehen, wo «Gut und Böse sich scheiden»? Wenn die Gesellschaft alle ihre moralischen Ängste im Kollektiv auflöst, dann bleibt nur strikter Vorbehalt. Das Gebot: Du kannst dich mit allen Problemen des Lebens beschäftigen, nur mit dem Leben selbst als Problem kannst du dich nicht beschäftigen. Das Leben ist nämlich – sozusagen – ein Diktat. Darüber zu diskutieren ist von der Zensur streng verboten. Der Selbstmord ist Desertion. Unter diesen Umständen wird die Kunst (Literatur), die statt des Problems des Lebens nur noch Lebensprobleme sehen will, selbst zu einer funktionalen, angepaßten Kunst, zu einer Pseudokunst. Was ist hier Begabung wert? Sie ist eher ein Nachteil, eine Bürde. Noch nie war «Methode» so dringend erfordert.

1964 «Ein Bild muß mit demselben Gefühl gemacht werden, mit dem ein Verbrecher seine Tat ausführt»: Degas. – Das ist die eine Seite des Problems; die andere ist, daß die Behörden mit den besseren Künstlern heute geradeso wie mit Verbrechern umgehen.

Snows berühmter Essay über die «zwei Kulturen». Nur daß Kunst nicht Wissenschaft und Wissenschaft nicht Kunst ist und sie heute beide zu verschiedenen Seiten gehören, zu – wie immer wir sie nennen – auf jeden Fall gegensätzlichen Seiten.
Wenn die Kunst in der zweiten Hälfte des 20. Jahr-

hunderts das Leben als etwas Einheitliches, zu Beherrschendes, in das Joch der reinen, naturwissenschaftlichen und humanistischen Vernunft zu Spannendes zu betrachten sucht, so entsteht daraus (um euphemistisch zu sein:) schlechte Kunst. Die Zeit der Frömmigkeit ist endgültig vorüber. Der Kult der Lebensfreude ist nicht mehr ehrlich, und wo er hervortritt, trägt er stets aggressiven und wütenden Charakter. Leben unter allen Umständen – das ist das Problem, vielleicht *das* Problem.

Das Unmoralische am Kunstgenuß. Das Publikum erleidet das Werk nicht, sondern ergötzt sich an ihm.

Die Kunst kann das Leben nicht mehr als System logischer Zusammenhänge zeigen. Auf der anderen Seite ist jeder Kunstgegenstand (jedes Kunstwerk) ein System logischer Zusammenhänge.

Ein schwüler Sommervormittag. In der Kirche. Kühle Marienstatuen, Wachsbabys, einige Betende. Die Gebärden, die Kniefälle, die Verbeugungen, die den anderen verstohlen beobachtende, eitle Andacht. Ist es möglich, die Sinnlosigkeit der Welt, den Gedanken an die totale Vernichtung, die auf unser einmaliges Leben folgt, anzunehmen, ohne daß wir verzweifeln, ja, so daß wir sogar noch Kraft schöpfen aus diesem Gedanken? Hier würde die Freiheit beginnen. In gewissem Sinne auch die Andacht.

JULI Zwei Wochen in Deutschland. Ich war in Buchenwald und in Zeitz bei der Fabrik. Habe den Sandweg wiedererkannt. Ein junger Bursche radelte in Arbeitskleidung darüber, er musterte mich aufmerksam. Sicher kam ich ihm fremd vor. Er ist schmaler, als ich ihn in Erinnerung hatte (der Weg, meine ich). Die Fabrik grüßte herüber: Die großen Kühltürme husteten; auch diesen Laut hatte ich vergessen, doch ich erkannte ihn sofort, und welche Erinnerungen rief er wach! Ich glaube (bin sogar fast sicher), auch den Platz des Zeitzer Lagers gefunden zu haben. Ein Staatsgut und ein riesiger Viehstall stehen an dieser Stelle. Die großen Momente des Wiedersehens habe ich nicht erlebt. Die Zeit, die gute alte Zeit, und wie deren Meister, Proust, sagt: «Die Wirklichkeit, die ich einst kannte, existierte nicht mehr.» Und: «... Häuser, Straßen, Avenuen sind flüchtig, ach! wie die Jahre.»

Varianten des Pessimismus. – Der dogmatische Pessimist. Zumeist der *verirrte Kleinbürger*. Dogmatischer Pessimismus mündet gewöhnlich in dogmatischem Weltverbesserertum. Der dogmatische Pessimismus als Kunst: immer Moralismus. Sein häufigster Gegenstand ist die Freudlosigkeit (die unangenehme, jeder Erlösung ermangelnde Beschreibung einer empörenden gesellschaftlichen Ungerechtigkeit oder eines langen Todeskampfes etwa, wie bei Simone de Beauvoir, «Ein sanfter Tod»). Der moralisierende Künstler bleibt letztlich immer beim persönlichen Fall und bei der fruchtlosen Empörung.

Romantischer Pessimismus. Er weist die Welt ab,

flüstert uns dabei aber seine Geheimnisse ins Ohr. Wie der Gelegenheitsschwindler erschleicht er sich unsere knausrig versteckte Sympathie. Seiner unterschwelligen Tendenz nach ist dieser Pessimismus nämlich Klage, Ergebenheit und Flehen. In den schlimmsten Formen ein verhülltes Appellieren an den «nüchternen Verstand». Dieser Appell an die triumphierende Welt findet immer Gehör. Ergebnis: ein sentimentales Sichumarmen, der Henker verzeiht dem Opfer. – Aufpassen also, nach einer geschlossenen Form streben, den Inhalt gleichsam hinter eine Glasscheibe stecken, gut sichtbar, aber unantastbar.

Mein letztes Argument gegen den Moralisten, daß er sich stets im Kreis des Gegebenen bewegt. Man läßt ihn seine Rolle spielen, während er glaubt, daß er es ist, der sie spielt. Der Moralist kann kein Künstler sein, weil er die Welt nicht schafft, sondern über sie richtet und so eine völlig überflüssige Arbeit erledigt. Um sich selbst zu rechtfertigen und als Entschädigung, wenn nicht gar aus Rache, zeigt er sein Opfer, den Menschen, als einen ewig moralisch Leidenden, wofür ihn dieser in der Realität natürlich kräftig auslacht. Denn in der Realität ist die Moral ein zwar unabdingbares, zugleich jedoch auch das biegsamste Element menschlichen Verhaltens, und mir ist noch kein moralischer Mensch begegnet, der nicht seine eigene moralische Wahrheit, ja Überlegenheit empfunden hätte. Nicht die Moral: die Spiele, die mit ihr getrieben werden, im Spiegel des Bewußtseins und des Lebenswillens, das ist das Interessante, vornehmlich unter den Bedingungen der totalitären Diktatur.

Totalitarismus und Theater: ein seit langem latent bestehender Zusammenhang. Das Theater als Unterhaltungsbetrieb. Die Degradierung des Publikums zur Masse. Entfremdeter Kunstgenuß als Freude und Entzücken des zur Masse gewordenen Publikums: Man genießt nicht den künstlerischen Gehalt, sondern die Hinterhältigkeit und die Technik, mit der man beherrscht wird. Die behaarte Hand, die ihr Opfer in Zuckersirup ertränkt. Die Geburt des Terrors aus dem Geist der Komödie.

Auch das Böse besitzt eine Ethik. Das Ethische ist jenes transzendente Licht, das jeden Stoff durchstrahlt; ohne dieses Licht wird alles zweifelhaft und unannehmbar, seine Gegenwart jedoch läßt jeden Widerspruch verstummen: Offensichtlich steht es in einem engen und tiefen Zusammenhang mit dem Tod.

Im Leben des Menschen kommt der Moment, in dem er sich plötzlich seiner selbst bewußt wird und seine Kräfte frei werden; von diesem Moment an können wir uns als uns selbst betrachten, in diesem Moment werden wir geboren. Der Keim des Genies steckt in jedem Menschen. Aber nicht jeder Mensch ist fähig dazu, aus seinem Leben sein eigenes Leben zu machen. Die wahre Genialität ist die existentielle Genialität. Ich wage zu behaupten: Nahezu alles Wissen, das nicht unmittelbar Wissen über uns selbst ist, ist umsonst.

He was a loneley ghost uttering a truth that nobody would ever hear. But so long as he uttered it, in some

obscure way the continuity was not broken. It was not by making yourself heard but staying sane that you carried on the human heritage.
(Er war eine einsame Spukgestalt, die eine Wahrheit verkündete, die niemand jemals hören würde. Aber solange er sie verkündete, war auf unergründliche Weise die Kontinuität nicht unterbrochen. Nicht indem man sich Gehör verschaffte, sondern indem man bei gesundem Verstand blieb, bewahrte man das Erbe der Menschheit.) Shakespeare*

Burckhardt über Giotto: er habe «jeder Tatsache ihre bedeutendste Seite abgewonnen».

Konformismus: Wenn der Mensch nicht Einklang mit der Wirklichkeit sucht, sondern mit den Tatsachen. Was ist Wirklichkeit? Verkürzt gesagt: wir selbst. Was sind Tatsachen? Verkürzt gesagt: Absurditäten. Die Verbindung von beiden, verkürzt gesagt: ein moralisches Leben, Schicksal. Oder: keine Verbindung, das Akzeptieren von Tatsachen, eine Reihe von Zufällen und die Anpassung an sie. So wird auch der Konformist selbst zu einer Tatsache, zu einer Absurdität. Er verliert seine Freiheit, sprengt seinen Mittelpunkt und zerstreut sich in der Leere der Tatsachen. Aus den unbekannten, in heillose Ferne entgleitenden Teilchen

* In Wirklichkeit Orwell *(I. K.)* – Die Kaschierung gebot sich in den sechziger Jahren, als Orwell in Ungarn, wie in ganz Osteuropa, an vorderster Stelle auf dem Index stand.
(D. Übers.)

kann er sein ihm selbst fremd gewordenes Leben niemals wieder zusammensetzen. Der Mensch wandelt sich in sein Gegenteil: in eine Maschine, in einen Schizophrenen, ein Ungeheuer. Er wird Opfer und Henker.

1965. FEBRUAR Hemingway: «Manchmal hatte ich Glück und schrieb besser, als ich schreiben kann.»
Sartre: Es gibt keine Charaktere, nur «in die Falle gegangene Freiheiten», und die Art des gefundenen Ausweges macht den Wert des Menschen aus. – Der typische Moralist. Doch unter dem Gesichtspunkt der Romantechnik eine wichtige Bemerkung.

Schließlich lenkt ein freiwillig und ganz nach Belieben gewähltes Element: der Stil, die Aufmerksamkeit auf die philosophischen Ansprüche, die der Gegenstand erhebt. Wenn das Leben so ist, wie der Stil es will, kann das Urteil, das darin latent enthalten ist, nur Ablehnung sein. Die sich, da von totalitärer Diktatur die Rede ist, paart mit der gut organisierten Unmöglichkeit der Tat: Beides zusammen bildet die Grundlage von Ekel und Traumempfinden.

1. MAI «Roman einer Schicksalslosigkeit» – als möglicher Titel, unbedingt aber als Untertitel.
Was bezeichne ich als Schicksal? Auf jeden Fall die Möglichkeit der Tragödie. Die äußere Determiniertheit aber, die Stigmatisierung, die unser Leben in eine

durch den Totalitarismus gegebene Situation, in eine Widersinnigkeit preßt, vereitelt diese Möglichkeit: Wenn wir also als Wirklichkeit die uns auferlegte Determiniertheit erleben statt einer aus unserer eigenen – relativen – Freiheit folgenden Notwendigkeit, so bezeichne ich das als Schicksalslosigkeit.

Wesentlich ist, daß die Determiniertheit immer im Gegensatz stehen muß zu den natürlichen Ansichten und Neigungen, denn so tritt die Schicksalslosigkeit in chemisch reinem Zustand auf.

Die beiden Möglichkeiten des Schutzes: Wir verwandeln uns, gewissermaßen aus freien Stücken, in unsere Determiniertheit (in Kafkas Tausendfüßler) und versuchen so, diese Fremdbestimmung dem eigenen Schicksal anzuverwandeln; oder wir revoltieren dagegen und werden so zu Opfern unserer Determiniertheit. Keines von beiden ist demnach eine wirkliche Lösung: In beiden Fällen sind wir gezwungen, unsere Determiniertheit (eine ganz und gar äußere Willkür, die wir gleichsam als Naturgegebenheit akzeptieren müssen, wohl wissend, daß sie theoretisch unserer menschlichen Macht untersteht, es aber dennoch nicht in unserer Macht steht, etwas daran zu ändern) als *Realität* aufzufassen, während die determinierende Kraft, diese absurde Macht, in gleicher Weise über uns triumphiert: Sie erfindet uns einen Namen, der nicht unser Name ist, und macht uns zu ihrem Objekt, obgleich wir zu anderem geboren sind.

Das Dilemma meines «Muselmans»*: Wie kann er ein

* Begriff aus dem Lager: Häftling, der durch Hunger und Krankheit physisch und psychisch völlig erschöpft war. *(D. Übers.)*

Schicksal aus der eigenen Determiniertheit gestalten. Diese Determiniertheit läßt sich ja nicht fortsetzen: Sie verliert ihre historische Gültigkeit und wird von allen geleugnet. So daß von ihr nichts bleibt außer der Erinnerung an körperliches Leid. Nun, und die Aussicht auf neue Determiniertheiten, die einem bevorstehen.

JUNI Gide führte die action gratuite, die «zweckfreie Tat», ein. Ich entdecke deren Gegenteil: «zweckfreies Dulden».

Seit vier Jahren arbeite ich an dem Roman – oder eher an mir selbst? Um sehen zu können? Und reden zu können, nachdem ich gesehen habe?

Vielleicht macht nicht irgendeine Begabung den Menschen zum Schriftsteller, sondern die Tatsache, daß er die Sprache und die fertigen Begriffe nicht akzeptiert. Am Anfang ist er, glaube ich, einfach nur dumm, dümmer als alle anderen, die alles sofort verstehen. Dann beginnt er zu schreiben, wie jemand, der von einer schweren Krankheit genesen und seinen Wahnsinn bezwingen will – wenigstens so lange, wie er schreibt.

Die unglaubliche Blindheit des menschlichen Bewußtseins kann mich noch immer erschüttern. Sie reden vom Essen und von der Mittagsruhe und merken nicht, daß das Kanapee, auf das sie sich niederlegen, ihr Sarg ist.

Niemals könnte ich eines anderen Menschen Vater sein.

In ihm ist weder Aufruhr noch Haß. Ein gefügiger Soldat in den Händen der ärztlichen Obrigkeit. Im anderen Bett der haßerfüllte junge Mann. Nach langem Schweigen sagt er beinahe zähneknirschend zu seiner Frau: «Es wird wieder Frühling.» – Welchen Nutzen hat das eine oder das andere Verhalten? Was bewegt den Menschen? Was hält ihn im Zaum, und was bringt ihn zur Raserei? Nutzlose, unfruchtbare Beobachtungen.

In diesem Stadium des Todeskampfes stellte sich Wut ein. Er lag mit geschlossenen Augen da und hickste. So als sei er nicht bei Bewußtsein: Es war jedoch nur ein Spiel. In dem Moment, wo meine Mutter sich von ihm abwandte, um etwas auf dem Tisch zurechtzurücken, öffnete er die Augen halb und blickte sofort zu ihr. Eine unerhörte Verschlagenheit lag in diesem Blick. Seine Schwägerin, die er nicht ausstehen kann, empfing er wieder mit geschlossenen Augen. Zur Seite hin, zu meiner Mutter und mir, machte er rasche, Ruhe gebietende Bewegungen mit der Hand. Später wiederholte er diese Bewegung mehrmals, als sei er in eine Arbeit vertieft, die außerordentliche Konzentration verlange und bei der er nicht gestört werden dürfe. Auf jedes Stuhlscharren, jedes Geräusch reagierte er mit unerhörter Gereiztheit, und zwar nicht, als bereiteten ihm diese Geräusche Pein, vielmehr als störten sie ihn bei seiner Arbeit. Er konzentrierte alle Aufmerksamkeit auf seine Atmung, seine Herzschläge und seine

Schmerzen, bemüht, irgendwie Ordnung zwischen ihnen zu halten, und er bedurfte zu dieser Arbeit augenscheinlich der Einsamkeit. Als mit lautem Knall die Papiertüte mit den Bananen zerplatzte. Gequält, doch mit heimlichem Triumph, wandte er den Kopf ab: Alles bestätigte ihn.

1966 Der Schriftsteller darf keine unvernünftigere Welt schaffen als Gott.
1. Proportionen: Das Problem von Maß und Material. Kafka und Faulkner (besonders «Licht im August»). Fülle und Überangebot von surrendem Lebensstoff zeigen ihn als finsteren Herrn des Lebens. Dennoch weiß Kafka mehr über das Leben, kennt dessen dunkle Geheimnisse besser. Wieso ist er erhabener, also trotz allem heiterer und trostreicher? – Der das Gesetz kennt, läßt den, der Bilder schnitzt, verstummen.
2. Die Persönlichkeitsfalle, Psychologie, Leidenschaft. Wieviel haben wir wirklich zu tun mit unseren Leidenschaften, wie groß ist unser Anteil daran genau? – Swanns Welt. Meursaults Revolverschuß. Näher betrachtet: In den Folterkammern des totalitären Staates individuelle psychologische Tatmotive aufzeigen. Vergeblich allerdings, denn hier ist nur die Rolle wesentlich, die Tatsache, daß der Mensch fähig ist, Henker oder Opfer zu sein, und im Getriebe der Todesmaschinerie wie ein Rädchen funktioniert: keinesfalls unter Berücksichtigung des Einzelfalls. Das Individuum kann hier, wenn es überhaupt in jemandem zu Wort

kommt, höchstens seine Vergangenheit betrauern. Unter diesem Aspekt gibt es also keine vielgesichtige Menschheit, keine komplizierten und vielschichtigen Charaktere und keine besonderen Persönlichkeiten, ist das Wesen des Totalitären doch gerade die Gleichförmigkeit.

3. Romanheld. Wie aber, wenn der Mensch nicht mehr ist als seine Situation, die Situation im «Gegebenen»? – Vielleicht ist nichtsdestotrotz etwas zu retten, eine kleine Ungereimtheit, etwas letztlich Komisches und Hinfälliges, das vielleicht ein Zeichen von Lebenswillen ist und das immer noch Sympathie erweckt.

Schließlich die Frage der Undarstellbarkeit des funktionalen Menschen. Übernehmen wir seine Darstellung jedoch, so bleibt immer noch die Frage, aus welchem Blickwinkel haben wir ihn darzustellen? Sehen wir seine Situation als tragisch an, so beklagen wir ohne Zweifel etwas Nichtexistentes, das falsche Bewußtsein der Kulturwelt, das vor Auschwitz bestand (und zu Auschwitz führte); einen Humanismus, der niemals existierte. Ist das nicht absurd anachronistisch? Ist das nicht absurd harmlos? Das heißt: Ist das nicht Lüge?

Die daraus folgende und die größte Frage also: Wie können wir eine Darstellung aus dem Blickwinkel des Totalitären vornehmen, ohne den Blickwinkel des Totalitären zum eigenen Blickwinkel zu machen?

Nicht die Juden, sondern der Mensch, der gelegentlich Jude ist: «Jude» als Situation im Totalitarismus.

Schopenhauer: «Denn nicht in der Weltgeschichte... ist Plan und Ganzheit, sondern im Leben des Einzelnen.» Und «... die Einzelnen sind das Reale.» Und insbesondere: «Weder unser Thun, noch unser Lebenslauf ist unser Werk; wohl aber Das, was Keiner dafür hält: unser Wesen und unser Daseyn.»

Der Gedanke, daß auch nur irgend jemand mein heimliches Tun und die damit verbundene Lebensweise verstehen könnte, ist mir so fremd, daß ich imstande bin, mit wem auch immer völlig ungezwungen über mich selbst zu witzeln, ohne mir dabei auch nur im geringsten Maße lächerlich vorzukommen.

Werde ich fähig sein, das Konzentrationslager so, wie es erforderlich ist, wiederaufleben zu lassen? Kann es sein, daß vielleicht darin der tiefere Sinn meiner seltsamen Lebensweise, meiner freiwilligen Einkerkerung besteht? Und kann es sein, daß mit der Beendigung des Romans meine gesonderte, eigene Befreiung erfolgt?

Kierkegaard: Das «Gegebene» zu akzeptieren bedeutet nichts anderes, als Konventionen und verhängnisvolle Zufälle zu akzeptieren. – Nicht wahr?!

Robbe-Grillet: «Da der Begriff Welt nicht in Frage gestellt war, konnte das Erzählen auch kein Problem bedeuten» (im letzten Jahrhundert). Dann: «Letztlich gibt es nichts Phantastischeres als die Genauigkeit» – über Kafkas «Schloß» (wenngleich natürlich auch die

Genauigkeit nur Fiktion ist, das heißt eine Frage der Wahl).

Kain und Abel. Höhepunkt, zweifellos, der Dialog zwischen Kain und dem Herrn. Die fast aufwieglerische Mahnung, dann das blinde Schweigen Gottes bis zur Tat. Anschließend hält er seine schützende Hand über den Mörder. Was für ein Seelenschacher! Wie ein Diktator.

1968. 28. JULI Wie interessant doch Einleitungen sind! In einer umfänglichen Einführung zur «Kritik der Urteilskraft» von 1966 (die dem Leser im wesentlichen dringlich von Kant abrät) können wir lesen, daß die Ästhetik, der Sinn für Ästhetik, alles Ästhetische «natürlich (!) keine anthropologisch bedingte Eigenschaft des Menschen ist». Jawohl: Dem Menschen alles nehmen, was ewig und unabänderlich, was *Gesetz* in ihm ist, um ihn so betrachten zu können, wie man ihn haben will: als ein dem Totalitären ausgeliefertes, substanzloses Wesen, als funktionalen Menschen.

Gilberts «Nürnberger Tagebuch», die seltsamen Bezüge zu meiner Arbeit. Zum Beispiel die Worte Keitels, nach denen Hitler versuchte, Dinge als «unumgängliches Schicksal» erscheinen zu lassen, die durchaus nicht unumgänglich waren, die auch ganz anders hätten geschehen können oder sogar überhaupt nicht hätten geschehen müssen. Das ist die Erfahrung von «Schicksalslosigkeit» auf anderer Ebene. Alles treibt im Tota-

litarismus im Zeichen von Verhängnis und Schicksal. Diese Begriffe sind dazu berufen, das Nichts zu verhüllen, das absolute NICHTS, das trotzdem Leichenberge, Verwüstung und Schande erzeugt.
Über den Lagerkommandanten von Auschwitz, Rudolf Höß, schreibt Gilbert: «Man bekommt den allgemeinen Eindruck eines Menschen, der intellektuell normal ist, doch versunken in schizoider Apathie, Unempfindlichkeit und fehlendem Einfühlungsvermögen ...» Eine treffende Diagnose, nicht nur für Höß, sondern für die Krankheit, mit der der Totalitarismus den Menschen infiziert. Ebendarum finde ich auch G.s spätere Bemühungen, bei Höß spezielle Motivationen (Eltern, Erziehung, Ehe, Sexualleben usw.) aufzuzeigen, uninteressant. Schließlich hat jeder Mensch seine Geschichte, die besagte schizoide Apathie aber ist kein individuelles Produkt: Sie läßt sich bei Untergebenen und Vorgesetzten von Höß und Häftlingen in Auschwitz ebenso aufzeigen wie bei Höß selbst, während ihre individuellen Motivationen völlig voneinander abweichen.

Sie werden erniedrigt, damit man von ihnen sagen kann: Sie haben sich erniedrigt.

Bis ins Innerste der Figuren und Begriffe eindringen – mit den Mitteln des Äußeren. Nur das Sagbare sagen und darauf vertrauen, daß das nur aus Sagbarem bestehende fertige Werk in seiner Geschlossenheit – und seiner Wortlosigkeit – mehr über das Unsagbare sagen wird, als versuchte ich, es direkt zu fassen. Die Geschichte eines Persönlichkeitsverlustes, sich ebenso langsam und unerbittlich entfaltend wie die vom Werden einer Persönlichkeit. Die alten Worte der Moralität benutzen, um deren Absurdität aufzuzeigen. Man muß dabei nicht an Nietzsche (den «ersten Immoralisten») denken: sondern an eine Welt, in der es weder den Glauben an Gott noch dessen Verleugnung gibt und die Tat sich in ihrer Besonderheit, ihrer Einmaligkeit zeigt, ohne jede verpflichtende Wertordnung, in dem allgemeinen Konflikt der Eventualität des Verlaufs und dem allgemeinen des Systems der Verläufe, diesem tiefgehenden, quälenden Geheimnis gemäß. – Aus diesem Grunde übrigens ist die Erfahrung des Staatstotalitarismus für die Existenz und Persönlichkeit europäischer Prägung, die eine bestimmte ethische Kultur und Tradition sozusagen als Trauma erfahren hat, wichtiger geworden als alles andere; denn diese Erfahrung hat nicht nur den Mythos der Persönlichkeit völlig entkräftet, sondern fast schon den Begriff.

Jene falsche Behaglichkeit, mit der ein so skandalöses und nicht im geringsten natürliches Ereignis wie die Geburt eines Kindes aus dem Leib der Mutter durch deren Geschlechtsorgane hindurch behandelt wird.

1969. OKTOBER Im nächsten Kapitel komme ich in Auschwitz an.

Nichts können wir uns vorstellen ohne einen Himmler, der sich bei den Minsker Massenhinrichtungen und – angeblich – auch am Guckloch der Gaskammer von Auschwitz übergeben muß. Ohne Zweifel: er hat den kategorischen Imperativ Kants so interpretiert. – Delarues ausgezeichnete Charakteristik Himmlers: Er habe die Ethik ernst genommen. Der Analyse des Doktor Bayle kann ich nicht mehr zustimmen: «... von Geburt an besaß er keinen Sinn für abstrakte Begriffe» – im Gegenteil, ich meine, er besaß nur Sinn für abstrakte Begriffe, litt dagegen unter einem grundlegenden Phantasiemangel, den wir, nebenbei bemerkt, an fast sämtlichen «Führern» beobachten können. Das «gleichsam mechanische Funktionieren seines fast schon als pathologisch zu betrachtenden Denkens» ist dagegen völlig zutreffend beobachtet, und mit dieser Krankheit ist das Fehlen des einfachen Realitätssinns, das Fehlen von Phantasie verwandt. Im wesentlichen ist es die gleiche «schizoide Apathie», die Gilbert bei Höß diagnostiziert hat.

1970. 26.DEZEMBER Weihnachtsmorgen. Erregt und unentschlossen. Ich benötige unbedingt eine Klärung und theoretische Untermauerung für das Romanschreiben. Was mich beschäftigt, ist: Durch die Lektüre Adornos sehe ich wieder völlig klar, daß die Technik meines Romans der Zwölfton- bzw. Reihentechnik, also einer integralen Kompositionsmethode, folgt. Sie verbietet freie Charaktere und die Möglichkeit einer freien Wendung der Erzählung. Die Charaktere sind hier thematische Motive, die innerhalb der Struktur der Totalität, welche von außen her über den Roman herrscht, auftreten; jedes dieser Themen wird von der STRUKTUR nivelliert, jeder Anschein von Tiefe des Individuums zum Verschwinden gebracht; ausschließlich in ihrer Beziehung zum kompositorischen Leitmotiv: zur *Schicksalslosigkeit*, können sich diese Themen «entwickeln» und variieren. Das gleiche gilt auch für die Erzählung selbst. Der Verlauf der Erzählung ist von vornherein durch die STRUKTUR festgelegt, Wendungen wie Fluchten, anekdotische Teillösungen, beruhigende oder phantastische Elemente und «Ausnahmen» können hier also nicht in Betracht kommen. Desgleichen entfällt die psychologische Bestimmung, die totalitäre STRUKTUR diktiert die Erzählung, und die Erhellung besteht in der Prüfung unseres Anteils am Zustandekommen dieser STRUKTUR. Der Handlungsverlauf, die Themen entwickeln sich linear – es gibt keine «Reprise», nichts läßt sich umkehren oder wiederholen –, und wenn die Bearbeitung beendet ist, alle möglichen Varianten innerhalb der einzigen bestehenden Möglichkeit ausgeschöpft sind, ist die Komposition abgeschlossen, und dieser Schluß läßt dennoch alles offen. – Das würde bedeuten, daß das Werk, statt «Darstellung» zu sein, *sich das anverwandelt*, was es darstellt: die äußere Struktur wird zur ästhetischen Struktur und gesellschaftliche Gesetze zu Gesetzen der Romantechnik. Der Text ist nicht Beschreibung, sondern selbst Ereignis, nicht Erklärung, sondern Gegenwart – besitzt immer und überall substantielle Funktion, niemals «äußerliche» oder «schriftstellerische», ist also niemals hohl. Ausgangspunkt ist nicht Charakter, Metaphysik oder Psychologie des Individuums, sondern ausschließlich jener Bereich seines Lebens, seiner Existenz, welcher – positiv oder negativ – mit der STRUKTUR verknüpft ist, den es hergegeben hat oder der ihm genommen wurde. Die übrigen Bauelemente des Individuums sieht der strukturelle Roman als zu vernachlässigende Größe an, weil sie schlicht eine zu vernachlässigende Größe sind. – Für den Roman wird demzufolge ein gewisser Mangel charakteristisch sein, der Mangel an «vollem Leben», wie die Ästheten es fordern, ein Mangel, der im übrigen in vollkommener Entsprechung zur verstümmelnden Zeit steht. – Diese Technik ist übrigens nur dann ein Sieg, wenn sie so «unhörbar» ist wie in einem dodekaphonen Musikstück. Wirken hingegen das Einmalige, Phantastische (das Phantastische der Genauigkeit), Gegenwärtigkeit und Schicksalslosigkeit wie das sich ereignende Leben, so wird das der Ertrag dieser Technik sein.

1971. APRIL Ich muß mich damit abfinden, daß ich mit einem kontrollierten und kontrollierbaren Stoff arbeite. Die Obligata des Stoffs nicht nur nicht vermeiden, sondern streng an ihnen festhalten: das Verladen in die Waggons, die Fahrt, die Ankunft in Auschwitz, die Selektion, das Baden und die Kleiderausgabe – alles eine obligatorische Folge von Momenten, genau wie die in Register gefaßten Obligata des Kreuzwegs in den mittelalterlichen Passionsspielen. Alles in allem lautet die große Frage: Wie kann man die nicht zu überbrükkende Kluft zwischen Stoff und szenischem Prinzip überwinden, wie das hinter der Stilisierung alle Augenblicke listig hervorblinzelnde Drama umgehen, das in dieser Situation einfach nicht wahr ist, das nur die Retrospektive andauernd hineindrängt – die «Geschichte», diese Konstruktion, welche die ursprünglich ganz anders verlaufenden Ereignisse im nachhinein festlegt.

Gott (beim Hineinsehen in ein Buch von Mary MacCarthy): Es ist, um Gottes willen! doch nicht wichtig, ob es ihn gibt oder nicht, sondern einzig und allein, warum wir glauben, daß es ihn gibt oder nicht gibt.

Den ganzen Vormittag vergleiche ich Landkarten. Langsam komme ich dahinter: Aus meinem Blickwinkel ist alles links, was auf der Rampe als rechts bezeichnet wird und also auch für den Selektionsoffizier rechts war. Mit der Lupe habe ich die (vielleicht in Técsö bei Máramaros aufgenommenen und im Eichmann-Prozeß verwendeten?) Fotos der Neuankömmlinge in Augenschein genommen. Lächeln, Zuversicht, Vertrauen. Jawohl, vorausgesetzt, daß der Mensch auch unter den Bedingungen des Totalitarismus am Leben hängt, so trägt er mit dieser Wesenheit zum Erhalt des Totalitarismus bei: Das ist der einfache Trick der Organisation. Das Gefühl der Entfremdung, mit dem sich der Mensch dem Totalitarismus gegenüber verhält, ist ausschließlich mit dieser Erkenntnis zu beseitigen. Diese Erkenntnis und deren Akzeptanz bedeuten einen Akt der Freiheit; doch dieser Akt der Freiheit, diese Erhellung – und damit das Akzeptieren der eigenen Beteiligung – stößt immer auf das Verbot der Überlebenden. So kommt das Los der Schicksalslosigkeit zustande, so tritt der Mensch aus einer Entfremdung in die nächste, so hat nichts je ein Ende: Selbst den Toten droht man noch mit der Auferstehung.

Wer aus dem KZ-Stoff literarisch als Sieger, das heißt «erfolgreich», hervorgeht, lügt und betrügt todsicher: So schreibe deinen Roman.

Was die Sprache angeht: Die Totalität grenzt den Menschen sogar aus seinem eigenen inneren Leben aus, das ist immer zu beachten.

Weininger. Wie er versucht, die typischen Eigenschaften einer dünnen Kleinbürgerschicht, die aus deren typischer Situation resultierten – und mit denen er in Wien offenbar Bekanntschaft gemacht hatte –, als jüdische Eigenschaften hinzustellen. Eine tödliche Dummheit, die zahlreiche Anhänger gefunden hat; ihr abscheulichster Zug ist der brutale Selbsthaß, dieses knechtische Bewußtsein eigener Niedrigkeit, diese Krankheit, diese durchaus nicht «jüdische», sondern für eine dünne Kleinbürgerschicht typische Krankheit, dieses widerwärtige Aufgeben, dieses den Henkersknechten Entgegeneilen. In dieser Hinsicht hat Auschwitz mit seinen schrecklichen Flammen sozusagen die Luft gereinigt. Im Feuerschein von Auschwitz erscheint Weininger nur als ein besonders perverser

Kapo, der außer den anderen in seiner Freizeit auch noch sich selbst quält.

1972 Das Phantastische und das Anekdotische: Sie sind nur zu rechtfertigen, wenn die Darstellung offenbart, daß sie auch nur Teile, ja geradezu gesetzmäßige Elemente der STRUKTUR sind. So wird der Akt der Rettung, strukturell gesehen, ebenso zur Absurdität wie der Akt der Gefangennahme und der Einlieferung ins KZ und ist als solcher, musikalisch gesprochen, nichts weiter als ein Krebsgang der Reihe, jedoch (bzw. also) im wesentlichen aus dem gleichen Stoff.

JUNI Ich glaube, meine Romanfigur ist eine mit keiner anderen vergleichbare, in der Hinsicht, daß sie nur aus Determiniertheiten, Reflexionen und Tropismen besteht: Immer und überall ist es ausschließlich die durch die Welt erlittene Qual, die sie Sprache werden läßt, sonst würde sie nicht einmal reden können; niemals ist sie es, die die Welt Sprache werden läßt. (Wie selbst Meursault es tut, zum Beispiel: «Der Himmel war grün, und ich fühlte mich wohl.» – «Ich hatte ein Fenster offengelassen, und es tat gut, die Sommernacht auf unseren braunen Körpern zu spüren.» Und so fort.)

1973. AUGUST Strand, Schwimmen. Dostojewskij, «Die Dämonen». Stawrogin ist ebenso gewaltig und überdimensioniert wie in den «Karamasows» – auf andere Art – Aljoscha. Auch in «Anna Karenina» ist alles überdimensioniert und gewaltig. Wenn ein Volk seine Berufenheit empfindet, geht daraus immer die Bibel hervor, biblische Literatur; vielleicht ist der Atheismus auch nichts anderes als die Freiheit der Nationen ohne Zukunft (und ich meine das im weitesten Sinne).

Macht, ins Literarische projiziert: das Privileg des Rechts auf Objektivierung.
Es wäre interessant, die Manifestationen des Geistes im Lauf der Jahrhunderte einmal aus diesem Blickwinkel zu betrachten: Das wäre die wahre Prüfung, die Geistesgeschichte der Macht, wenn ich so sagen darf.

Ich komme mit «diesem Thema» – so höre ich – zu spät. Es sei nicht mehr aktuell. Man hätte «dieses Thema» viel früher gebraucht, vor mindestens zehn Jahren usw. Ich dagegen mußte wieder einmal erkennen, daß mich nichts wirklich interessiert als einzig und allein der Auschwitz-Mythos. Denke ich an einen neuen Roman, denke ich wieder nur an Auschwitz. Ganz gleich, woran ich denke, immer denke ich an Auschwitz. Auch wenn ich scheinbar von etwas ganz anderem spreche, spreche ich von Auschwitz. Ich bin ein Medium des Geistes von Auschwitz, Auschwitz spricht aus mir. Im Vergleich dazu erscheint mir alles andere als Schwachsinn. Und gewiß, ganz gewiß nicht nur aus persönlichen Gründen. Auschwitz und alles, was damit zu tun hat (aber was hat schon nichts damit zu tun?), ist das größte Trauma der Menschen in Europa seit dem Kreuz, auch wenn es vielleicht Jahrzehnte oder Jahrhunderte dauern wird, bis sie sich dessen bewußt werden. Wenn nicht, ist sowieso alles egal. Aber warum dann schreiben? und für wen?

Das Wehgeschrei der geschlagenen Menschheit können die Exekutoren nicht ertragen. Wie in Folterkammern Schallplatten aufgelegt werden, um das Brüllen der Gequälten zu übertönen, so wird das dumpfe Grollen der Wahrheit mit dem billigen Radau der sogenannten humanistischen Literatur unterdrückt.

Wenn Gott tot ist, wer lacht dann am Ende?

Goethes Briefwechsel mit Schiller. Wie anmutig! Er gibt eine gewisse Vorstellung vom Paradies der Götter, aus dem wir für immer vertrieben sind.

Antal Szerb. Sein Ruhmesartikel auf die Kettenbrücke und seine heimliche Loyalitätserklärung 1942. Zwei Jahre später wurde er ermordet und die Kettenbrücke in die Luft gesprengt.

1974 Welche Leere! Welches Stürzen!

«Es stirbt ohne Tod auf den Fleck festgebannt / Wer sich nicht ermannt / Wenn des Unglücks nächtlicher Schoß ihn umspannt.» (Agrippa d'Aubigné)

«... als wollten die künstlerischen Verhaltensweisen reale einüben, die dem beschädigten Leben in der hereinbrechenden Eiszeit zu überwintern gestatten.» (Adorno)

Camus: «Alles aufschreiben – wie es kommt.» (Doch es kommt nicht.)

Der mir am meisten gemäße Selbstmord ist, wie es scheint, das Leben.

Der Klassizismus als Stilideal Hitlers (Buch von Albert Speer). Ihm graute ausgesprochen vor der Moderne. Jeder Diktator würde die Kunst ihres Ausdrucks berauben und sie zu bloßem Formalismus reduzieren: Am besten geeignet ist der Klassizismus, in dem er zugleich noch Monumentalität findet; obgleich auch ein gewisser Modernismus es tut, wenn er entsprechend leer und nicht mehr ist als Ornamentik.

Nietzsches Radikalismus. Dennoch konnte er es sich nicht versagen, auch ein Prophet zu sein. Paradox, aber in dieser Hinsicht ist Kant radikaler: Nichts zu wollen außer Kritik – dieses Maßhalten ist der wahre Radikalismus.

Auf das Unwahrscheinliche vertrauen als einen Ausgangspunkt des Weges, der zum Wahrscheinlichen, ja sogar zum Wahrhaften führt.

Ich staune nur und kann es kaum fassen: Sie ächzt nicht unter der eisernen Kralle der Tyrannei, sondern schnurrt.

Kafka. Ständige Kopfschmerzen. Schreiben, ängstlich und wütend Rechenschaft fordern, Rechenschaft ablegen über die schriftstellerische Produktivität, ohne auch nur einen Augenblick daran zu glauben, daß die Menschen ihn verstehen, ihn rezipieren, daß er überhaupt – eine im höheren Sinne verstandene – Geltung besitzt. Künstlerisch ist für ihn allein die Illegalität vorstellbar. Und für alles gibt es nur einen einzigen Grund: Prag. (Budapest.)

In meinem Galeerentagebuch blätternd: Wo ist mein Alltag, wo ist mein Leben? Existiert es nicht, oder ist es mir peinlich? Stilisiere ich mich vielleicht deswegen? Und wie sehr mit schwindender Überzeugung! ... Was kann ich überhaupt tun? An «Literatur», an Fiktion glaube ich immer weniger. Der Mensch verbraucht nicht nur, er wird auch verbraucht; was von ihm der Kunst vorbehalten war (der beste Teil), scheint langsam verbraucht zu sein. Was bleibt? Vielleicht das Beispiel (die Existenz): mehr als Kunst und zugleich weniger. Das Verlangen, *Zeugnis abzulegen*, wächst dennoch, als sei ich der letzte, der noch lebt und reden kann, und ich richte meine Worte gleichsam an jene, die die Sintflut, den Schwefelregen oder die Eiszeit überleben – biblische Zeiten, große, schwere Kataklysmen, Zeiten des Verstummens. An die Stelle des Menschen tritt die Gattung, der Einzelne wird vom Kollektiv niedergetrampelt wie von einer entsetzt fliehenden wilden Elefantenherde.

Schweigen ist Wahrheit. Aber eine Wahrheit eben, die schweigt, und recht werden jene haben, die reden. Schweigen könnte nur dann eine wirksame Wahrheit sein, wenn es vollkommen wäre und wenn es Gott gäbe: wenn das Schweigen ein gegen Gott gerichtetes Schweigen wäre. In diesem Fall ließe sich von etwas wie einem Streik der Gattung Mensch reden, einer himmlischen Lohnforderung gleichsam an Gott.

Diese Stille, dieses Nichts: wie deprimierend. Doch etwas Mittelmäßiges würde mich noch mehr deprimieren. So ist es gut – noch eine Weile; und dann anders – oder gar nicht.

Die Philosophie der Zeit ist die Soziologie: Darin zeigt sich das Elend der Zeit.
Die Zeit aus dem Blickwinkel einer Elite beurteilen. Aber was für einer Elite? Was heißt Elite? Und wer bildet sie (falls man sie am Leben gelassen haben sollte)? Existiert eine «Rechtsnachfolge» des Geistes? («Die Dichter sind die Gesetzgeber der Welt», sagt Camus, Shelley zitierend, glaube ich.)

Malcolm Lowry, «Durch den Panamakanal». Eine große Entdeckung. Führt nicht der Weg des wahren Schriftstellers durch die Natur? Lese ich nicht zu viel Theorie? Bin ich nicht zu «literarisch», zu politisch, zu osteuropäisch, zu sehr aufs Rattenloch konzentriert, zu sehr von Überbaugeruch umgeben? Der Schriftsteller sollte immer vom Meer sprechen, und immer so, als sähe er es zum ersten- oder zum letztenmal: vom Meer, vom Vulkan, vom freien Menschen der Natur. (Gibt es den noch? Wir wollen ja nicht unbedingt über die Pygmäen schreiben.)

Meine schwere Kindheit und Jugend einmal zur Sprache bringen. Was war das Grundübel? Ekel, nein, eher ein Grauen, ein totaler Vorbehalt, die Ironie und die Kritik und die panische Unterdrückung des Grauens und des instinktiv kritischen Intellektualismus (also der einzig möglichen Gegenwehr) und das pausenlos schlechte Gewissen deswegen. Die Werte meiner Umgebung zu akzeptieren und meine eigenen für Niedrigkeiten zu halten. Daraus folgten sämtliche Debakel. Daß ich meinen Aufgaben nicht gerecht werden konnte (oder wollte?). Meine ständige Müdigkeit, Dumpfheit und Unaufmerksamkeit, das Fehlen äußerer und innerer Überzeugungen, das fortwährende Lügen, Fliehen, ja: Sichverstecken. Das Gefühl totaler Unfähigkeit. All das hielt lange, sehr lange an, bis schließlich, im Alter von etwa 26 oder 27 Jahren, das «Zerbrechen der alten Tafeln» in mir einsetzte. Immer noch jedoch begleitet von schlechtem oder doch rumorendem Gewissen und Schuldbewußtsein, das mich auch heute noch verfolgt.

Warum hing er trotz allem an Felice? Sie imponiert ihm auf schmerzhafte Weise. Sie repräsentiert das Über-Ich. Die Notwendigkeit, zu bewundern und zu entsagen: So müßte er leben – doch so kann er nicht leben. Sie heiraten und sich ein Kind von ihr wünschen – zugleich ständig vor ihr fliehen, ständig Kränkungen durch sie erleiden, sich verstecken, sterben. Alles das ist natürlich, nur allzu natürlich. Das Resultat des Familienlebens, die Hölle der bürgerlichen und kleinbürgerlichen Tugenden. Erziehen bedeutet: das schlechte Gewissen zunächst einpflanzen, durch sorgsames Gießen pflegen und darauf achten, daß es sich pathologisch fortentwickelt. Aber der Mensch gewöhnt sich an seine Qualen, liebt sie schließlich und hält sie zu guter Letzt noch für Tugenden.

Die Europäer sind diejenigen, die sich am intensivsten und am aggressivsten vor dem Tod fürchten. Die Kulturen anderer Erdteile machen das offensichtlich. Dort ist daher auch die «Selbstverwirklichung» nicht so wichtig.

Camus: In einer guten Tragödie haben alle Figuren recht.

«Sorstalanság» [Schicksalslosigkeit]: zwölf Buchstaben. Ein Zufall zwar, doch ein bezeichnender Zufall.

Ein Freund, den ich fünfundzwanzig Jahre nicht gesehen habe. Er sprach von irgend jemand, von mir, von dem, der ich einmal gewesen bin, den er einst kannte. Ich hörte ihm erstaunt zu und versuchte, dieser ihm vertrauten, mir aber längst fremd gewordenen Figur zu entsprechen. Endlich trennten wir uns, und ich konnte meine wiedererlangte Freiheit ungestört genießen: den, der ich schon lange nicht mehr bin, den, der noch trüb und unklar in mir im Werden dämmert, und diesen nicht zu Benennenden dazwischen, dessen änigmatisches Leben ich gerade lebe.

Nach Kafka erhebt die Fiktion die Forderung nach völliger Präsenz: Wie sehr unterscheidet sich das vom sogenannten «Engagement» Sartres und anderer. Der Schriftsteller, der sich «über die Schicksale beugt», das heißt der verlogene Schriftsteller, der moralisierende Schriftsteller, der tendenziöse Schriftsteller. Ein authentischer Ton kommt dagegen immer aus der Schwere des Schicksals, von einem vom Schicksal Heimgesuchten und nicht von einem, der zwischen den Schicksalen wählt.
Eine in Klammern gesetzte Eintragung im «Tagebuch»: («Ich finde die ‹K.› häßlich, sie widern mich fast an, und ich schreibe sie doch, sie müssen für mich sehr charakteristisch sein.») Er arbeitet gegen sich selbst, wie jeder wahre Künstler. In der Verdinglichung – die nichts anderes ist als die evidente Form, das heißt die sich im Werk manifestierende Freiheit – erblickt der Künstler sich selbst als ein aus purer Notwendigkeit hervorgegangenes Phänomen, ein Phänomen, das sich als Essenz der Gesetzmäßigkeit des historischen Weltaugenblicks erweist: dies sind die beiden K.s, der im «Schloß» und der im «Prozeß», die beiden K.s, die Kafka anwidern, die er jedoch aus sich selbst herauskristallisiert hat, die aber in ihrer Realisierung, so kann man sagen, nichts Persönliches mehr enthalten, nur noch das fremd, aber gültig gewordene Allgemeine. Kafka ist das Vorbild für jede

radikale Kunst: den Weg angewidert bis zu Ende zu gehen. Dieser Widerwille bedeutet Ablehnung von Selbstbetrug (von Schönheit) und Verurteilung von Konformismus, der Ausschmückung des Bewußtseins in Kleinbürgerart (Lobpreisung des Eigentums und der Mythos von der Seelentiefe).

Michail Bachtin. Seine Arbeiten über das Romanprinzip. Bereits in den zwanziger Jahren formulierte er die Notwendigkeit einer auf formaler – und zwar ausschließlich formaler – Grundlage beruhenden Untersuchung des Romans. Sie stecken ihn ins Gefängnis: darüber halte ich mich gar nicht auf – man wird in die Folterkammer geworfen, weil man sich still, fleißig und mit philologischer Besessenheit an seinem Schreibtisch mit der formalen Analyse des Romans beschäftigt, es naiverweise auch zugibt und darauf, wer weiß, vielleicht sogar noch stolz ist. Jetzt finden seine Schriften allmählich bruchstückhaft Verbreitung. «Wie der Mensch sich nicht für alle Ewigkeit in die eigene reale Situation hineinzwingen läßt, so vermag auch die Welt nicht endgültig Platz zu finden in dem Wort, das sie benennt», schreibt er. Und: «Der Mythos der einzigen Sprache löst sich mit dem Mythos der einheitlichen Sprache auf einmal in ein Nichts auf.» – Freilich, wenn ich will, höre ich den Aufschrei eines in der Diktatur lebenden Menschen, eines sich zwischen den Sprachen verbergenden Flüchtlings heraus – aber siehe da, noch im Niemandsland der Sprachen wird er eingeholt und in die «reale Situation» der Lager hineingezwungen.

Lebensplan, Lebensordnung: erscheint mir unmöglich. As though to live in a war. Heimatlosigkeit als die verlockendste Aussicht. Dazu fühle ich mich wie zu nichts anderem berufen. Das Problem der Sprache: Ich glaube, es existiert, und glaube es doch wieder nicht. Es ist nicht mehr das gleiche wie früher. Ich könnte mir eine Sprache vorstellen, in der alles zusammen und miteinander vermischt ist. Man versteht alles, wenn man verstehen will. Die Frage der Klarheit der Gedanken: Ist es eine Frage der Sprache oder eine Frage des, wenn ich so sagen darf, geistigen Instinkts? – Darauf könnte nur das Experiment eine Antwort geben.

«Wißt ihr, was Einsamkeit heißt in einem sich selbst feiernden, sich unablässig an sich selbst berauschenden Land? Nun, dann werde ich es euch erzählen...»

Es sieht so aus, als hätten die großen Franzosen schon vor dreißig Jahren alles durchdacht, worüber ich schreibe. Allerdings lebten sie in dem Glauben, über eine ephemere Existenzform der Menschheit zu berichten, sie konnten nicht wissen, daß ihre Vergangenheit meine Zukunft sein würde. Darüber war sich anscheinend nur Orwell im klaren.

Dilthey. Das großartige Aufgeben des Traumes aller geschichtlichen Konstruktionen. Der deutsche Geist als Schauspiel großer Bauten und großer Zusammenbrüche. Das Land. Die Landschaft. Die großen Ebenen, die grünen Wälder, die traurigen Küsten. Sehnsucht nach dem Süden. Sehnsucht nach klarer, dezidierter Geistigkeit. Mecklenburg. Nebel. Bayern, Landwirtschaft, Viehzucht. Mitteldeutschland: Mittelalter, moderne Industrie. Handel. Hegel. Geschichte ist die Objektivierung des Geistes. Der objektive Geist als Faschismus. Die absolute Vernunft als Auschwitz. Nun ja. «Hegel konstruiert metaphysisch; wir analysieren das Gegebene. Und die heutige Analyse der menschlichen Existenz erfüllt uns alle mit dem Gefühl der Gebrechlichkeit, der Macht des Dunklen Triebes, des Leidens an der Dunkelheit und den Illusionen, der Endlichkeit in allem, was Leben ist, auch wo die höchsten Gebilde des Gemeinschaftslebens aus ihm entstehen. So können wir den objektiven Geist nicht aus der Vernunft verstehen, sondern müssen auf den Strukturzusammenhang der Lebenseinheiten, der sich in den Gemeinschaften fortsetzt, zurückgehen.» Dilthey, «Der Aufbau der geschichtlichen Welt in den Geisteswissenschaften», um 1910. (Vgl. die Geschichtsauffassung der Schicksalslosigkeit.)

In gewissen Fällen ist Selbstmord nicht zu billigen: Er stellt gewissermaßen eine Respektlosigkeit dar gegenüber denen, die in Not sind.

Die Wahrheit oder meine Wahrheit? Meine Wahrheit. Und wenn es nicht *die* Wahrheit ist? Dann Irrtum, aber mein Irrtum.

1975. APRIL «Schicksalslosigkeit» erschienen. Ehrlicher Blick nach innen: Ich bin frei und leer. Ich will nichts und empfinde nichts. Allenfalls ein wenig die Schande des Verfahrens. – Die Trompeten sind verstummt. «Wir haben gesiegt!» seufzte der Heerführer und verschied.

Georg Simmel: «Daß wir den Gesetzen der eigenen Natur folgen – und dies ist doch Freiheit –, wird uns und anderen erst dann ganz anschaulich und überzeugend, wenn die Äußerungen dieser Natur sich auch von denen anderer unterscheiden; erst unsere Unverwechselbarkeit mit anderen erweist, daß unsere Existenzart uns nicht von anderen aufgezwungen ist.»

Mein Denken ist von den Meistern des Denkens verdorben. Mich von der Geschichte weg- und gültig Formulierbarem zuwenden.

Denn was heißt letztlich Freiheit? In dunkler Polarnacht unsere stolpernden Schritte auf das Licht eines Sterns zu richten, den wir uns erwählt haben, und zugleich genau zu wissen, daß wir diesen Stern niemals erreichen können. Warum aber wählen wir uns dann einen Stern? Offenbar weil es dunkel ist. – Jede Frage führt zu einer neuen Frage, die Fragen bewegen sich im Kreis, und zum Kreis gibt es keinen Zutritt.
Nun weiß ich, was Freiheit ist: Freiheit ist *das*, was es *nicht gibt*. Ein Seufzer, eine Idee, ein Absolutes. Wir leben im Konkreten, sehnen uns nach dem Absoluten und enden im Nichts – denn der Tod ist die schreckliche Begegnung, die für das Subjekt ironisch erscheinende Vereinigung von Konkretem und Absolutem. Und Gip-

fel der Ironie ist, daß dies noch nicht einmal erfahrbar ist für das Subjekt, denn der Tod ist keine Erfahrung.

Der Dämon. Die Interpretation des Don Juan und des Faust bei Kierkegaard. Mörikes Mozart. Die repräsentative Ausdrucksweise des Mittelalters in der Kunst. Attraktiv. Ob die Kunst nach «Realismus», Naturalismus und Moralismus nicht wieder dazu zurückkehren wird? Ist Meursault nicht in gewissem Sinne ein Dämon, und sind nicht auch die K. Dämonen? – Was ist Mittelalter? Welches sind die Archetypen? Was ist Moderne? Mittelalter: Dämon; Bürger: der soziable (und relative) Mensch; Moderne: Gesellschaftsstruktur, der verbrauchende und verbraucht werdende (Mensch). Irrationale Verhaltensweisen (ich denke an meinen Henkersroman)* sind Durchbrüche zum Dämonischen, doch es sind manipulierte, strukturell gesteuerte, staatlich organisierte, disziplinierte Durchbrüche, das heißt in Wirklichkeit keine: Das Erlebnis des Dämonischen kommt irgendwie nie zustande. Die ästhetische und gestalterische Projektion aber, überhaupt jede vermittelnde (geistige) Projektion zeigt den Durchbruch als dennoch zustande gekommen: Nach Dostojewskij ist der «Doktor Faustus» vielleicht das gewaltigste Beispiel (oder Fiasko?). Falsch und wahr zugleich. Der Teufel – jawohl, aber er ist abstrakt, und die moderne Wahrheit besteht darin, daß das Dämonische infolge der existentiellen Struktur dennoch unerfüllt bleibt.

* Nicht verwirklichtes Romanprojekt von Imre Kertész, das als ein Kapitel in seinen Roman «Das Fiasko» eingegangen ist.

Die Sehnsucht des Dämonischen gilt dem Absoluten, das Konkrete des Absoluten wiederum ist der Totalitarismus – und in Auschwitz gibt es nur stinkende Leichen, Exkremente und unermeßliches körperliches Leid. Das Dämonische ist in einer straff organisierten Gruppe nicht zu erfahren, der straffen Organisationsform wegen, der Bürokratie wegen, der Gruppen- und der Organisationsmoral wegen. Richard III. ist ein Erlebnis des Mittelalters – wenn er auch nicht nur geistige Projektion des Mittelalters ist. Was bleibt übrig? Der psychologische Realismus, die Zeitgeschichte und die Struktur. Irgendwo hier, in dieser Dreiheit der Mittel, muß das Dämonische, genauer, die Möglichkeit der Projektion des Dämonischen, erhascht werden.
Die – moderne – Behandlungsweise des Dämons. Der Dämon ist nicht Psyche, insofern Psyche individuell ist; der Dämon ist jedoch atavistisch, sein Bereich ist also das Typische und das Mythische: Das Dämonische ist super- und subpersonal. Man muß die Präsenz des Dämonischen in der Geschichte wahrnehmen, das mit Hilfe der Geschichte das Individuum auslöscht. Diese Auslöschung ist zugleich – aus der Sicht des Individuums – die Tragödie, die Tragödie der Psyche. Und in dem Maßstab, in dem dies als Tragödie aufgefaßt wird, zeigt sich die Psyche als Wert – und das ist es, was den Charakter der jeweiligen Gegenwart und den Wert der in ihr beheimateten Psyche, überhaupt ihr gesamtes Bewußtsein und dessen Inhalt ausdrückt. (Man sehe nach, ist es nicht so in den «Dämonen» oder in den «Karamasows»? Obwohl Dostojewskij, in mittelalterlicher Weise, eher Typen auftreten läßt, wobei er eine exem-

plarische Welt des biblischen Jammertals und nicht eine strukturelle erstehen läßt.)

Wenn ich irgendeine Hoffnung besitze, dann die, doch nicht recht zu haben. Erfüllte sich diese Hoffnung aber, so würde das todsicher den Romancier in mir umbringen.

Der Begriff «Jude», wie wir ihn heute kennen, stammt aus dem europäischen Mittelalter, keinesfalls aus dem griechisch-römischen, noch weniger aus dem biblischen Altertum.

Mein Reich ist das Exil.*

Wenn aber die Freiheit keine Evidenz hat – denn Freiheit ist das, was nicht vorhanden ist –, ist unsere Zielsetzung dann nur vom psychologischen Gesichtspunkt zu prüfen? Und hat denn die Psychologie Evidenz? Letzten Endes müssen wir das Lebensinteresse im Rahmen der Lebensstruktur prüfen. Und dabei werden wir gewahr, daß diese Struktur in erdrückendem Maß vor allem von außen («sozial-historisch») bestimmt ist. Aber in dem winzigen Winkel, der verbleibt, steckt der Sprengstoff. Man weiß nicht, wann und wo die Zündschnur von der Flamme ergriffen wird, doch es reicht ein einziger Augenblick, um diesen Winkel zum Abgrund auszuweiten, der plötzlich die ganze Totalität in

* Anspielung auf «L'Exil et le Royaume» von Camus. *(D. Übers.)*

sich verschlingt. Hier, in diesem unsichtbaren und uns meist nicht bewußten Winkel der Freiheit, ist der geheimnisvolle Unberechenbarkeitsfaktor zu suchen – hier ist die Erklärung dafür zu suchen, warum die Macht bei den Unterworfenen zwar ein Maximum fordern und auch erreichen kann, warum sie jedoch nicht *alles* fordern und erreichen kann. Dem Absoluten, der Totalität, setzt der Mensch – nach einigen durchaus nicht freudlos verlaufenen Versuchen der Selbstaufgabe – plötzlich seine Persönlichkeit entgegen; dies tut er noch nicht unbedingt beim Maximum. – Gleichgültig: Tatsache ist, daß der Mensch über die Frage der Freiheit zu den Fragen des Seins und der Persönlichkeit gelangt; und da diese Fragen nicht zu beantworten sind, kann ein vernünftiger Mensch auch nicht ernsthaft über die Freiheit reden. Nichtsdestotrotz ist die Freiheit die ernsthafteste Frage des Menschen; und will man *wirklich* ernsthaft sein, muß man bei diesem Paradoxon bleiben.

Ich bin hinuntergegangen, um eine Zeitung zu kaufen. Ich brauchte nur auf die andere Straßenseite hinüberzugehen, und im Bewußtsein, daß ich gleich zurückkommen würde, habe ich den Stecker des elektrischen Kaffeekochers in die Steckdose gesteckt. Und siehe an, es geschah: Ich kam zurück. Doch wie konnte ich so vermessen sein?

«Hamm: Altes, von jeher verlorenes Endspiel, Schluß damit, nicht mehr verlieren.» Nein, ich glaube, mit dem Verlieren ist noch nicht Schluß. Beckett ist ein Optimist.

Nichts, wofür der Totalitarismus – nach seiner Ansicht – ein Heilmittel gefunden hat, ist schlimm, es kann nicht schlimmer sein als der Totalitarismus selbst: Camus.

Eine vom Schriftsteller geschaffene Figur ist kein lebendiges Wesen, sondern nur eine Puppe: Schwachsinn also, sie wie ein lebendiges Wesen zu behandeln.

Der Mensch! Er lebt, doch er verfügt nicht über sein Leben; er denkt, doch er weiß nichts; er lebt in der Herde, doch er ist ein Individuum; er ist ein Individuum, doch er ist unfähig, allein zu leben; er ist Teil der Natur, doch er zerstört die Natur, um sie zum Wohl der Gesellschaft zu gestalten; und er zerstört damit schließlich sowohl die Natur als auch die Gesellschaft. Das Schlimmste jedoch ist, daß er sich Gesetze auferlegt und nicht fähig ist, sie einzuhalten: Das zwingt ihn, in Lüge und Selbstverachtung zu leben.

Die Wahrheit ist eine leicht zerbrechliche Angelegenheit. Wenn Tausende junge, stählerne, mit Kasernenfett geschmierte Kehlen sie an jeder Straßenecke schmettern, wird selbst aus der unstrittigsten Wahrheit umgehend Lüge, Gewalt und Terror und früher oder später der Vorwand für Mord.

Sein Geist loderte, aber er wärmte nicht. Deshalb wenden sie sich bald nutzbareren Geistern zu, die sie als Sparflamme für den Herd benutzen können, um ihr tägliches Essen darauf zu kochen.

«‹Auswandern kann ich nicht›, sagte K., ‹ich bin hierhergekommen, um hier zu bleiben. Ich werde hierbleiben.› Und in einem Widerspruch, den er gar nicht erst zu erklären sich Mühe gab, fügte er wie im Selbstgespräch hinzu: ‹Was hätte mich denn in dieses öde Land locken können, als das Verlangen hierzubleiben?›»

Es gibt eine ernstzunehmende Denkweise und eine nicht ernstzunehmende. Die ernstzunehmende wird vom Interesse, von der Staatsmacht, dem ‹Geschäft›, der Geheimpolizei und dem jeweiligen Herrschaftsprinzip vertreten, die nicht ernstzunehmende von den Künstlern, Philosophen, Dichtern und Heiligen – von all denen, die nicht zählen.

Ich könnte nicht eine einzige grundlegende Frage beantworten – jedenfalls keine, für die als Antwort nicht ein bloßes NEIN ausreichen würde.

Albert Speers Erinnerungen. Ein Paradefall deutscher Schizophrenie. Sein Kampf für eine stärkere Verwendung von Frauen in der Kriegsindustrie. Sein Argument: daß Frauen in den angelsächsischen Staaten dort in sehr viel größerem Umfang «verwendet» und beschäftigt würden. Ihm kommt überhaupt nicht in den Sinn, daß Denkweise und psychologische Situation in diesen freien Ländern grundlegend unterschieden sind von der Denkweise und der psychologischen Situation eines totalitären und aggressiven Staates, der das Individuum prinzipiell zertreten und die individuelle Verantwortung total auf sich gezogen hat. Die Frauen in den angelsächsischen Ländern konnten die Arbeit in der Kriegsindustrie als moralische Pflicht und freie Entscheidung betrachten; es war für sie eine natürliche Geste und zugleich eine sinnvolle Selbstverteidigung. Der Totalitarismus aber ist immer ideologisch: Während er mit staatlich organisiertem, institutionalisiertem Sadismus und legalisiertem Raubmord gegen das Individuum vorgeht, vertritt er andererseits auf väterliche Weise die sozialen Interessen des auserwählten Volkes. Speer wurde von Hitler, Göring und Sauckel zurückgepfiffen. Statt dessen gab Sauckel eine Erklärung ab, daß man im Interesse der Gesundheit der deutschen Frauen und zur Schonung ihrer Kräfte 400000 bis 500000 Zwangsarbeiterinnen ins Reich liefern werde. Klar: In einer Situation, in der er noch nicht so geschwächt ist, daß er seiner eigenen Logik und Natur zuwiderhandeln muß, kann dem Totalitarismus nur ein solches Verfahren logisch und praktikabel erscheinen. Speer jedoch hat das nicht im mindesten begriffen, weder damals noch zwanzig Jahre später, als er sein Buch schrieb; er zog daraus lediglich die Schlußfolgerung, daß Göring und Sauckel den «Positionskampf» gegen ihn «gewonnen hatten». – Im folgenden häufen sich Speers Klagen: Er wollte Kriegswirtschaft und Rüstungsindustrie gut führen, doch das Unverständnis des Führers und die Dummheit der nationalsozialistischen Parteispitze haben ihn daran gehindert. Die Lehre: Man hätte den nationalsozialistischen Krieg ohne die Nationalsozialisten viel besser führen und beenden können. All das ist für Speer völlig logisch, nicht widersprüchlich und – für ihn als Menschen, Deutschen und Ingenieur – zutiefst schmerzlich. Aus dieser schmerzlichen Kränkung bezieht das Buch seinen Reiz, für den gewiß viele seiner Leser empfänglich sein werden.

Nicht Gott ist tot, die Seinsbedingungen haben sich geändert. Nicht die Werte sind zusammengebrochen, ihre Brauchbarkeit ist fraglich geworden. Nicht die Wahrheit hat sich geändert, sie wird bloß anders gehandhabt. Entfremdung gab es wahrscheinlich auch schon im Mittelalter, und das Absurde wird im Altertum ebenso offensichtlich gewesen sein wie heute. Das individuelle Sein ist nur ein Traum. Und desgleichen sind es alle Werte – solange die Werte nicht eines Tages wichtiger werden als das Sein: Dann und nur dann könnte in der menschlichen Geschichte etwas qualitativ Neues geschehen; dies wäre der Wendepunkt der Geschichte, von dem an der Mensch substantiell anders leben würde, nicht mehr auf der Stufe seiner immanenten Triebe, sondern nach seinen Werten, die er als primäre Seinsbedingung ansehen würde. Dazu reicht aber das Beispiel von Einzelnen absolut nicht aus, dazu müßte der Mensch offenbar eine biologische Veränderung durchmachen; und es ist fraglich, ob ein derart durchgeistigtes Wesen noch zur bloßen Selbsterhaltung fähig wäre in einer Natur, die bloße Selbsterhaltung schamlos als ihr einzig erkennbares moralisches Gesetz verkündet.

«Ein französischer Wahnsinn ist noch lange nicht so wahnsinnig wie ein deutscher; denn in diesem, wie

Polonius sagen würde, ist Methode.» Heine, «Romantische Schule».

17. SEPTEMBER Die Verbrechen von Staaten. Bisher wurde nur ein Staat auf die Anklagebank gesetzt: der Hitler-Staat. Und wären die wirklichen Anklagen wenigstens erhoben worden! – Aber wenn sich alle schuldlos Verurteilten dieses Jahrhunderts aus ihren Aschegräbern erhöben und, begleitet vom furchtbaren Rasseln ihrer Skelette, den Prozeß eröffneten, milliardenfach ihre Knochenfinger auf Staaten und all die richtend, die, sich im Besitz der Macht wissend, Verbrechen begingen – ohne die drückende Einsamkeit des Verbrechers, die mordeten – ohne das schlechte Gewissen des Mörders, die ausbeuteten – ohne die Angst des Reichen –, das würde der wahre Prozeß. Der Staat, den er bislang auf seinen Schultern trug, senkt sich über den Menschen und drückt ihn nieder. Wer kann solche schrecklichen Lasten tragen? Ist noch ein menschliches Antlitz zu sehen unter den Gebeugten? Oder gibt es bloß noch die Gesichter von Verviehten, die aus den vergitterten Gefängnisfenstern des Staates herausstieren und auf ihr Essen warten? Nachts werden sie eingesperrt, am Tage bauen sie ihre eigenen Kerker. Die Kerkermeister sind ihre Diener, und sie dienen ihren Kerkermeistern. Sie können ohne einander nicht mehr sein, sie rollen den Staat und der Staat rollt sie, Felsbrocken und Sisyphosse, rollen sie gemeinsam dem brüderlichen Grab entgegen.

Die Tagebuchnotizen aus der Zeit der «Schicksalslosigkeit». Mit Staunen die Momentaufnahmen einer Lebensperiode betrachtet. Weitergehen. Kein Heimweh spüren nach Gegenden, die wir zurückließen, auch wenn wir sie einst vielleicht für unser Zuhause hielten. Weiter, weiter, immer noch weiter. Sich in die schöpferische Welt vertiefen, als wäre sie eine mögliche und wirkliche. Was bedeutet das andererseits «objektiv»? Den Untergang heraufbeschwören und sich abfinden mit unserem Halbmenschsein.

«... erkannte ich bald die zwei Möglichkeiten, die mir offenstanden: Zoologischer Garten oder Varieté. Ich zögerte nicht. Ich sagte mir: Setze alle Kraft an, um ins Varieté zu kommen; das ist der Ausweg; Zoologischer Garten ist nur ein neuer Gitterkäfig, kommst du in ihn, bist du verloren.» Kafka, «Ein Bericht für eine Akademie».

Weder rechts noch links. Überhaupt ist das Politische als Handlungsraum für ihn unvorstellbar. Tatsächlich nimmt er nicht den Kampf, sondern das allgemeine Ausgeliefertsein auf sich, das stets, in allen Situationen gegebene Ausgeliefertsein, und sucht dem Menschlichen (wenn man so will: dem Allgemeinmenschlichen) in der Negativität Ausdruck zu geben. Nicht mit Protest, nicht mit erregtem Herumgestikulieren im Namen von *etwas anderem*; nein: mit leiser, gewichtiger und unerschütterlicher Verneinung, mit ruhiger und überlegter Ablehnung *des Ganzen*. Das heißt: Er kann ohne Glauben leben und ist dennoch empfänglich für die Liebe, die Kunst und das menschliche Denken.

Deutscher, «The non-Jewish Jew». Die Varianten des Judenkomplexes. Der Judenkomplex als jüdischer Nationalismus. Der Judenkomplex als plutokratischer Supranationalismus. Der Judenkomplex als revolutionärer Internationalismus. Der Judenkomplex als Linksextremismus. Der Judenkomplex als Assimilation, als Übernahme und brüllende Übersteigerung der nationalistischen Ziele des aufnehmenden Landes: der ungarische Jude, der ungarischer ist als der Ungar. Der jüdische Antisemit. Schließlich: der Judenkomplex im Religiösen, im Archaischen, im Mittelalter erstarrte Unbeweglichkeit, gepaart mit vordergründiger Anpassung.

Ich habe nie daran gedacht, daß ich Jude bin, ausgenommen die Momente der Bedrohung. Doch trat mein Judentum dann nicht als etwas «Inneres» in Erscheinung, sondern immer nur als etwas Negatives, als eine Beschränkung, eine äußere Determinante – etwa so, wie sich der Mensch zwangsläufig einem Hai im Meer, einem Tiger im Dschungel gegenüber als lebendige Nahrung betrachtet. Und dennoch findet der Mensch sich nicht damit ab, nur Nahrung für andere zu sein. Ich habe nie an Religion gedacht: Ich verstehe sie einfach nicht, die jüdische Religion ebensowenig wie – beispielsweise – den Buddhismus, die Feueranbetung, den Dienst an der Göttin Kali oder das Mormonentum. Aber dank meines Judentums habe ich eine Erfahrung gemacht, und zwar die allumfassende Erfahrung menschlichen Ausgeliefertseins im Totalitarismus. Wenn ich Jude bin, heißt das also, daß ich Negation bin, Negation menschlichen Hochmuts, Negation von Sicherheit, ruhigen Nächten, friedlichem Seelenleben,

Konformismus, freier Entscheidung, nationaler Selbstherrlichkeit – ich bin die schwarze Seite im Buch der Triumphe, auf die die Schrift nicht durchschlägt, nicht Jude, sondern allumfassende menschliche Verneinung, das Menetekel an der Wand totaler Unterdrückung.

Die Galeere ist für uns alle bestimmt. Ihr habt sie gebaut, und wir fahren gemeinsam darauf, die Wasser aber, auf denen wir treiben, könnt ihr nicht beherrschen. Warum also tut ihr so, als seien Kapitän, Steuermann, Erster und Zweiter Offizier und Besatzung nötig?

«Du lebst natürlich auf dem Mond», wird mir, meiner sogenannten Naivität wegen, ständig gesagt. «Na, und ihr», könnte ich fragen, «die ihr angeblich auf der Erde lebt: warum habt ihr denn keinen festen Boden unter den Füßen?»

Gott: «Wenn ich diese Trümmer überblicke, die ich für die Schöpfung hielt...»

Die kalte Welt des Rechts. Oder: eine patronale, warmherzige Schreckensherrschaft.

Camus leitet von de Sade, aus der Romantik, von Iwan Karamasow usw. das Recht zum Mord ab. Während der halbirre Polizist, der dir Strom an die Zunge legt, der Oberst, der Diktator, der Generalsekretär oder der Großmufti, der uneingeschränkte Macht ausübt, in ihrem Leben weder jemals etwas von den Karamasows noch von Gott, noch von Kant, noch von der Krise der

Moral gehört haben; sie verrichten lediglich ihren Dienst. Liegt hier nicht irgendwo ein Fehler in der theoretischen Begründung? «Wenn es Gott nicht gibt, ist alles erlaubt» – auf solche pathetischen Feststellungen antwortet der Mensch in einer Welt, in der nichts erlaubt und alles möglich ist, bloß mit Achselzucken. Camus' Vision von der Geschichte («Der Mensch in der Revolte») ist eine tiefgreifende Kritik; doch auch er spricht ständig von «soll» oder «soll nicht». Sollen wir ein individuelles Leben führen oder nicht; sollen wir frei sein oder determiniert usw. Wie aber *sind* wir? Wir sind weder frei noch determiniert; weder Individuen noch Produkte der Geschichte, sondern unter allen vorstellbaren und unvorstellbaren Bedingungen lebensfähige – zu allem fähige Wesen: Gerade darin besteht das Problem. Was den Mord betrifft, ist eine theoretische Begründung allenfalls kennzeichnend, aber keineswegs so wichtig. Der Mensch tötet ohne «Revolte» im Namen Gottes ebenso wie gegen Gottes Namen im Namen der Revolte. Vielleicht glaubt Camus, daß die Dekorationen und Prinzipien von Bedeutung seien, mit denen man den Geist des Menschen ziert, um ihn zu umzingeln und zu unterwerfen; dabei sind nur Umzingelung und Unterwerfung selbst von Bedeutung: Sie sind Tatsache und Realität, alles andere zählt nicht, words, words, words – ein Spiel, das die Henker ersonnen haben, um unterdessen ungestört arbeiten zu können. Die Menschenmassen werden nicht aus der Revolte zu Faschisten – oder etwas Ähnlichem –, sondern vielmehr im Gegenteil – wenn wir diese Begriffe schon aufgreifen – aus Konformismus. In dieser Hinsicht ist Orwell hellsichtiger als Camus. Der alte Mythos, dem zufolge der *Mörder Rebell* ist, stimmt – zumindest heutzutage – nicht. Ich meine, *heute* ist eher *der* Rebell, der ohne Mord lebt, als der, der mordet: Hierin besteht gerade die Eigenart dieser Epoche. – Übrigens ist es schwer, hier zu entscheiden: Alle theoretisch begründeten Motivationen sind bloße Konstruktionen. Mir jedenfalls scheint die wirklich zeitgemäße Revolte am ehesten die *Revolte der Nachsicht* zu sein.

Fortwährend beklage ich mich über das Leben. Wo man doch auch noch sterben muß.

Möglich, daß ich im Grunde gar keine künstlerische Natur bin, da ich mich aber – denn das ist die falsche Frage – der Kunst trotzdem gewidmet habe, habe ich mich im Zeitpunkt, im Stoff und im Ort, mit einem Wort: in allem geirrt.

Jeder hat recht, der an seine Wahrheit glaubt; unrecht hat nur der, der an nichts glaubt.

9. NOVEMBER Vor genau 46 Jahren hat es angefangen. Was aber interessiert mich mein Leben! Meine Demut, mein Hochmut, beides grenzenlos. Die privatmenschliche Sphäre, dieser an Niederlagen reiche Triumph, aus dem schließlich so etwas wie eine dünne Hymne zum Himmel steigt.

«Es gibt keinen einsamen Menschen, das ist die unbestreitbare Entdeckung des 19. Jahrhunderts»: Camus.

Es gibt Fragen, auf die Antwort zu geben unmöglich ist, doch ebenso unmöglich ist es, sie nicht zu stellen.

Ist das Schloß wirklich so geheimnisvoll? Wird es doch ganz genau beschrieben. Es liegt in Sichtweite des Dorfes auf einem näheren oder ferneren, auf jeden Fall aber leicht zu erreichenden Berg. Der Roman erzählt, daß auch eine Straße dorthin führt. Ganz offensichtlich ist diese Straße nicht nur vom Schloß in Richtung Dorf, sondern auch vom Dorf in Richtung Schloß begehbar. Aber es glaubt jeder, findet sich ab damit und weiht es so gleichsam zum ungeschriebenen Gesetz, daß man das Schloß nicht betreten darf. Obwohl man sieht: das ganze Dorf könnte sich Hand in Hand auf den Weg ins Schloß aufmachen und ihn bis zum Ende gehen. Weder Kanonen noch Maschinengewehre schützen die Schloßmauern, von Militär oder Polizei ist im Text nirgends etwas zu lesen. Sie könnten um Einlaß bitten oder sogar die Tore stürmen; doch sie tun es nicht, das Dorf ist sich einig darüber, daß es gar nicht oder nur unter bestimmten Bedingungen, unter bestimmten Umständen für bestimmte Personen möglich ist, ins Schloß zu gelangen. Man akzeptiert eine erfundene Ordnung, eine Spielregel, und gründet auf diese Spielregel sein Leben, als sei sie die Ordnung des Lebens oder der Natur. – K.s Freiheit ist die Entscheidung (nämlich ins Schloß zu gehen); sein Fehler, daß er den Dienstweg akzeptiert; die Folge: Er wird aufgerieben. K. ist der

Lohengrin der Freiheit; doch er kehrt nicht in die Burg der Gralsritter zurück, sondern geht wahrscheinlich unter den Menschen zugrunde. – Der Schlüsselsatz zu diesem Roman findet sich in einem anderen Werk Kafkas, im «Prozeß»: «Die Lüge wird zur Weltordnung gemacht.» «Der Prozeß» ist der Roman dieser Erkenntnis, «Das Schloß» bereits der dieser Weltordnung. Es fällt auf, daß alle Werte romanimmanent sind. So das Bestreben, ins Schloß zu gelangen; Frieda, Amalia usw. Nur das Schloß selbst könnte als Symbol auf eine transzendente Welt verweisen. Obgleich es nichts anderes und nicht mehr ist als dichterisches Gleichnis: das Leben als ein Schloß, in das der Mensch nie hineingelangen kann. Aber der Roman gründet nicht auf dieser bescheidenen, verblüffend bescheidenen Metapher. Das Schloß ist Faktum, ein Konglomerat von Gegenständen – Glockenturm, Mauern, Zinnen usw. –, die realistisch beschrieben sind; manchmal, immerhin, spiegelt es in einem seltsamen Licht wider, wir aber sehen diese Spiegelung immer nur in der jeweiligen Lichtbrechung des jeweiligen Bewußtseins, das durch sein Verhältnis zum Schloß bestimmt ist. Die große Entdeckung des Romans scheint durchaus nicht das oben erwähnte dürftige Gleichnis zu sein, sondern vielmehr die Hauptfigur. K., der Gesandte, der – bleiben wir dabei – Lohengrin der Freiheit, der gleichsam in das Dorf gekommen ist, um die allgemeine Übereinkunft zu brechen und ins Schloß zu gelangen. Im Laufe der im Roman geführten Verhandlungen wird immer klarer, daß K. unter bestimmten Bedingungen im Dorf bleiben könnte, namentlich, wenn er diese bestimmten Bedingungen – das heißt die einem geduldeten Fremden auferlegten Bedingungen – akzeptierte. Das steht jedoch diametral im Gegensatz zu dem Ziel, das er sich gesteckt hat: K. will nicht Bürger des Dorfes werden – nicht darin besteht seine harte und unversöhnliche Aufgabe –, sondern er will ins Schloß gelangen. Es steht nicht da, warum er das will, und gerade darum ist völlig klar, warum: um des Paradigmas willen, um die Weltordnung umzustoßen. Wie gesagt, Kafka zieht die gegenständliche Wirklichkeit des Schlosses nirgends in Zweifel; kein einziges Wort weist darauf hin, daß das Schloß etwas anderes wäre als das Schloß, als das es der Autor erscheinen läßt und beschreibt. Die Konklusion ist: «Das Schloß» ist das Bild einer Welt der Knechtschaft, die auf einer allgemeinen Übereinkunft basiert, und das ist hier dargestellt, nichts anderes; genial, und so weist es über seinen Gegenstand hinaus und ist dennoch nichts anderes: das Bild einer Welt der Knechtschaft, die auf allgemeiner Übereinkunft basiert. Jeder Osteuropäer weiß das genau und schweigt erschrocken darüber und stottert dem Westen (der den Roman nicht versteht) erschrocken nach, daß «Das Schloß» irgend etwas Transzendentes sei, während man halb ohnmächtig sieht, daß es ein genauer Befund des osteuropäischen Lebens ist: das Bild einer Welt der Knechtschaft, die auf allgemeiner Übereinkunft basiert.

Camus: «Die mächtigste Leidenschaft des 20. Jahrhunderts: die Sklaverei.» (Und trotzdem versteht er Kafka nicht und kann ihn auch nicht verstehen; für die Mittelmeerländer ist selbst die Sklaverei etwas anderes als für Osteuropa.)

Nur der hält aus, in dem genug Haß und Verachtung brennt; der sich sozusagen aus Rache am Leben hält und das Versprechen seiner Begabung einlöst. Manchmal fühle ich sowohl Haß als auch Verachtung in mir brennen; doch ich fürchte, daß diese Gefühle nicht beständig genug sind, um durch sie irgend etwas zu erreichen.

Irgendwann einmal wollte ich die Hoffnung bekämpfen; inzwischen ist sie auch von selbst vergangen. (Dieser Satz trägt seine Widerlegung in sich – und lügt trotzdem nicht.)

Was für ein großartiges und genußvolles Spiel könnte es sein, plötzlich in einer fremden Sprache zu schreiben. Welche Entdeckung jedes gefundene Wort, welche Aufregung jeder Gemeinplatz, welche Sensation noch die abgedroschenste Sprachformel! Und wenn sie noch so abgedroschen ist, ich denke, daß diese Erregung: die Erregung des Entdeckens, die Frische und das Jubeln sich auf sie überträgt und dem, was bei einem Schriftsteller, der in seiner Muttersprache schreibt, ganz und gar banal klingen würde, neue Anmut und Spannung verleiht.

Gehen, durch die Wüste, in die Wüste gehen; sich hinschleppen im Sand, wanken in ödem flachem Land, seit nunmehr biblischen vierzig Jahren (plus sechs); und es regnet kein Manna, und nirgendwo ist eine Quelle, ein Brunnen, eine Blume, und noch nicht einmal eine Fata Morgana.

Vorsicht: Sie flirtet mit der Freiheit und schläft mit der Tyrannei.

Der täglichen ethischen Exerzitien wegen: In moralischem Sinn ist es möglich, ja sogar nötig, im Paradox zu leben; nicht jedoch im Kompromiß.

Der eine Weg des Selbstmordes, der zur Auferstehung führt; aber es gibt auch einen, der zur völligen Vernichtung führt, und dieser Weg ist der bequemere.

Ich sehe keinen Widerspruch darin, daß Verlaine seine schönsten, andächtigsten Gedichte schrieb, während er sich im Schmutz wälzte; ganz im Gegenteil, an dieser Tatsache erkenne ich nur die diesen Idealen innewohnenden Gesetze – denn alles Schöne und Moralische ist allein Sehnsucht; und die Kraft dieser Sehnsucht ist die Kraft des Künstlers und jedes Schöpfers. Sie sei nicht wirklich, im materiellen Sinn des Wortes? Aber sind denn Farbe, Duft und Liebe wirklich? (Die beiden ersteren sind angeblich ja materieller Natur – trotzdem bedeuten sie für jeden Menschen, für jedes Lebewesen etwas anderes.) Die Kraft der Sehnsucht also, nichts anderes ... die Sehnsucht aber gedeiht auch auf der Müllhalde, sie blüht sogar nur dort wirklich.

Zwischen zwei Arbeitstagen die berauschende, selbst-trügerische Erregung des Goldgräbers.

Das fehlende Gleichgewicht des Innenlebens als ein die ganze Gestalt umhüllender Geistesschleier, den wir sodann als weibliche Schönheit wahrnehmen.

Thomas Mann über K. in «Das Schloß»: spezifisch jüdisch, jedoch ins Künstlerische, ins Menschliche geweitet. – Möglicher Titel eines Aufsatzes: «Ist K. Jude?» Akzeptierte er, daß er Jude ist, könnte er ins Schloß gelangen; nicht mit den anderen zwar, aber als Jude: wenn nicht anders, dann mit dem gelben Stern auf der Brust, zweifellos aber könnte er hineingelangen. Der Irrtum Thomas Manns, wenn er sagt, K. wolle Wurzeln schlagen im Dorf, das am Fuße des Schlosses liegt. So ist es nicht: K. will ins Schloß selbst gelangen, davon spricht er doch die ganze Zeit. Wenn die Schloßherren, nach dem geplanten Schluß des Romans, K. erlauben, sich im Dorf anzusiedeln, so ist dies bloß eine andere Weise, ihn abermals vom Schloß auszuschließen: auf einer höheren Ebene genau das gleiche wie zu Beginn des Romans, da sie ihn – seine Hartnäckigkeit würdigend – als Landvermesser einstellen. *Die Erlaubnis zur Ansiedlung wäre die Art, K. wie einen Juden aufnehmend auszuschließen.* In dem Fall stempelt das Schloß K. zum Juden. Er kann sich ansiedeln, als Fremder, wobei man es den Dorfbewohnern überläßt, wie sie mit dem Fremden umgehen, seine Gegenwart ertragen. Dies die allumfassende, höllische Ironie Kafkas, die auf dem Schloß lastet. Es ist klar, daß sich K. selbst mit dieser

Erlaubnis nicht zufriedengeben kann. Er, als Lohengrin der Freiheit, will auch weiterhin alles, will das Ganze, will es restlos: seine Aufgabe erfüllen, die inzwischen seine Überzeugung, mehr noch, seine Leidenschaft geworden ist, das heißt ins Schloß hineingelangen ... usw.

Was ist Wahrheit? Wie einfach doch die Antwort ist! Wahrheit ist das, was mich verbraucht.

Wenn ich resigniere, verkümmere ich. Wenn ich verkümmere, vergeistige ich. Wenn ich Geist werde, werde ich Kunst, ein hagerer, unausgeschöpft erschöpfter, asketischer Mensch der Tat. – Doch lieber würde ich Geist, Kunst, ein Mensch der Tat und eine vollkommene Existenz werden auf dem Weg der Leidenschaft.

Manchmal ein unbegreifliches Vertrauen zu mir selbst. Doch vertraue ich dann nicht mir, sondern dem, der zwar in mir ist, aber viel mehr ist als ich; der ich also eigentlich gar nicht bin.

Möglich, daß Glück und Kreativität – zumindest auf der Ebene, auf der Kreativität eine Erscheinungsform des Ethischen ist: also auf der Ebene einer bestimmten Form von Kunst und des Denkens – sich nicht miteinander vereinbaren lassen. Das glücklich gelebte Leben ist ein einfaches Leben: demzufolge stumm. Die Menschen reden – anders als etwa die Vögel – zumeist über ihre Nöte. Das Denken ist das Wehklagen der Menschen; über das Leben nachdenken bedeutet soviel wie das Leben in Zweifel ziehen; sein eigenes Lebenselement zieht aber nur der in Zweifel, der darin erstickt oder sich nur widernatürlich darin bewegt.

In einer Welt des systematisch betriebenen Mordes hat Angst keine Geltung mehr. Bestimmte frühere Verhaltensnormen haben nach Auschwitz keine Geltung mehr. Klage als einzig legitime Form des Protestes verwerfen – und verachten. «Schicksalslosigkeit» ist ein stolzes Buch, und das wird man ihm (und mir) nie verzeihen.

Milena Jesenská, diese wundervolle, Kafka so würdige Frau, im KZ Ravensbrück: «Ach, wenn ich doch tot sein könnte, ohne sterben zu müssen...»

Plötzliche und überraschende Veränderungen. Auf einmal ertappe ich mich zum Beispiel dabei, daß ich heute nicht mehr dieses Hündchen bin, das ich vor zwei Wochen noch war. Ich habe mich wieder zurückverwandelt in einen Wolf – oder einen Fuchs, einen Schakal, wie man will –, in ein einsam trabendes, vorsichtiges und listiges Tier, das nun auf sich achtgibt.

1976. MÄRZ Aufrichtigkeit ist eine Kategorie des Unmöglichen. Sie ist nur in der Unmittelbarkeit möglich, in der Lebenshaltung der Unmittelbarkeit, sagen wir, für Don Juan, wie ihn Kierkegaard so glänzend beschreibt; und selbst da ist noch intellektuelles Abstandhalten vorhanden. Verbale Aufrichtigkeit aber – nicht auf der

Ebene gegenständlicher Annäherung, sondern seelischer Berührung – ist quasi völlig ausgeschlossen; teils, weil das gesprochene Wort bloß ein Zeichen ist, das zum Abenteuer auf dem Feld des unmittelbaren Lebens einlädt, teils, weil tiefgekühlte Verbalität – die Literatur – bloß Form ist, das heißt etwas bloß Mittelbares, in dem sich Aufrichtigkeit wieder nur durch Transponierungen, sozusagen durch Techniken äußern kann.

Was für eine Verlockung ist die Selbstkasteiung! Der selbstbeglückende Schmerz des Unglücks. Meine Lust zum Geständnis. Etwas aus der gleichen Sphäre wie «Der Fall». Aber persönlicher, nicht so abstrakt moralisierend. Und trotzdem diesmal kein Roman. Was also dann?

Wie auch sollte ich mich wehren, wenn ich meine selbstquälerische Freude gerade daran habe, ausgeliefert zu sein.

Das Selbstbewußtsein des Menschen ist unerhört ernsthaft, daran gemessen, wie zufällig Geburt und Leben sind.

Wenn du im Laufe deines Weges die Hölle umgehst, kannst du höchstens auf eine trügerisch grüne Wiese gelangen, niemals in wirkliche Himmel.

Sie streckte mir ihre Hand entgegen, und ich erkannte sie sofort. Ihre geschliffenen Worte logen, die strahlende Larve, die sie als Gesicht trug, log. Ihre Hand aber log nicht: Sie war kalt, schlaff, weich und hilflos, wie ein sterbender, großer Wurm.

MAI Die kiesbedeckte Promenade in Szigliget* im abendlichen Dämmerlicht. Die lautlos dahinjagenden Vögel. Der runde, blasse Mond und das erleuchtete Viereck eines Fensters im Spalt der Tannen. Und das unhörbare, unsichtbare und unstillbare Schluchzen meines ganzen Wesens. Aus Spielen wird Leben, aus Leben Schicksal, aus Erfüllung Schmerz, aus Schmerz Erinnerung. «Es scheint, die großen Seelen seien manchmal vom Schmerz weniger erschreckt als vor der Tatsache, daß er nicht dauert» (Camus): Auch wenn ich riskiere, keine große Seele zu sein, klingt das für mich jetzt eher wie Trost.

Im Auto nach Hévíz. Der Geruch der Eichen. Die Aussicht vom Bece-Berg. Die vulkanischen Basaltberge und der Balaton in der dunstlos klaren Dämmerung, die verschiedenen Schattierungen des Blaus, die verträumte Hügelkette und die grünen Kegel in der Ferne, als wären es Inseln. Zuvor das Schwimmen im See von Hévíz. Und als Grundbaß: der Schmerz, mal schneidend scharf, mal dumpf brennend – aber immer mit einem süßen Beigeschmack, als liege in ihm ein Versprechen.

* Ortschaft am Plattensee, wo ein ehemaliges Esterházy-Schloß zum Schriftstellerheim umgewandelt worden war. *(D. Übers.)*

Die Schweizerin Anita. Alles wäre so natürlich, wären die Menschen ein bißchen natürlicher. Ich zeigte ihr den Park, danach begleitete ich sie zum Bus. Sie warf mir eine Kußhand zu und ging.

Szigliget. Noch immer der 19. Nachts halb zwei. Cognac, Beruhigungsmittel. Draußen ein schweres Gewitter. Der rötlich aufflackernde Wasserspiegel in der Ferne. Und endlich das Gefühl der Rückkehr, endlich die Befreiung, endlich der Plan: *Die Entstehung* – Symphonie eines nicht geborenen Romans (als Untertitel). Sprechen, gestehen, erzählen will ich: die Geschichte der Befreiung einer Seele, mehr noch: die Geschichte einer Gnade, deren sie teilhaftig wurde.

Gespräch mit dem rührenden alten Sándor Török. Meine Unterscheidung von Komposition und Konstruktion fand er feinsinnig. Jawohl: Diesmal ein Roman vor der Konstruktion, ein Roman vor dem Roman.

JUNI Ich muß mich am Leben halten, und es scheint, als sei jetzt das meine schwierigste Aufgabe. Lohnt es sich? Sag (lüg) bloß nicht: Ja, wegen des Romans. Es lohnt sich, weil, wenn sich die Frage überhaupt stellt, wir so darauf antworten müssen. Die Frage richtet sich nämlich an die Ratio, während die Lebensverweigerung, die Entscheidung zum Selbstmord, aus tieferen Schichten, aus den Wurzeln, aus Vulkanen hervorbricht, welche die Ratio in hohem Bogen davonschleudern. – Die vulkanische Schicht in mir dagegen ist starr, mehr noch, während mein Leben – das gerade zu scheitern scheint – mich quält, klingelt in der Tiefe eine aufreizende, fast unverschämte Fröhlichkeit. Was kann mir passieren? Die äußersten, die grundlegendsten Voraussetzungen kommen immer irgendwie zustande; und solange sich ein Bett findet und ein Tisch...

Verlogen auch das andere Dilemma, in dem ich oft schwelge, es heißt: Wenn ich den Weg des Unglücks gehe, stehen mir, sobald das feststeht, zwei Möglichkeiten offen. Ein Leben als Opfer oder Selbstmord. Beide sind trügerisch. Das Leben als Opfer würde ich gewiß mit heimlicher Hoffnung füllen, mit der Falschheit heimlicher und verbotener Erwartung. Selbstmord dagegen wäre das offene Eingeständnis, daß ich ein Leben ohne Glück nicht ertragen kann: Folglich ist dies auch nicht der Weg des Unglücks. Die einzig redliche Art, mit der Sache fertig zu werden – und zugleich die einzig redliche Art des Selbstmords –, ist: zu leben.

JULI Immer noch zu leben; mit lebensverachtendem Mut...

In der Poliklinik. Der Mann, der ohne jeden Übergang zu sprechen anfing. Er faßte mich fortwährend an die Schulter, an die Brust, ich konnte nicht ausweichen. Er ist 51. Hat drei Infarkte hinter sich. «Ich habe sie alle überlebt, aber wozu? Wozu?» fragte er andauernd. Er sei Präzisionsdreher, sagte er. Ein Besessener seines

Berufes. Doch wieder und wieder begann er vom Krieg zu sprechen. Anscheinend erkannte er in mir den ... was weiß ich. Den Juden? Er hat zwei Brüder, seine Eltern sind tot. Ihn hatten sie ins Pfeilkreuzler-Haus gebracht. Ein taubstummer Pfeilkreuzler-Wachposten winkte ihn mit dem Finger heran. Er besaß Papiere, die ihn als Flüchtling aus Zala auswiesen. Im Pfeilkreuzler-Haus glaubte man ihm auch. Der taubstumme Wachposten jedoch nicht. Als er aus dem Tor trat, wartete der Taubstumme dort mit seiner Maschinenpistole. Er durfte sich nicht zu sehr beeilen. Am Ferenc-Liszt-Platz würde es geschehen. Der Platz und die Straße waren bedeckt mit Leichen, Trümmern und Abfall. Langsam stieg er über die Leichen, ging um den Schutt herum und wartete, wartete darauf, daß die Pistole hinter ihm losginge. Doch sie ging nicht los. «Sehen Sie, da bin ich, aber wozu? Wozu?»

«Nur Frauen, die einen edlen Charakter besitzen, können mich glücklich machen»: Stendhal, welcher noch an den Charakter, an die Frauen und ans Glück glaubte. Proust wußte bereits, daß die «Liebe» immer etwas anderes ist.

Die große Entdeckung der Neuen Prosa: die Eliminierung des Menschen aus dem Zentrum der Dinge. Eine qualitative Veränderung, die den Roman – aber auch das Gedicht – zum Text, zum reinen Text verwandelt, dem man das Subjekt gleicherweise entzogen hat, wie die Sach- und Machtstrukturen der Welt das Individuum zerschlagen und auf bloße Impulse reduziert haben.

Um sein Leben zu schreiben, bedarf es großer Originalität; oder großer Trivialität. Was mich betrifft, muß ich mich damit begnügen, einen Roman schreiben zu können.

Alles Natürliche ist gewöhnlich: Baudelaire.

FREITAG Ein Tag der Klarsicht und Entschiedenheit. Die höllische Hitze ist bitteren, herbstlichen Tagen gewichen. Am Baum vis-à-vis rascheln die Blätter. Aus «Die Entstehung» ist «Das Fiasko» geworden. Nunmehr ein ernster, stiller, entschlossener Plan.

Tiefpunkt? Es gibt immer noch tiefere.

Proust: «Ich war entschlossen, ihm (dem Werk) meine Kräfte zu weihen, die gleichsam widerstrebend von mir wichen, als wollten sie mir Zeit lassen, nach dem Umreißen der Aufgabe die ‹Pforte des Grabes› geschlossen zu halten.»

Die grundlegende Erfahrung der individuellen Existenz. Und zugleich ist das individuelle Dasein der größte Irrtum – oder, falls sich derlei voraussetzen läßt, die größte Ironie – des Universums. – Wieder Nietzsche: «Der vollkommene Pessimismus wäre der, welcher die Lüge begreift, aber zugleich unfähig ist, sein Ideal abzuwerfen: Kluft zwischen Wollen und Erkennen.» – Schizophrenie, das von mir so geliebte Thema.
Dazu Heisenberg. Wissenschaft, Gott, Religion – als

wären dies nicht einander ausschließende Dinge. Das Geheimnis der Schöpfung. Das ethische Leben des Menschen. Und daß wir ausgeschlossen und ausgegrenzt sind, verbannt in Bruchstückhaftes, Widersinniges, in die Existenz, ins individuelle Sein? Oder ist etwa nicht das individuelle Sein «die Erbsünde»? –– Heisenberg hat mich neu überzeugt (und ich war mir dessen stets sicher), daß es für die Logik und die Ratio in der Natur eine Entsprechung gibt. Dem allerdings vermag ich nicht zuzustimmen: «Man kann die Natur erkennen.» Meiner Ansicht nach kann man sich lediglich *in* ihr zurechtfinden, stets nur *in* ihr. Denn gerade diese gegenseitige (wenngleich auch beschränkte) Entsprechung ist ja das Geheimnis unseres Lebens; der Mensch ist Natur; er kann sich wohl in ihren verworrensten Labyrinthen zurechtfinden, nur eines kann er nicht, nie und nimmer: sich über sie erheben. Das heißt, von Erkennen kann nicht die Rede sein. «Die Gesetze der Natur», sie sind die Maßstäbe unserer Gesetze, unserer Logik, unserer Möglichkeiten, die uns unsere Zugehörigkeit zur Natur, unsere *Hinein*gehörigkeit nur noch deutlicher machen, und diese Gesetze sind nur ein Faden in unserer Hand, um uns *in* ihr, in der Natur, zu orientieren: Alles das bestärkt aber zugleich nur, daß die Wahrheit, die einzige, die nicht zu erkennende, die namenlose Wahrheit, die Wahrheit des Daseins eben, außerhalb unserer Möglichkeiten liegt. Siehe da: Wo die kausale Beziehung (eine der drei Kantschen *Apriori*) verschwindet, da verschwinden sogleich auch die Gesetze, und der Unsicherheitsfaktor tritt hervor. Das Wissen, uns unserer Unwissenheit bewußt zu sein.

Daraus ließe sich dennoch ein Gesetz zusammenbasteln? Es würde aber wieder nur die Beziehung zwischen den menschlichen Möglichkeiten und den menschlichen Grenzen ausdrücken: Wir wissen, daß etwas existiert, das jenseits unserer Gesetze liegt, doch wir können auch dieses Etwas nur mit unseren Gesetzen registrieren. Bei der Untersuchung der Materie erschließt sich die absurde Eingebundenheit des menschlichen Daseins ebenso wie bei metaphysischen Spekulationen.

Womit willst du bezahlen, wenn nicht mit deinem Leben?

Mein forschender Blick macht gelangweilt die Runde: Habe ich noch eine Chance, ist mir noch irgendeine Chance geblieben, die ich verspielen kann?

Es gibt Menschen, wenn du mit denen sprichst, mußt du dir anschließend entweder die Hände dreckig machen oder ausgiebig und aufs unflätigste fluchen.

Was ist schon ein Gedanke? Nur ein Leben kann wirklich überzeugend sein.

Kafkas Reisetagebuch: Lugano–Paris–Erlenbach: «4. September. Cholera-Informationen: Verkehrsbüro, ‹Corriere della Sera›, Norddeutscher Lloyd, ‹Berliner Tageblatt› ...» usw. Dann: «... Reise nach Mailand ... von Mailand nach Paris aus Angst vor der Cholera ...» usw.

Datum: 1911, das Jahr von «Tod in Venedig». Die Cholera in der Novelle und in Kafkas Reisenotizen. Kafka und Thomas Mann waren im selben Jahr in Italien und flohen vor derselben Cholera.

Ein atonaler Roman. Was heißt Tonalität? Der Grundbaß einer eindeutigen Moral, der Grundton, der überall darin brummt. Gibt es einen solchen Grundton? Falls es ihn gibt, ist er erschöpft. Ein Roman also, in dem sich keinerlei statische Moral findet, nur die ursprünglichen Formen des Erfahrens, die Erfahrung im reinen und geheimnisvollen Sinne des Wortes.

«Die Menschen wissen nicht, warum sie einem Kunstwerke Ruhm bereiten. Weit entfernt von Kennerschaft, glauben sie hundert Vorzüge daran zu entdecken, um so viel Teilnahme zu rechtfertigen; aber der eigentliche Grund ihres Beifalls ist ein Unwägbares, ist Sympathie.» («Der Tod in Venedig»)

Wo nur ist diese ausgezeichnete Geschichte vom Lord und seinem Diener zu lesen? Der zurückgezogen lebende junge Lord wird gefragt, warum er sich vor dem Leben verschließt. Die Frage erschüttert den Lord: Was heißt Leben? Nun, Geselligkeit, Pferderennen, Freunde, Heiraten, eine Familie gründen, wird ihm gesagt. Ach so, antwortet der Lord darauf, nun, wenn das Leben heißt, das erledigt für mich mein Diener.

1977. JUNI Der große, entmutigende Sommer. Eine produktive Verbindung, die ich vielleicht besser ausbeuten sollte: die fruchtbare Liaison von Selbstverachtung und schöpferischer Tätigkeit.

Die Kunst ist die natürlichste nicht naturgemäße Natur des Menschen. Besonders charakteristisch für jene Wesen, die die Natur dazu geschaffen hat, sich mit der Natur nicht zu begnügen.

Gibt es ein unglückliches (nicht ein leidendes, sondern ein unglückliches) Geschöpf in der Natur außer dem Menschen? Selbst das Glück der Natur, das Glück von Tieren, von Pflanzen, ist nicht zu vergleichen mit dem des Menschen, weil der Mensch eine *Vorstellung* vom Glück hat.

Die Welt ist schlecht, denn ich bin schlecht.

Ich will einen Roman schreiben – was heißt das? Gar nichts. Hundertfach, ja tausendfach muß ich diesen Willen niedermachen, ihn Lügen strafen, der Lächerlichkeit preisgeben, so lange, bis er zunichte sein wird oder – *ich gezwungen sein werde*, einen Roman zu schreiben. Und vielleicht sogar gegen meinen Willen.

Den Roman so konzipieren, daß die Konzeption ihre eigene Unmöglichkeit, ihr Fiasko mit in sich trägt, also so, daß in ihr auch die verratene Sache deutlich zum Ausdruck kommt und manifest wird, nämlich das Schweigen einerseits, die vollkommene Verwirklichung andererseits. – Eine Kunst, die noch immer so tut, als ob die Geste der «Schöpfung» eine berechtigte, selbstverständliche, eine naiv natürliche Geste der «Begabung» sei, eine solche Kunst ist ein Attentat auf die menschlichen Verhältnisse, das heißt auf die Kunst selbst.

Milán Füsts Darlegungen über die Unmöglichkeit der Rache im Zusammenhang mit dem Monte-Cristo-Film. Die Beharrlichkeit des Gefühls, der Konflikt zwischen Leidenschaft und Zeit. Grundlegend; aber ohne Sinn für Humor nicht zugänglich. (Obgleich einem unverzüglich Hamlet einfällt, diese seltsame Figur, die von einer Minute auf die andere die Bühne betritt, als habe sie von den bis dahin, hier und da sogar noch bis heute gültigen Dramaturgien nie etwas gehört.)

Das Kunstwerk – heißt es – besiege den Tod. Das Gegenteil davon ist wenigstens mit Sicherheit wahr. Das Kunstwerk geht, wenn es diese Bezeichnung verdient, aus dem Schoß des Todes hervor. Der Tod ist einfach die Moral des Kunstwerks; und, genau überlegt, auch die des Lebens.

Alles, was für das Publikum lauter willkommene Erkennungszeichen eines Schriftstellers sind: seine Redewendungen, die Schwünge seines Gedankengangs, seine charakteristischen Attribute, die sichtliche Prägnanz, die unverwechselbare Musik seiner Texte, alles also, was man als «Stil» bezeichnet, ist für den Schriftsteller eine bittere Last, eine Fessel, von der er sich ständig befreien will, während sie ihn immer mehr zu Boden drückt.

Es ist leichter zu lieben, als gerecht zu sein; und vielleicht auch gerechter. Warum? Weil ich dabei mehr riskiere. Also ist zu lieben nicht nur leichter, sondern zugleich auch sehr viel schwerer.

Mein schriftstellerischer Ehrgeiz: etwas, woran ich verblute.

Schreiben, um nicht als das zu erscheinen, was ich bin: ein Produkt von Determiniertheiten, Strandgut von Zufällen, meiner biologischen Elektronik ausgeliefert, von meinem Charakter unangenehm überrascht...

Er muß überlegen, worunter er leidet, warum er ein schlechtes Gewissen hat, woher die Schizophrenie stammt, die ihn, statt zu Handlung und Tat, in die Welt der Zeichen trieb; er muß einfach der Tatsache auf den Grund gehen, warum er ein Buch geschrieben hat.

«Ein gutes Buch? Ein schlechtes Buch? Ganz unwichtig. Ganz einerlei, ob er dieses Buch geschrieben hat oder einen primitiven grauen Kieselstein vom Grunde eines Sees heraufgeholt, um die atemberaubende Tiefe zu erproben; ob er einen Augiasstall ausgemistet oder mit seinem Atem nur eine handtellergroße Fläche im Fenster freigehaucht hat, um die Landschaft besser zu sehen, durch die er seinem sicheren Ziel entgegenschreitet...» usw. «Das Buch, dieses Buch hat keinerlei Bedeutung für ihn, allein, die Erfahrung, die er dadurch gemacht hat... das war eine Wahl und ein Kampf.»

Er hat ein paar schwache Bücher geschrieben, und jetzt glaubt er, mit der Kunst auf du und du zu stehen. Wenn ich nicht flink genug bin, erteilt er mir noch Ratschläge. Ohnehin spürte ich auf meinem abgewandten Rücken die Peitschenschläge seines Wohlwollens.

Es gibt – seit Gott aus der Welt ausgezogen ist – keine Objektivität mehr. Wessen Blick auch sollte der objektive sein? Der der Technokraten? Ihm fehlt die Innigkeit, er verwandelt den Menschen in ein Ersatzstück, das (der) mit dem eigenen Dasein nichts mehr zu tun hat und in die Statistik einzieht, in den Datenfriedhof. Die authentische Kultur – die das Gegenstück zur herrschenden Kultur, das heißt zur Ideologie, ist – trennt sich (und auch sie trennt man) immer mehr vom Leben. Sie wird zur Angelegenheit einer kleinen Sekte, einer Sekte von Blindenführern, denen man die Blindheit der Blinden zur Last legt und die aus Mitgefühl, Opferbereitschaft oder Müdigkeit, unter der Einwirkung des Knüppels oder einfach aus Scham über die eigene Hellsicht schließlich selbst erblinden.

Die einzig mögliche Art der Buße ist schließlich jene Aufrichtigkeit, in der sich keine Spur von prahlerischem Bekenntnis findet und die restlos gegen mich selbst verwendbar ist.

Ich schreibe einen Roman, weil ich den denkbar größten Schmerz suche.

Radikal die Phantasie wählen, sein Nest radikal in der freien Luft bauen. Die Möglichkeit eines Sturmes, des Abstürzens einbeziehen, doch diese Möglichkeit so, daß man dabei aus dem eigenen Aufschrei auf eine neue Gleichung für die Luftschwingung und die Gesetzmäßigkeit des Schalls schließt.

Abendspaziergang durch die dunkle Torockóstraße. Oktobergeruch. Die sich abzeichnenden Konturen des Romans. Sein Gegenstand: wie in einem Menschen das Dasein aufheult. Die Handlung: eine Reise in die Erleuchtung. Es zeigt sich, daß die scheinbar geradlinig verlaufende Handlungskette letztlich ein sich schließender Kreis ist. Die episch glaubhafte Darstellung des gesellschaftlichen Umfelds, ohne daß es dominiert; allen satirischen und politischen Verlockungen widerstehen; allen Entschuldigungen; Köves ist kein Opfer, es geht nicht darum, daß ihm Scheußlichkeiten widerfahren, sondern darum, daß er diese Welt der Scheußlichkeiten – durch sein bloßes Dasein, seine bloße Teilnahme – selbst schafft! Das ist seine Anständigkeit, seine Tugend – und vor allem seine Schuld. Jeden Satz muß dieses begierige, gegen sich selbst gerichtete Schuldbewußtsein durchdringen. «Oder was kann der Mensch geben, damit er seine Seele löse?»

Daß ich auf ewig unergründlich bleibe für mich selbst, das ist offensichtlich. Was aber bedeutet meine Manie, dieser Zwang, der schlagartig, wie ein elektrische Impulse aussendender Steuerungsmechanismus, in Funktion tritt, sobald ich in die Nähe von Menschen gerate?

Warum verhalte ich mich immer anders, als ich es möchte? Das Ideal, das ich mir von mir gebastelt habe, ist das eines kalten, harten, sogar verletzenden Mannes, an dem ich mit dem ersten tatsächlich gesprochenen Wort sofort Verrat begehe. Aber warum? Fürchte ich sie so sehr, meine Mitmenschen? Wenn ja, warum bastele ich mir dann falsche Ideale? Und worin besteht der Verrat: in meinem Verhalten oder in meinem Ideal? Und was ist das Wirkliche: was ich tue oder was ich denke?

Seltsam, wie sehr mich die sogenannte «Unsterblichkeit» stets uninteressiert gelassen hat, mich überhaupt nicht interessieren kann. Jedermann will irgendeine Spur im Leben hinterlassen. Ich würde lieber spurlos verschwinden. – Daß ich das Geschriebene so meine, wie ich es niedergeschrieben habe, dafür bürge ich. Warum jedoch schreibe ich es überhaupt nieder, wenn es so ist, wie ich es geschrieben habe (und wofür ich bürge), warum also schreibe ich? Wieder die Frage: Wo habe ich Verrat begangen? Und was ist das Wirkliche?

Simone Weil: «Solcherart war für mich der Begriff der Berufung... und einem solchen Antrieb, falls er sich einstellte, selbst wenn er Unmenschliches befahl, nicht Folge zu leisten, schien mir das größte Unglück zu sein... Von allen möglichen Arten des Lebens erschien mir immer jenes als das schönste, wo alles entweder durch den Zwang der Umstände oder von solchen Antrieben bestimmt wird und wo niemals Raum bleibt für irgendeine Wahl.» Und weiter: «... empfing ich plötzlich und für immer die Gewißheit, daß jedes beliebige menschliche Wesen, selbst wenn es so gut wie gar keine natürlichen Fähigkeiten besitzt, in dieses dem Genie vorbehaltene Reich der Wahrheit eindringt...» (Das, was ich existentielle Genialität nenne.)

«... gibt es zwei völlig verschiedene Sprachen, obgleich sie sich aus den nämlichen Worten zusammensetzen: die Kollektivsprache und die Einzelsprache... und nach der Notwendigkeit der Natur findet keine Übereinstimmung statt»: Simone Weil.

Wenn die Wirklichkeit bloß das Schattenspiel einer Wirklichkeit – *der* Wirklichkeit – ist, was ist dann Schreiben?

Die Gedankengänge, die uns im großen Kaufhaus ‹Gesellschaft› wie Konfektionsanzüge von der Stange verpaßt werden. Aus ihnen herausschlüpfen, radikal anders denken über alles. Selbst die Anarchie hat ihre Schemata.

Es scheint, als bedeute Kunst nunmehr das allerwenigste für die Kunst: Dies ist eine qualitative Wende, deren Wesen darin besteht, daß statt purer «Begabung» die ganze Existenz gefordert ist. Man kann sich fragen, warum. Vielleicht weil der Zusammenbruch ein solches Ausmaß erreicht hat, daß es zwischen den Ruinen nichts mehr zu schmücken gibt.

Manchmal werde ich der Stille gewahr, die mich umgibt. Wie ein Tier, das nachts plötzlich aufhorcht, von keiner direkten Gefahr, sondern von der eigenen Vorsicht aufgeschreckt, um sich gleichsam zu vergewissern, daß es ruhig weiterschlafen kann. Diese Ruhe gleicht jedoch dem Aufschub eines Urteils, das bereits irgend jemand irgendwo über mich gefällt hat und das etwa so lautet: «Wozu ihn töten? Er geht auch von selbst zugrunde.»

Auch eine kahle, sogar bruchstückhafte Prosa als Gegenwirkung (Musil) ist vorstellbar. Bedenkenswert, daß Proust der Lieblingsschriftsteller Becketts war.

Die beiden Alten in der Januarsonne; sie standen in einem Mauervorsprung des alten Klostergebäudes, wahrscheinlich sonnten sie sich. Die unerwartet herausragenden und zugleich doch in die graue Wand einfließenden grauen Köpfe wirkten fast wie Mauerstuck. Diese Gesichter, und es ist jetzt schon egal, nach was für einem Leben, kehren in die stille, erschreckend emsige Werkstatt der zerfallenden Materie zurück. Wenn der Tod sinnlos ist, wie sollte das Leben Sinn haben? Wenn der Tod Sinn hat, wozu dann leben? Das vollkommene Fehlen rationaler und moralischer Zusammenhänge ist offenkundig. Alles, was vernünftig und ethisch ist, deutet auf eine andere Welt hin; diese andere Welt jedoch *existiert* nicht.

«Wir nehmen keine Rücksicht auf den, der in uns ist»: Valéry.

Nachts wache ich auf, entsetzt von der verzweifelten Inhaltslosigkeit meiner Tage. Als spitze sich – ich kann es nicht anders formulieren – etwas zu in mir. Ist es ein Werden? Oder gerade das Gegenteil? Nur der eine oder andere strahlende Moment erhellt manchmal die Kerkerfinsternis meiner Gegenwart.

Für den Roman spricht letzten Endes auch, daß die Analyse einen Vorgang weder ergänzen oder noch ersetzen kann. Diese Erkenntnis hat übrigens auch die Technik des Romans selbst verändert. Der analytischen Operation entgleitet fortwährend der analysierte Gegenstand: Schließlich bleibt nur noch die Analyse selbst übrig; wie ein Krebsgeschwür, das seinen Nährboden aufgefressen hat, hat sie ihren Gegenstand gänzlich in Analyse verwandelt, der deswegen aber trotzdem bleibt, was er ist: ein unerklärbares, unbegreifliches, einmaliges Phänomen, ein Abenteuer und eine Daseinsform, die außerhalb der Analyse ihren Raum und ihr Gelände hat.

Wenn ich manchmal Angst vor der Zukunft habe, wenn ich meine Situation als «ungerecht» empfinde, wenn mich flüchtiges Entsetzen packt wegen der Armut, der Aussichtslosigkeit, der Verbautheit meiner Lebensmöglichkeiten, dann, nun, dann vergesse ich, daß ich dieses Ausgeliefertsein *gewählt* habe; und siehe da, statt mit stolzer Genugtuung nehme ich es mit blöder Verwunderung hin, wenn man mich wie einen Ausgelieferten behandelt. «Oder was kann der Mensch geben, damit er seine Seele löse?»

Was meine Bücher angeht, sich abfinden damit, daß sie nicht auf fruchtbaren Boden fallen. Da sie einzig und ausschließlich von der Person Zeugnis geben, die sie hervorgebracht hat, und da sie der Heimatlosigkeit dieses Individuums entspringen, könnte ich sie genausogut auf sanskrit schreiben, denn es gibt keine Nation, auch keine Gemeinschaft, die diese Äußerungen als ihr Eigen anerkennen würde. Ich könnte fragen: Will ich das denn nicht? Statt dessen muß ich jedoch fragen: *Muß* ich das nicht wollen? Denn mit dieser Frage ist das Paradox komplett, und das Paradox ist es, was mich immer noch vor allerlei Wahnvorstellungen bewahrt. Lieber die Schizophrenie als die trockene Wahrheit einer asketischen Ideologie – ja, lieber sogar ein leidenschaftlicher Irrtum, als recht zu haben in allem, denn nur in der Leidenschaft ist Kampf, und nur im Kampf ist *Sein*.

Die Schönheit ist der unerfüllbare Traum der Sehnsucht. Die reinste Form menschlichen Empfindens der Schönheit gegenüber ist deshalb immer der Schmerz.

Wenn einem das Leben irgendwann zu einer unerträglichen Last wird, muß man den Tod doch wünschen. Das ist die äußerste Ironie des menschlichen Schicksals, der vollkommene Mißbrauch des Menschen.

Ein und denselben Roman leben und schreiben.

Einst kämpfte der Mensch mit den Göttern, sein Horizont war der Kosmos, seine Perspektive die Ewigkeit.

Heute sind es die Gefängnismauern. Der schöne und große Stil, der Stendhalsche grand style bedeutet heute, immer in dem Bewußtsein zu schreiben, daß uns die Welt nicht mehr gehört. Und nicht einmal diese Übergangszeit, dieses einstweilige Terrain, dieser vergängliche Körper, die wir zum Leben haben.

1978 Szigliget. Ein warmer Herbst. Einsamer Spaziergang über die Schauplätze. Während des Gehens senke ich trotzig den Kopf vor der sanften, sonnendurchfluteten, versöhnlich stimmenden Landschaft. «Rasch wechsele ich die Kleider, wie ein Mörder.»

NOVEMBER Roman. 1. Werk – das Wort hat keinen Sinn. Begabung – das Wort hat keine Bedeutung. Der Auserwählte Künstler – existiert nicht mehr. Der Zustand des Scheiterns als menschliche Situation.
2. Zwang zur Objektivierung. Woher rührt er? Vom Willen zur Macht. Das schöpferische Verlangen K.s ist nichts anderes als eine Rückeroberung: um seine Individualität von der Geschichte zurückzugewinnen. Mit Hilfe der Phantasie Herrschaft über die Welt zu erlangen, die Herrschaft über ihn besitzt. Die Objektivierung (in gewissem Sinne) als Rache, die jedoch nur im disziplinierenden Gewand der künstlerischen Form erscheinen kann, also verwandelt, verzaubert, entfremdet. Ist sie noch Ereignis für ihn? Das Hauptproblem aber ist, daß der, der das Wort ergreifen sollte, das Wort nicht ergreifen kann, in der Kakophonie findet das bedauernswerte Subjekt keine Note: Alle Töne sind be-

setzt. Er müßte im Ton der Objektivität sprechen, als Teilfigur eines Ganzen: Das ist vermutlich die Aufgabe. (Wie in «Schicksalslosigkeit».) Eine objektive, metallische Oberfläche in der Komposition.

Baudelaire: «Vielleicht wäre es reizvoll, abwechselnd Opfer und Henker zu sein.» («Mein entblößtes Herz»)

Den Roman zu wählen heißt: Aggression und Buße zugleich zu wählen. K.s existentieller Weg.

Freud über den psychologisch so bemerkenswerten Zustand des Verliebtseins – das Paradigma des Normalen für die Geisteskrankheit...

1979 Ein schriftstellerisches Werk hervorzubringen, ein organisches menschliches Gebilde, ist heute, hier, in dieser Situation, auf jeden Fall eine humoristische, um nicht zu sagen komische Handlung. Ob es möglich ist, heute, hier, in dieser Situation ein solches organisches menschliches Gebilde hervorzubringen, in dem der Humor, um nicht zu sagen, die Komik dieser Handlung nicht gegenwärtig ist? Wenn ein solches Werk wirklich entstehen kann, dann kann allein dieser Humor, um nicht zu sagen, diese Komik, für seine Qualität bürgen.

«Schöpferisches Schuldbewußtsein.»

Alle Handlungen, die wir in der sogenannten Wirklichkeit begehen, haben wir in der urteilenden Vorstellung noch einmal zu begehen.

Wie sich die Coda der C-Dur-(Jupiter-)Symphonie – nach einer leisen und konsternierten Umschau – aus der Welt zurückzieht in die feierliche Blindheit ihrer eigenen Herrlichkeit...

Die Intellektuellenkrankheit der Zeit ist die Objektivität, eine Art Pseudoobjektivität, ein vorsichtig abwägendes Balancieren, bei dem alles Persönliche langsam abstirbt und seinen Platz jener bedenklichen Schizophrenie überläßt, deren Wesen darin besteht, daß sich anstelle der verdrängten Subjektivität die äußere Totalität etabliert hat.

Dieser natürliche Trieb, Künstler zu sein, ist überhaupt nicht mehr natürlich.

Halbbildung kann man nicht erwerben: Man kommt halbgebildet auf die Welt. Halbbildung ist, könnten wir sagen, eine Frage der Intelligenz – der fehlenden Intelligenz.

Eine Fußnote aus «Totem und Tabu»: «Der Mißerfolg ist aber, wie wir wissen, der moralischen Reaktion weit günstiger als die Befriedigung.»

Was ist Arbeit letztlich für eine Tugend? Eine Sklaventugend. Wie konnte sie in der neueren Zeit – unmerklich – zur Ideologie, zur Moral, man kann getrost sagen: zu Gott werden? Was bedeutet das Wort überhaupt: Arbeit? Tun, Tätigsein – ist nicht Arbeit, auch nicht, wenn es mit Arbeit verbunden ist. Die Künstler der

Frühzeit und der Antike beispielsweise «arbeiteten» nicht in dem Sinne, in dem, sagen wir, Dickens oder Zola usw. arbeiteten. Arbeit als Eroberung, als Dynamik, als Lebensform, sogar als Lebensanschauung – als das Gegenteil des schauenden und beschaulichen Lebens. Die Arbeit sieht sowohl in der Beschaulichkeit als auch in den höheren Formspielen des Lebens, im Aristokratischen, das Nutzlose, das Parasitäre. Ist das eine Revolution oder eher Wahnsinn? Vielleicht gar ein Bedürfnis? Die wissenschaftlich-technische Entwicklung kam durch Arbeit zustande; wenn es aber keine wissenschaftlich-technische Entwicklung gibt, bleibt das Bevölkerungswachstum aus, und bleibt das Bevölkerungswachstum aus, besteht die Notwendigkeit der wissenschaftlich-technischen Entwicklung nicht. Wie dem auch sei, Tatsache ist, daß Arbeit bislang alles niedergewalzt und alles gerechtfertigt hat (Auschwitz und Sibirien, um die Extrembeispiele zu nennen): Die Arbeit ist der einzig funktionierende und wirksame Gott, dem die Menschheit, verhohlen oder unverhohlen, einmütig huldigt, wie einem neuen Moloch, und der ihr moralisches Leben radikal durchdringt; die Moral der Arbeit hat jede andere Moral – selbst die Ethik der Arbeit – in den Hintergrund gedrängt, sie ist völlig *an und für sich**. Doch der sich aus der Arbeit entwickelnde Automatismus beschert der Gesellschaft bald eine ums Tätigsein – also um Gott – gebrachte Masse: Um ihr religiöses Leben fortsetzen zu können, nimmt sie nun die methodische Vernichtung in Angriff – denn schließlich ist auch

* im Orig. deutsch

Zerstörung Arbeit, wenn sich die Arbeitsmoral dazu findet. Das Sinken des menschlichen Niveaus setzte offenkundig mit dem Sieg des Gottes Arbeit, mit deren Erhebung zur allgemeinen Moral ein: Aber was heißt menschliches Niveau – da sich das Niveau ja auch durch Arbeit herausgebildet hat und letztlich in die totale Arbeit eingegangen ist.

Ich vernünftele zuviel. Ich lebe nicht genug in meinen Ideen. Mehr Fanatismus!

Die Liebe wäre im Grunde überhaupt nicht Sache des Mannes? Seine Rolle (und sein Leiden) nichts weiter als das ewige (und ausweglose) Leiden an dieser Untauglichkeit? Es wäre die Quelle des schlechten Gewissens und der Hinterlistigkeit, die seine Beziehung zur Frau charakterisieren?

«... und dann brach diese Liebe mit solcher Kraft über ihn herein, daß man sein späteres Schicksal nur noch als unablässige Flucht bezeichnen kann vor dieser vernichtenden Liebe...»

Nicht die Wahrheit, sondern die Suche nach der Wahrheit. Nicht das Bild, sondern der Bildschnitzer. Nicht der Sieg, sondern der Kampf. Nicht das Werk, sondern die Existenz.
Das makellos geformte Kunstwerk ist nicht mehr und noch nicht zeitgemäß.
Was ist Form? Der engste Spalt, durch den hindurch wir unserer ganzen Weite zur Flucht verhelfen müssen.

SEPTEMBER Er ist immer sehr freundlich zu mir, vergißt aber nie, mich zu betrügen.

Jede von uns geschaffene Form unterscheidet sich so unendlich von uns selbst, daß das, was sie letztlich dennoch von uns in sich birgt, das Wunder selbst ist.

Spannung. Wie mir Schritt für Schritt jeder Halt unter den Füßen entgleitet. Selbst mein Humor hat sich verfinstert: finsterer Humor.

7. SEPTEMBER «Der Alte stand vor dem Aktenschrank.» Das scheint bereits endgültig zu sein. Ich weiß nicht, wie ich mich dort wieder herauswinde. Doch steht meine Entscheidung – was den Roman betrifft – so fest, daß sie mir tatsächlich wie ein äußerer Befehl erscheint; sie macht mich vollkommen unabhängig von der kleinlichen Angst, Zerbrechlichkeit und Unsicherheit, die ich bin.
Mein Verhältnis zur Welt ist ausschließlich subjektiv und ethisch bestimmt. Daraus schöpfe ich meine Leidenschaft, die mich erfüllt mit unstillbarem Verlangen, die Dinge zu benennen. Ich will nicht vernünftig auf die Welt blicken, damit sie vernünftig auf mich zurückblickt; ich will keinen Ausgleich. Ich will die Existenz, die Opposition; das Schicksal, aber mein Schicksal, das ich mit niemandem gemein habe und das mit nichts verwandt ist. Ich will abgebrochene Brücken und dieses Gefühl, das mich seit Tagen als Stimmung beherrscht: «Es gibt keinen Weg zurück.»

II

TREIBT

(zwischen Klippen und
Sandbänken)

Der erschreckende Unbekannte: ich selbst.

... dieser merkwürdige Tatendrang, der den Menschen dazu treibt, Romane zu schreiben, und den man – da er ohnehin schon nicht zu begreifen ist – mit einem noch weniger zu begreifenden Wort Begabung nennt ... (Und was treibt den unbegabten Künstler?)

«Ich glaube», sagt meine Mutter mit einem verschämten Lachen, «daß das Schicksal eines jeden in einem großen Buch geschrieben steht.» – Das ist natürlich (nebenbei bemerkt, ziemlich überraschenderweise) die protestantische Determination. Doch gleichzeitig kann man darin auch das zeitgemäße Totalitätsempfinden erkennen, den Klagelaut der Ohnmächtigkeit. Was ich charakteristisch finde: Schrift, daß es also «geschrieben steht». Das ist wie eine himmlische Kopie des Beamtendaseins meiner Mutter, eine bürokratisierte Ontologie sozusagen. Aber es steckt auch menschlicher Exhibitionismus darin, die Notwendigkeit der Vorsehung, Registrierung und Bewachung: Der Mensch lebt in ewiger Aussprache, im ewigen Zeichengeben, einem ewigen Dialog, jede Gebärde ist Ausdruck. Und da er sich unablässig ‹ausdrückt›, bedarf er auch des anderen Pols, der das Ausgedrückte empfängt. Äußere Grenze ist Gott. Die große, fließende Erzählung vom Menschen, in der wir alle unseren Platz suchen. Wir alle leben unter Augen, die uns bewachen. Augen, die uns registrieren. Wird einer nicht registriert, fühlt er sich verlassen – wer auch immer, was auch immer es sein mag, der registriert, der Pförtner des Himmelreichs oder eine Gefängnisbehörde, ganz egal; die völlige Finsternis der Verlassenheit aber beginnt bei dem Gefühl, daß dieser Blick, daß diese Registrierung fehlt. Das ist der Seelenzustand Kains.

Schostakowitsch: «...Man hat gesagt und sogar geschrieben, daß die KZ-Kommandanten Bach und Mozart gehört, diese Musik geliebt und verstanden, daß sie geweint hätten, wenn sie Schubert hörten. Ich glaube das alles nicht. Ich bin noch nie einem Henker begegnet, der die Kunst wirklich geliebt und verstanden hätte...»

Rilke: «Rose, o reiner Widerspruch...» Das große Übersetzungsrätsel. Ist es noch niemandem eventuell so in den Sinn gekommen: «Rose, o Rainers Widerspruch...»?

Ein ehrlicher Mensch ist auch dann ehrlich, wenn er lügt: Er lügt ehrlich.

Es wäre ein Irrtum zu glauben, daß der Mensch sein Leben nach Utopien oder Ideologien richtet: Er wählt sich die Utopien (bzw. Ideologien), die er für sein Leben nötig hat. Hegel hätte dem Nationalsozialismus ohne weiteres als ideologische Grundlage dienen können; da sich jedoch Marx schon Hegel angeeignet hatte, wählten die Nazis Nietzsche – der ohne weiteres die ideologischen Grundlagen für eine revolutionäre Theorie hätte liefern, der gewissermaßen zum Heiligen der Revolution hätte werden können. – Tat ist Tat, Ideologie ist Ideologie: Beide bedingen einander, aber nur insoweit, als die Tat die Ideologie und die Ideologie die Tat braucht. Der Mord beansprucht seine Sittenlehre ebenso wie das Heilige die seine, und der Heilige kann ebensogut aus einer mörderischen Ideologie schöpfen wie der Mörder aus einem Katechismus des Heiligen. Wesentlich ist dabei eins: Es muß entsprechend doktrinär sein, darf keinen Freiraum, keine Freiheit lassen – denn sonst wird weder der Heilige noch der Mörder damit fertig.

Wie ein Fremder auf das eigene Leben sehen und es trotzdem bis zum letzten Tropfen in sich einsaugen; nur spüre dabei immer, daß du das Glas jederzeit abstellen kannst, wenn die Umstände oder deine eigene Entscheidung es erfordern.

Jede Schwäche, die im Gewand der Gewalt auftritt, wird als Stärke begrüßt und verehrt.

Originalität: Sie ist nicht der Anfang, sondern der Weg. Man muß zur Originalität gelangen. Und durch je mannigfaltigere und reichere, ja: fremdartigere Landschaften der Weg führt, desto sicherer läßt er uns letztlich zu unserer eigenen Originalität gelangen.

1980. 20. MAI Stipendium für Ost-Berlin, seit zwei Tagen Dresden. Berlin: monströses Symbol des Absurden, unseres regellosen Lebens zwischen Mauern, das nicht aufgehört hat, Vergangenheit zu sein, irgendwo stehengeblieben und einzig damit beschäftigt, die Zukunft zu verschlingen: Die Gegenwart ist das pathoslose Elend des Überlebens. Obwohl die *Richtung* dieses Überlebens ganz und gar ungewiß ist: Es schreitet zwar in der Zeit fort, doch es steuert auf nichts *zu* – zumindest nicht spürbar. Gleichsam stofflich, wie eine breiige, drückende Masse, füllen die Menschen die Ritzen zwischen den Steinen aus: Sie stehen Schlange vor Geschäften, Cafés und Restaurants. Die Moral dieser Menschenmasse, so jedenfalls scheint es mir, ist nur noch der äußere Anstand, nur die wohlbekannte Grenze ihrer Möglichkeiten hält sie im Zaum. Unverständlich, daß es nicht jede Nacht zu Massakern, Brandstiftungen, Blutbädern und Plünderungen kommt, während am Morgen dann ein jeder wieder an seinem Arbeitsplatz erscheint. «Danke sehr, bitte sehr.»

In Dresden sehe ich lauter Gesichter wie auf den Bildern der deutschen Meister im Zwinger: Was suchen sie hier, da sie schon einmal gemalt worden sind? Mat hat keine Ahnung von seiner eigenen Überflüssigkeit.

Nach zwei Stunden Schlangestehen für ein paar Brötchen, etwas Aufschnitt usw. finde ich auf der groben Papiertüte den Aufdruck «Freude am Einkauf».

Dresden, Hotel Newa: Durchgelesen, was von «Fiasko» bislang fertig ist. Es paßt zu den Ruinen hier. – Am Vormittag Badehose, Handtuch, Seife, dann Straßenbahn Richtung Schwimmbad. Nach einigem Herumfragen finde ich es. Der Mann an der Kasse deutet auf ein Schild, das an der Wand prangt: «Für Privatpersonen nur dienstags 20^{30}–21^{15}». Ich trotte ab. Sagte nicht Goethe, er sei als Privatmensch geboren. Heutzutage ist dies ein überaus beschwerlicher Status.

Dresden. Es dauert Stunden, bis ich zu einem Mittagessen komme. Der riesige Speisesaal des «International» ist leer, aber es wird nur auf der Terrasse bedient. Auf der Terrasse jedoch pfeift eisiger Wind. Ich schlage den Weg Richtung Neustadt ein. Triste Straßen, an einer Ecke unterhält sich eine farbige Studentin mit einem blonden Jungen auf sächsisch. Ich komme an die Elbe; in der Ferne der Zwinger, das Schloß, der monumentale Barock des Albertinums; die barocke Brücke, am gegenüberliegenden Ufer das Japanische Palais, irgendeine Hochschule, Neoklassizismus – und dann plötzlich grellbemalte Wohnschachteln in den phantastischsten Farben. Das Ganze ist jedoch keine Feriensiedlung, sondern ein neuangelegtes Stadtzentrum, ein provisorisch wirkendes Dauerheim von Rummelstadtbewohnern. Unmittelbar dahinter ein altes, tristes Arbeiterviertel. Als stelle die Urgeschmacklosigkeit plötzlich ihre sonst so dezent verborgenen Eingeweide zur Schau. Ich ertappe mich dabei, daß ich die Menschen betrachte wie Diogenes mit der Laterne. Lauter gutaussehende, adrette Menschen, doch als hätte man sie gebrandmarkt, glüht an allen das Zeichen der Durchschnittlichkeit. Ich kann mir nicht vorstellen, daß in dieser Stadt auf einmal jemand zu denken beginnt. Endlich finde ich eine kleine Gaststätte. Und bekomme nachmittags um vier zum Mittagessen ein «Bauernfrühstück».

Wenn ich mich genau umblicke, muß ich einsehen, daß nicht bloß die historischen Verhältnisse existieren; ein Volk ist eine Substanz mit eigenem Charakter. Auch in der Niederlage bewahrt sich Germania ihre Aggressivität, ihre naive Gutmütigkeit, ihre unglaubliche Gier nach dem Augenblick (auch wenn sich diese Gier zur Zeit nur in maßlosem Eiskonsum ausdrücken kann), ihre beispiellose Melancholie und ihre knechtische Hingabe.

Die grüne Tapete des Hotelzimmers im Dresdener Abendlicht. Draußen dichter Regen. Von allem abgeschnitten, von allen getrennt. In der einen Hand «Der Wendepunkt» (Klaus Mann), in der anderen Camus' «Carnet» (als Gegengewicht).

Einen Tag später. Kalter Wind. Akquisitionsgang durch die Stadt. Beute: 3 Stück Kuchen, 7 Postkarten. Beim Fleischer war kein Reinkommen. – Eigentlich mag ich den Teil Dresdens, den ich von meinem Fenster im 14. Stock aus sehen kann: die Halle des Bahnhofs, die auf den hochgelegenen Schienen hin- und herfahrenden Züge, die Dächer drüben auf der anderen Seite, die eigentümlichen Schornsteine, Kuppeln und Wetterhähne, die Turmuhr der Universität, die grünen Hügel in der Ferne mit den zwischen Bäumen versteckten Häusern. Beim Anblick des Bahnhofs vom ersten Moment an ein Déjà-vu-Gefühl. Es treibt mich von Zeit zu Zeit, ans Fenster zu treten und reglos grübelnd in diese weite Aussicht zu starren. Heute endlich wurde

mir klar, daß dies der Bahnhof ist, von dem ich 1945, als ich aus Buchenwald kam, nach Hause fuhr. Es war ein glühendheißer Sommer, wir warteten stundenlang auf die völlig ungewisse Abreise. Erinnere ich mich richtig, so verbrachte ich die Fahrt auf einer Eisenplatte zwischen zwei Waggons. Vielleicht auch auf dem Dach des Zuges? Nein, denn vom Dach hangelte sich plötzlich ein russischer Soldat mit Maschinenpistole herunter und raubte mich zu meiner großen Verblüffung aus. Also sieh an, hier ist der Bahnhof. Ich höre in mich hinein, ob es etwas bedeutet. Reinen Gewissens kann ich antworten: nichts, nicht das geringste.
Abends der Hotelmonteur. An meinem Deutsch merkt er sofort, daß ich Ungar bin. Er ist mit einer Ungarin verheiratet. Hat seit kurzem eine Tochter, seine Frau ist zur Entbindung nach Budapest gefahren, so ist das Kind ungarischer Staatsbürger. Später, sagt der Monteur, könne es dann reisen, nicht so wie er. «Ich fühle mich wie ein Verbrecher», sagt er. Ja, ich sehe das überall. Ein bestraftes Volk. Aber kann man ein Volk bestrafen? Und wenn man es kann – da die Mittel dazu vorhanden sind –, darf man es?
Freitag. Genau eineinviertel Stunden Schlangestehen beim Fleischer. Ansehnliche Beute: Schweinebraten, Schinken, Salami. Eine alte Frau, der im Geschäft schlecht wurde. Geschwollene Beine. Die Frauen ziehen immer wieder die Füße aus den Sandalen. Ansonsten Geduld, unendliche Geduld (unduldbare Geduld) inmitten von Prozeduren der Demütigung. Ob es sich wohl um eine bewußt eingerichtete Ordnung handelt? Oder hat der reine Zufall diese Art der Organisiertheit

zustande gebracht? Aber es gibt keine reinen Zufälle, die Verhältnisse sind Produkte der Verhältnisse. Und das Endergebnis: das Einkaufen, die Sicherung des Lebensstandards frißt all jene Energie, die die Menschen sonst für andere Zwecke verwenden könnten. Sie arbeiten, stehen Schlange, erziehen ihre Kinder – und plötzlich ist das Leben zu Ende. Zweifellos funktioniert dieses Fließband erfolgreich. Es bleibt keine Zeit, auf Distanz zu gehen, und da es keine Distanz gibt, gibt es auch keine Perspektive. In einer Schlange, die auf warenbeladene Regale zusteuert, kann sich die Möglichkeit des Ausstiegs nicht ergeben, bindet das Schlangestehen selbst doch alle Kräfte. Und am Ende wartet die im Einkaufsbeutel verstaubare Belohnung. Andererseits ist dieser Mechanismus jedoch ebenso perfekt wie fragwürdig, denn er macht die Menschen zu Sklaven. Und Sklaven sind unberechenbar, heimtückisch und gewalttätig. Es ist unmöglich, den Zeitpunkt zu berechnen, an dem diese Eigenschaften plötzlich ausbrechen.

Zu der Natur von Wahrheiten gehört es, daß man sie, wenn Bedarf besteht, einzeln hervorholen kann. Aber die Wahrheit bestimmt den Bedarf nicht. Somit gibt es zwar Wahrheit, doch nur so, wie es Gott gibt: im abstrakten Sinne. Taubstumm sozusagen.

Ulla, mir zugeteilt als «Betreuerin», Dolmetscherin (und vermutlich auch Spitzel, welch letztere Aufgabe sie vielleicht mit in diesem Fall erfreulicher Befangenheit mir gegenüber erledigen wird), sagt: «Wir sind ein Frontstaat.» Und zuckt mit den Achseln. Von hier aus gesehen fällt plötzlich die eigentümliche Lebenskunst, man kann sagen: der Lebensstil in den Ländern der ehemaligen Monarchie, plötzlich auf. Schon auf der Herfahrt verbreitete der tschechische Kellner im Speisewagen des Prager Schnellzugs um sich herum eine schwer zu beschreibende Atmosphäre, an der man Mittelosteuropa erkennen kann. Vielleicht liegt es an der erlangten Gewandtheit im Überleben, die zwischendurch fast schon zu Jovialität entartete – *jenseits von Gut und Böse, jenseits von allem*.

Wieder das monströse und stickige Berlin. Heute fand ich die Erklärung für das knatternde Geräusch, das mich in dieser Stadt, wenn ich durch die Straßen laufe, immerfort begleitet: Die eisernen Fahnenstangen rütteln in den ins Gehwegpflaster eingelassenen Halterungen hin und her, sobald der Wind die Flaggen in der Höhe flattern läßt. Immerfort Fahnenschmuck, immerfort Feiertag, die ganze Stadt knattert und rasselt. Immerfort Langeweile, immerfort Demütigung und Demut. Ein Lächeln, eine noch so natürliche Geste der Höflichkeit ruft bei den Menschen Verblüffung und Aggressivität hervor. Sie glauben einfach nicht, daß zwischen Mensch und Mensch Menschlichkeit möglich ist. – Die Rückfahrt von Dresden. Eine Stunde Halt auf offener Strecke wegen eines Brandes. Im Zugabteil eine ununterbrochen redende Berlinerin und ihr schlafender Mann. Die Frau ist zweifellos neurotisch, der Mann ebenfalls. Sie euphorisch, er depressiv. Ich nehme an, von Zeit zu Zeit tauschen sie die Rollen. Vor dem Bahnhof in sengender Sonne vierzig Minuten Schlangestehen für ein Taxi. Das Ministerium, der Chauffeur vom Ministerium, der mich in mein Quartier in der Magdalenenstraße bringt. Wohnblock mit Ausblick auf den betonierten Hof einer Autowerkstatt. Panik, dann entschließe ich mich zu sofortiger Flucht. «Haus der ungarischen Kultur»: Dort bekomme ich Quartier, werde aufgenommen. Dabei hatte ich gehofft, nach Hause fahren zu können. Wenn es stimmt, daß einem Menschen immer das widerfährt, was ihm ähnlich sieht, dann muß ich mich selbst in der Absurdheit erkennen, und noch dazu in einer Absurdheit, die ich mir selbst schaffe und die voll von Verrätereien und Fiaskos ist. – Das «Bowling» am Alexanderplatz. Bowlingbahn im Souterrain. Dröhnendes Echo, von den Wänden zurückprallendes ohrenbetäubendes Gebrüll. Bisweilen ertappe ich mich dabei, daß ich Angst habe. Eine gesichtslose Masse. Anders als die Masse zu Hause. Die Masse eines großen Volkes, um vieles furchterregender – dazu die Umstände. – Als sich am Grenzübergang Invalidenstraße rasch und geheimnisvoll die Schranke hob, war es, als sei ich hier umgeben von mysteriösen Geheimnissen, von einer ständigen parapsychologischen Zeichensprache gleichsam, von der ich kein einziges Zeichen verstehe und aus der ich ohnehin ausgeschlossen bin. – Gestern nachmittag «Das obskure Objekt der Begierde» im Kino an der riesigen, größenwahnsinnigen Hauptstraße.

30. Mai Am Brandenburger Tor. Hinter der Mauer Westberliner Busse mit Touristen, denen man die hiesigen Sehenswürdigkeiten zeigt. Ich überlege, ob ich bleiben soll, ob ich es aushalte. Mit Arbeit hielte ich es aus. Nur arbeite ich nicht.

21. Juni Die Demütigung eines ganzen Landes, nein: «Landes», und zum nicht geringen Teil durch sich

selbst. Keine Solidarität. Anpassung heißt bei den Deutschen offenbar, daß sie sich völlig mit ihrer Situation identifizieren. Und als Krönung all dessen noch ein bestürzender, provinzieller Elendspatriotismus, DDR-Patriotismus. Lähmend.
In der Dämmerung Spaziergang zum berühmten Checkpoint Charly. Die Autosperren, die Schranken, die sich unablässig heben und senken, das Herüber und Hinüber auserwählter Autos. Es widert mich an. – Gestern die verrückte Nacht mit Barbara, der Dame vom Ministerium, und dem Österreicher. Die bisher so abweisende Barbara hatte mich in den Ratskeller zum Abendessen eingeladen. Irgendwie hat sie von meiner Vergangenheit erfahren. Überlebende Juden haben für deutsche Frauen offenbar eine sexuelle Anziehungskraft. Wir nahmen an einem Ecktisch Platz. Kurz darauf erschien die Kellnerin, forderte Barbara in barschem Ton auf, ihre Tasche von dem freien Stuhl zu nehmen, und wies ein Paar an unseren Tisch. Zu meiner größten Überraschung setzte sich der Mann nicht sofort mit der hier üblichen trotzigen Aggressivität hin, sondern fragte, zu uns gewandt, ob er Platz nehmen dürfe. Er ließ Wein bringen und schenkte auch uns ein. Rasch stellten wir fest, daß er Wiener ist und ich aus Budapest komme. Große Verbrüderung auf Kosten der Preußen. Das ließ Barbara nicht auf sich beruhen. Bald war eine Grundsatzdiskussion im Gange, zu der kräftig gezecht wurde. Barbara verkörperte, ihrer geschlechtlichen und politischen Rolle gleichermaßen gemäß, das Engelhafte, der arme Österreicher war in die Position des Luzifers gedrängt. Mich als Vorwand benutzend,

kamen sie bald auch auf Hitler zu sprechen. Ich wurde unangenehm hineingezogen ins innerdeutsche Elend. Fast hätte ich gesagt, aber nicht doch, Kinder. Der Österreicher war in Begleitung eines ziemlich dummen Berliner Mädchens, das er wahrscheinlich gerade irgendwo aufgegabelt hatte und für das er sich sichtlich etwas schämte. Barbara richtete einige Fragen an das Mädchen, nur um den Österreicher in Verlegenheit zu bringen. Ihre Überlegenheit war in jeder Hinsicht vernichtend. In gehobener Stimmung gingen wir auseinander; es stellte sich heraus, daß Barbara ihre letzte S-Bahn verpaßt hatte: Endlich waren wir in süßer Zweisamkeit. Gnadenlos schleppte ich sie zum Taxistand. Von ein Uhr bis drei Uhr nachts standen wir am Bahnhof Friedrichstraße in der Kälte. Als endlich ein Taxi kam, herrschte eisige deutsche Nüchternheit auf Barbaras hübschem, hochmütigem und dümmlichem nordischem Gesicht. Von Polen her dämmerte ein neuer grauer Tag. Halb vier kam ich nach Hause und nahm ein heißes Bad, um eine Erkältung zu vermeiden.
Weimar–Eisenach–Naumburg. In Weimar das Goethehaus, zweimal. Das zweite Mal allein, sobald morgens geöffnet wurde, ein reichliches Trinkgeld, um wenigstens zwei Zimmer Vorsprung vor der nachrükkenden Touristenschar zu bekommen. Es wühlte mich auf. Ausschließlich *hier* und *zu jener Zeit* war *er* möglich. Der unproduktiven Gegenwart auf produktive Weise den Rücken zuwenden, das nennt man deutsche Klassik. Er erkannte den zeitgemäßen Schauplatz seiner unzeitgemäßen Genialität. Und welche Gebrechlichkeit zugleich, welches Ausgeliefertsein! Man muß sich nur

vorstellen, daß für den moderneren Heine kein Platz war in Deutschland, daß Büchner starb, Kleist Selbstmord beging – und einen Augenblick später ist schon der hypermoderne Nietzsche da. – Dann die Cranach-Sammlung im Schloß. Schließlich war ich von der ganzen Hetze, dem Herumgelaufe in den Städten in Gesellschaft der unermüdlichen Ulla, die vor jeder Bäkkerei stehenblieb, um irgendwelchen scheußlichen Kuchen zu kaufen, so erschöpft, daß ich mir beim Einstieg in den Zug das Knie aufschlug, wodurch eine Kniegelenkentzündung wieder ausbrach, die mich augenblicklich an mein Berliner Hotelzimmer fesselte.
Berlin, Hotel Stadt Berlin: Draußen eisiger Wind, in meinem Zimmer 15 Grad. Ich humpele hinunter zum Hotelservice, weil ich dem Telefon nicht traue. Ein ziemlich sympathischer junger Mann. Ich teile ihm mit, daß es kalt ist. Wenn es mir recht sei, sagt er, könne er vielleicht eine Heizsonne hinaufschicken. Es sei mir vollkommen recht, antworte ich glücklich. Die Heizsonne kommt nicht. Anderthalb Stunden später rufe ich an: Ich wartete auf die Heizsonne. Man wisse von keiner Heizsonne, lautet die Antwort. Ich humpele wieder hinunter. Auf dem Platz des jungen Mannes eine unangenehm aussehende junge Frau. Welche Heizsonne? fragt sie. Die, die mir der junge Mann vorhin versprochen hat, sage ich. Welcher junge Mann? fragt sie. Der vorhin noch auf diesem Platz saß, antworte ich. Auf diesem Platz, sagt sie, habe niemand anderes gesessen, sie sitze hier schon den ganzen Vormittag. Ich werde unsicher. Letztlich ist alles möglich. Ich sage ihr, daß ich friere. Dafür könne sie nichts, sagt

die Frau. Ich berufe mich darauf, daß wir uns schließlich in einem Hotel erster Klasse befänden, sie solle eine Heizsonne raufschicken. Die Frau: Wir haben keine Heizsonne. Ich: Wenn ich aber friere. Dann fragte ich gleich zweimal nach, ob ich die Antwort auch richtig verstanden hatte – hatte ich: «Decken Sie sich zu!» Ich nehme den Lift zurück in mein Zimmer, schalte die winzige Elektroplatte an, die mir eigentlich zum Kaffeekochen dienen sollte und deren Stecker mein Freund K. so umgebaut hat, daß er in jede Steckdose der Welt paßt. Ein paar Minuten später strömt mir von hinten, wo auf dem Regal der Kocher steht, angenehme Wärme entgegen. Das entzündete Bein packe ich auf einen Stuhl, das andere ziehe ich an, um mein Schreibheft aufs Knie legen zu können. Es hatte erst dieses schmerzenden Knies, dieser unfruchtbaren beiden Monate und dieser letzten Kränkung bedurft, um mich da fortfahren zu lassen, wo ich vor ungefähr acht Wochen in Budapest aufgehört hatte:

«Ich nehme ein Buch aus dem Regal. Dem Band entströmt modriger Geruch – Büchergeruch: die einzige Spur, die ein vollendetes Werk und ein erfülltes Leben in der Luft hinterlassen können. *Am 28. August 1749, mittags mit dem Glockenschlag zwölf, kam ich in Frankfurt am Main auf die Welt* – lese ich. *Die Konstellation war glücklich; die Sonne stand im Zeichen der Jungfrau und kulminierte für den Tag; Jupiter und Venus blicken sie freundlich an, Merkur nicht widerwärtig; Saturn und Mars verhielten sich gleichgültig: nur der Mond...* – Ja natürlich, so muß man geboren werden; als Günstling des Augenblicks, eines Augenblicks, in dem wer weiß wie viele sonst

noch geboren wurden auf dieser Erdkugel. Nur, daß die anderen keinen Büchergeruch hinterlassen haben, folglich also nicht zählen. Für eine einzige Geburt hält die kosmische Ordnung diesen glücklichen Augenblick bereit. Der Genius, der große Schöpfer betritt die Erde wie ein mythischer Held. Fiebernd verlangt ein unausgefüllter Platz nach ihm, sein Erscheinen ist so lange fällig, daß die Erde gleichsam ächzt. Jetzt muß nur noch die günstigste Konstellation abgewartet werden, die über die Schwierigkeiten der Geburt ebenso hinweghilft wie über die unsicheren Anfänge und die Jahre des Zauderns, bis er in einem strahlenden Augenblick dann das Reich des Erkanntwerdens betritt. Vom Höhepunkt des Schaffens aus gesehen, gibt es in seinem Leben fortan keinen Platz mehr für Zufälle, wie auch sein Leben selbst in Form gegossene Notwendigkeit ist. All sein Tun, all seine Gedanken sind bedeutend, denn sie tragen in sich die Motive der Vorsehung, und all seine Äußerungen sind beladen mit symbolischen Zeichen einer beispielhaften Entwicklung. Der Künstler – so sagt er später – muß seine Herkunft kennen, muß wissen, woher er stammt. Ich glaube, er hat recht: Das ist wirklich das Wichtigste.
Also dann: Als ich zur Welt kam, stand die Sonne im Zeichen der größten Weltwirtschaftskrise aller Zeiten, von sämtlichen aufragenden Punkten des Erdenrunds – vom Empire State Building bis zum Turulvogel der einstigen Franz-Josephs-Brücke – stürzten sich die Menschen Hals über Kopf ins Wasser, in den Abgrund, auf das Straßenpflaster – wie es gerade kam; ein Parteiführer namens Adolf Hitler blickte mir mit schrecklich

unfreundlichem Gesicht aus den Seiten seines Buches «Mein Kampf» entgegen, und das *Numerus clausus* genannte erste ungarische Judengesetz stand als Zeichen im Zenit meiner Konstellation, bevor die übrigen hätten Platz nehmen können. Sämtliche irdischen Zeichen (über die himmlischen weiß ich nichts) zeugten von der Überflüssigkeit, mehr noch: von der Unvernünftigkeit meiner Geburt. Obendrein war ich auch meinen Eltern eine Last, denn sie wollten sich gerade scheiden lassen. Ich bin das Produkt der Liebe eines Paares, das sich gar nicht liebte; vielleicht die Frucht einer Nacht der Fügsamkeit. Schwuppdiwupp, plötzlich war ich da, durch die Gnade der Natur, bevor es irgendeiner von uns genauer hätte bedenken können. Ich war ein gesundes Kind, bekam Zähnchen, fing an zu plappern und wurde allmählich verständig. Ich begann in meine wuchernden Dinglichkeiten hineinzuwachsen. Ich war der gemeinsame Sohn eines Vaters und einer Mutter, die nichts mehr miteinander gemeinsam hatten; Zögling einer privaten Erziehungsanstalt, in deren Obhut sie mich – während sie ihren Scheidungsprozeß abwickelten – gaben; Schüler einer Schule und kleiner Bürger des Staates. «Ich glaube an Gott, an das Vaterland und an die Auferstehung Ungarns», betete ich zu Beginn des Unterrichts. «Rumpf-Ungarn ist kein Reich, Groß-Ungarn das Himmelreich», las ich auf der blutrot umrandeten Landkarte an der Wand. «Navigare necesse est, vivere non est necesse», paukte ich im Lateinunterricht. «Schma jisroél, adonái elohénu, adonái ehod», lernte ich im Religionsunterricht. Von allen Seiten wurde mein Bewußtsein eingezäunt, in Besitz genommen: Ich wurde erzogen. Mit guten Worten und mit strengen Ermahnungen brachte man mich zur Reife, um mich auszurotten. Ich protestierte nie und bemühte mich, mein Bestes zu geben. Und mit schlappem Wohlwollen ließ ich mich in die Ohnmacht meiner Wohlerzogenheitsneurose fallen. Ich war ein mäßig eifriges, nicht immer untadeliges Mitglied der lautlosen Verschwörung, die sich gegen mein Leben richtete...»

NOVEMBER Szigliget. Bedenklich abgekühltes Verhältnis zum Roman. Das bisher Fertiggestellte lesend: kühle Zustimmung, doch nichts regt sich. Dabei fällt mir der Besuch in Buchenwald während meiner Deutschlandreise vor ein paar Monaten ein, im dort geführten Tagebuch habe ich ihn nicht einmal erwähnt. Seine ganze Kleinlichkeit, Erbärmlichkeit. Ulla fragte, ob ich erst das Goethehaus besichtigen wolle oder lieber Buchenwald. Buchenwald, erwiderte ich. Die Bushaltestelle war an völlig anderer Stelle als beim letztenmal (vor gut fünfzehn Jahren). Die Straße, die Gegend noch fremder als damals. Schwere Regenwolken zogen auf. Ich trat mit Ulla durch das Tor. Ziemlich viele Besucher, vor uns eine Jugendgruppe, begleitet von einem... wie soll ich es sagen?... Vernichtungslager-Fremdenführer. Plötzlich brach der Regen los. Wir suchten Unterschlupf im nächstgelegenen Gebäude, es war zufällig das Krematorium. Hier herein strömten auch die Jugendlichen. Ich wurde neben den ursprünglich weiß gekachelten, inzwischen vergilbten Seziertisch gedrängt. Am Kopfende noch der zum Abspülen des Tisches dienende Gummischlauch. Der Fremdenführer, ein Mann mittleren Alters, braun, mit eher unsympathischem Gesicht, unterbrach auch hier drinnen nicht seine monotonen Erklärungen über Erschießungen, Leichenverbrennungen usw. Er zeigte die für Genickschüsse bestimmte winzige Schießscharte oberhalb der Waage, auf die die Häftlinge gestellt wurden. Die Jugendlichen interessierte das alles offensichtlich nicht, ungestört küßte sich weiter hinten ein Paar. Ulla bemerkte rasch, daß das bestimmt Westdeutsche seien. Wie dumm auch immer diese Bemerkung war, sie zeigte ihre Verwirrung und ihre Aufmerksamkeit mir gegenüber. Obwohl ich kein bißchen «gekränkt» war. Wenn mir etwas Unbehagen bereitete, dann allein die Tatsache, daß meine «Geschichte» mich zu einer gewissen Haltung zwingt, mit der ich mich in diesem Augenblick nicht im geringsten identifizieren konnte. In diesem Augenblick konnte ich nur daran denken, daß noch nicht einmal das etwas bedeutet, daß Buchenwald nichts bedeutet ... Daß ich schon einen Roman über Buchenwald geschrieben habe und dann über diese seltsame und melancholische Tatsache, daß Buchenwald nichts bedeutet ... Und wie sehr ich mir wünschte, daß ich nicht ich wäre und sie nicht sie, daß nichts geschehen wäre, daß es keine Geschichte gäbe und daß wir alle, die wir zufällig hier zusammengefunden hatten, schicksalslos wären, wie es – nach Rilke – die Götter sind ... Der Regen hatte aufgehört, wir gingen hinaus. Ulla wollte wissen, wo das Kleinlager gewesen ist. Ich konnte es ihr nicht zeigen. Zwischen rasch ziehenden Wolken brach die Sonne hervor. Auf dem kahlen Hügel bezeichneten irgendwelche Tafeln im Boden den Platz von irgend etwas – ich verstand die Aufschriften nicht und konnte mich an nichts orientieren. Vor Ulla wagte ich nicht zu zeigen, daß ich Lust hatte zu gehen, an irgendeinen freundlicheren Ort. So liefen wir auf einem endlich unbeschilderten Pfad zwischen hochstieligem Unkraut, Disteln und Wiesenblumen, an denen noch Regentropfen glitzerten, zu dem monströsen Denkmal. Vom terrassenförmigen Halbrund des Hanges ein weiter Blick auf die Landschaft. Die Skulpturengruppe, die «an sich» vielleicht gar nicht so schlecht ist, verlor in dem sanften Licht dieser gemäßigten Zone, in der weiten, zu Spaziergängen einladenden Umgebung völlig ihre Wirkung. Wir betraten den grauenhaften Gnadenort, diese unsägliche Heimstätte einer Mischung aus Inka-Altären und modernen Kühltürmen. Mein Blick blieb an einem Baugerüst neben der enorm hohen, verwitterten Mauer hängen, auf dessen Brettern Arbeitskleider, Eimer und ein paar leere Bierflaschen lagen, der Anblick dieser menschlichen Gegenstände beruhigte mich fast. Dann hinunter mit dem Autobus – und schon beim Mittagessen begannen wieder die alltäglichen Prozeduren (wir durften uns nicht hinsetzen, wo wir wollten, im Hotel «Elefant» ließen sie uns nicht hinaus auf die Terrasse usw.), und ich dachte nicht länger an Buchenwald. Doch ich hatte begriffen, wo die Grenzen des historischen Fassungsvermögens liegen. Sie gestatten keine Großzügigkeit, doch ohne Großzügigkeit kann kein Volk ein anderes Volk verstehen, mehr noch: nicht einmal sich selbst. Fast tat es mir leid, daß ich – einer von Millionen – Teil jener Grundschuld bin, die man diesem sein Leben in seelischem Elend fristenden Volk unter die Nase reibt, während seine Unterdrückung, seine «Bestrafung» ganz andere Gründe hat als die, die zur Rechtfertigung angeführt werden. Und so werden sie, überspitzt gesagt, wieder mich dafür hassen. Auf ebenso widersinnige Weise wie damals, als ich nach Auschwitz gebracht wurde, weil, wie es hieß, Manfred Weiß das ungarische Volk ausbeutete – während Manfred Weiß und die Seinen Visa für Portugal bekamen. So funktioniert das historische falsche Bewußtsein, und so wird es zur Funktion gebracht: Fälschung, Krankheit, Neurose, aufgezwungenes Schuldbewußtsein, dessen Ergebnis schließlich wütende Aggression ist, wenn möglich, gegen andere, wenn nicht, gegen sich selbst. Das ist unvermeidlich die Folge, wenn man den Menschen nicht gestattet, sich materiell, seelisch und geistig über ihre Situation hinauszubewegen, sich überhaupt vorwärtszubewegen...

Könnte ich je erfahren, wer und was ich bin...

Eine Sartre-Monographie. Zwangsläufig erneut die Erkenntnis, daß ich ihrer Welt entstamme. Meine Wurzeln reichen in den Boden dieses Nachkriegs-Existentialismus: Kann auf diesem Boden noch frische Nahrung gedeihen? Vermutlich bin ich eine unzeitgemäße Figur. Das bedeutet nicht, daß ich die Welt nicht verstehe, es bedeutet aber auf jeden Fall, daß die Welt mich nicht versteht (keine Lust hat, mich zu verstehen).

DEZEMBER Ich habe Frieden geschlossen mit meinem Roman. Der Prolog ist ganz fertig, hier und da habe ich gestrafft. Er ist blutloser geworden dadurch, hat aber zumindest jene Konsequenz gewonnen, die er auch mager mit Stolz tragen kann, wie ein hagerer Aristokrat, der auch in der Hinfälligkeit seine Haltung bewahrt. Und was ist nicht hinfällig? Beckett ist es, Camus ist es auch, die Malerei ist hinfällig, die Musik, alles. Auf ausgebrannten, kahlen Feldern gedeiht keine üppige Kunst. Etwas ist verloren; doch gerade aus diesem Verlust kommt vielleicht etwas.

Es ist sicher schlimm, tot zu sein, mit der Zeit gewöhnt man sich aber (wie an alles) wahrscheinlich auch daran.

1981. JANUAR Gestern ein abendlicher Spaziergang am kalten Donauufer. Vor dem Parlament ein Pole, der mich in schlechtem Deutsch ansprach. Ein Jude. Aus Krakau. Ein Weilchen unterhielten wir uns, ich weiß nicht worüber, aber traurig und mit gleichsam jenseitigem Einverständnis. Dann ging ich weiter. Dunkelheit. Nebel. Nässe. Es ist nichts zu machen.

Sich vorbereiten. Daß er uns nicht wie ein zufälliger Unfall ereilt, als schlüge uns an der Straßenecke ein Wegelagerer den Schädel ein. Beethoven: «Elendig, wer nicht sterben kann.»

Nietzsche, «Zur Genealogie der Moral». Die Französische Revolution sei der Sieg Judäas über Rom, doch das vornehme Ideal sei für einen Moment wieder erschienen, und zwar in der Person Napoleons, der eine Synthese von Unmensch und Übermensch sei... Abends Kafkas «Tagebücher». Neben Kafka erscheint Nietzsche manchmal wie ein grober deutscher Hornochse.

Hawthorne, «Der scharlachrote Buchstabe»: «Aber es gibt ein unabwendbares Schicksal, ein so unwiderstehliches und unvermeidbares Gefühl, daß es wie ein Verhängnis ist, das fast immer die Menschen zwingt, an dem Ort, wo ein großes, bemerkenswertes Ereignis ihrem Leben sein Gepräge gegeben hat, zu verweilen und gespensterhaft dort umzugehen, und zwar, je dunkler und trauriger der Anlaß ist, desto unwiderstehlicher. ... Es war, als hätte eine neue Geburt mit stärkeren Bindungen als die erste das ... Waldland zu ihrer öden und trostlosen, aber lebenslänglichen Heimat gemacht. Alle andern Schauplätze der Erde – selbst jenes Dorf im ländlichen England, wo sie ihre glückliche Kindheit und fleckenlose Mädchenzeit... verlebt hatte – waren ihr fremd im Vergleich dazu. Die Kette, die sie hier fesselte, war eisern und ihr im Innersten verhaßt, aber unzerreißbar.» – Kafka, «Tagebücher», 5. Jan. 1914: «Warum wandern die Tschuktschen aus ihrem schrecklichen Land nicht aus, überall würden sie besser leben, im Vergleich zu ihrem gegenwärtigen Leben und zu ihren gegenwärtigen Wünschen. Aber sie können nicht; alles was möglich ist, geschieht ja; möglich ist nur das, was geschieht.» – Und jene Stelle in «Das Schloß», wo K. zu Frieda sagt, er sei nicht in dieses öde Land gekommen, um auszuwandern.

Eine Gesellschaft, in der jeder jederzeit durch jeden ersetzbar ist: eine Gesellschaft von Ersatzmenschen. Kein Wunder, wenn in einer derartigen Gesellschaft alles zum Symbol und zum Gleichnis wird; zu einem Gleichnis allerdings, das seinen Ursprung längst nicht mehr kennt; in gleicher Weise ist das Leben hier nur der Traum von einem Leben, das es nicht gibt, über das man lediglich spricht, dabei aber längst nicht mehr weiß, worüber man eigentlich spricht.

«Die Kreaturen – das werde ich nie vergessen – haben sich gegenseitig gegessen an diesem Ort. Es war ein merkwürdiges Schicksal.» Milán Füst.

Der Mensch braucht immer zwei Bilder gleichzeitig: ein «wirkliches» und ein «imaginäres». Doch warum diese Anführungsstriche? Weil weder das eine ganz wirklich noch das andere ganz imaginär ist.

Ein Roman läßt sich schließlich rein ästhetisch am wenigsten messen. Der Leser verlangt nach einer Persönlichkeit, die darin ganz gegenwärtig ist, nach der Präsenz des Künstlers, der sich für ihn offenbart.

Die noch kahlen Eichen, die ihre Zweige dramatisch in den violett gestreiften Abendhimmel spreizen. Das Tal hinter dem «Rock der Königin»*, die verschlungenen Waldwege...

Ja, eben so ist er, wie er mir im Traum erschien: ein geckenhaft vorstädtisch gekleideter Wegelagerer mit Schiebermütze und Sonnenbrille. Früher oder später schlägt er uns an einer Straßenecke nieder, doch mit unserem Leben hat er nichts zu tun. Er ist nicht der Richter, er ist lediglich der Urteilsvollstrecker. Und das Urteil steht seit unserer Geburt fest. Wovor also fürchten wir uns eigentlich? Daß es weh tut? Oder, in gewissem Sinn, vor dem Wechsel der Lebensform?

Von allem, was für mich so wichtig ist, kann ich zugleich auch die Belanglosigkeit empfinden.

Die Zeit, das Alter, das an den ursprünglichen Zügen der Gesichter nagt und ihnen Falten wie Uniformen anlegt. Die Einförmigkeit der alten Menschen; vielleicht macht das jedoch auch nur die verminderte Aufmerksamkeit, mit der wir uns ihnen zuwenden.

Im 18., aber auch noch im 19. Jahrhundert war das «Volk», ob noch leibeigen oder schon bäurisch, eher Tier als die *Sache*, zu der es im 20. Jahrhundert geworden ist.

Alles ist umgekehrt wahr, schon von Anbeginn an. «Gott schuf den Menschen nach seinem Ebenbild» –

* Name eines Weinbergs in Szigliget

nein: Der Mensch schuf nach seinem Ebenbild Gott. Und dann wundert er sich, daß Er letztlich genauso versagt wie er selbst. Das alles ist jedoch etwas «Menschliches, allzu Menschliches»*; zwischen menschlicher Vernunft und menschlichem Leben (Schicksal) klafft ein Abgrund, der jeden Brückenschlag unmöglich macht, denn Existenz und Natur des Abgrundes sind unbegreiflich. Wir stehen entweder auf der einen oder auf der anderen Seite; entweder ist die Vernunft überflüssig oder das Leben.

Ich habe in allem endgültig geirrt, und alles ist bereits zu Ende, ohne daß ich wirklich damit hätte beginnen können: Ich kann also sagen, ich habe ein menschliches Leben gelebt.

Die Schöpfung zeugt von Gott, die künstlerische Schöpfung von ihrem Autor; die Transzendenz eines Romans zum Beispiel ist der hinter ihm verborgene Schriftsteller, der – wenn er ein wirklicher Schriftsteller ist – genauso rätselhaft, unbegreiflich und zugleich überall gegenwärtig ist wie jener gewisse Gott, der angeblich unsere reale Welt geschaffen hat. Die Transzendenz aus dem Roman zu eliminieren ist demnach ein ebenso großer Irrtum, wie Gott aus der Welt zu eliminieren; obwohl es heute Mode ist, beide Irrtümer zu begehen. Deshalb sind sowohl die Romane als auch das Leben so langweilig.

* im Original deutsch

Der Wert des Lebens, wie ihn die Masse und wie ihn jene gewissen wenigen, die *pauci beati*, zu schätzen wissen. Negativität, analysierendes Neinsagen ist übereinstimmend nur von seiten der letzteren zu vernehmen; und jene Menschen mit Geist, die eine Rechtfertigung für ihr persönliches Wirken und Dasein nur darin finden können, daß sie sich irgendeinem vermeintlichen Massenbedürfnis anschließen, es zu befürworten und unterstützen suchen, verlieren ihre Glaubwürdigkeit, den geistigen Elitecharakter, hören auf, Träger jener Verweigerung zu sein, die sich – wie es aussieht – in der Massengesellschaft, im Massenleben, im Massenverfall und in der Massenvernichtung heute allein als authentisch, wahrhaft und glaubwürdig erweist. Masse und Geist, das waren schon immer gegensätzliche Begriffe. Aber die Masse war noch nie *an der Macht*, an der unumschränkten, sogar totalitären Macht, und die Masse, die die Massenmacht inthronisiert hat, hat noch nie so offenkundig ihren Feind im Geist ausgemacht, wie sie es heute tut; die Masse, genauer, jene Macht, die mit der Masse ihre Legitimität zu rechtfertigen sucht, ist fähig, jede Existenzform höherer Ordnung zu vernichten; ohne diese aber hat das Leben keinen Wert (ich fürchte, auch keinen Sinn). Das ist das Phänomen des 20. Jahrhunderts.

Der Parteifunktionär. Ein Freund aus der Kindheit. Nach über fünfunddreißig Jahren meldet er sich. «Aus dem Schlund der Zeit.» Er erinnert sich an meinen Vater: «Onkel Laci, wie er in der Küche steht und mit dem Löffel rotes Zwiebelschmalz ißt, weil er zunehmen will...» Die Hölle der Kindheit, er spricht über sie mit nostalgischem Lächeln. Als junger Bursche schon in der Jugendbewegung; standfest bis heute. Bekenntnis zur Menschenliebe. «Ich bin utopischer Humanist.» – «Ja, ich glaube an die Menschen.» Und so fort. Ständig an der Grenze des Mordens und Mordenlassens, ohne sich auch nur eine Vorstellung zu machen vom Tod, weder von dem der anderen noch von seinem eigenen. Extreme Phantasielosigkeit, wie bei jedem Funktionär jeder Partei. Er spricht hemmungslos von seiner glücklichen Ehe, von der Freude, die seine Kinder ihm machen. Zwischendurch abgebrochene, neurotische Armbewegungen. Das plötzliche Zucken der Hand, wenn er sich an den Kopf greift und quasi die Haare glattstreicht, obwohl er fast völlig kahl ist. Die gleiche Bewegung bei G., einem anderen Parteifunktionär. Also zweifellos die eines – lebenden oder schon toten, in- oder ausländischen? – Parteiführers. Während des Geprächs dachte ich flüchtig darüber nach, welches Parteiführers wohl. Die Bewegung signalisierte so etwas wie idealistische Beflissenheit, einen kommunistischen motus animi continuus. – Solche Gebärden, vielleicht von Generation zu Generation weitergegeben, verlieren im Lauf der Zeit ihre Bedeutung und werden zu irgendwelchen, von den ursprünglichen völlig abweichenden Erkennungszeichen, zu einer Metasprache, in der eine bestimmte Gruppe oder Gesellschaft «sich äußert». Wie sie sich im Laufe von Generationen gegebenenfalls verfeinern; wer wüßte schon zu sagen, woher die verschiedenen Formen und Gesten des Umgangs stammen, welche Inhalte sie bergen, während sie sich langsam verbreiten und zu Begleiterscheinungen einer Kultur werden.

AUGUST Glühende Hitze. Nietzsche, «La gaya scienza» – wegen des Nietzsche-Bildes im «Fiasko» bzw. eines Zitats. – Die verhängnisvolle Absurdität, die jeweils zwischen intellektueller Revolte und revolutionärer Praxis klafft. Die geschichtliche Melancholie in der Gegenwart. Das Land, das aus dem aufgeklärten Absolutismus des 18. Jahrhunderts nach zahlreichen Wechselfällen in den liberalen Totalitarismus der Gegenwart gelangt ist. Die Weltzeit, diese blind tickende Maschine, die man in der hiesigen Pfütze in die Falle getrieben hat, und nun fallen die Liliputaner in Massen emsig über sie her, um ihre Mechanik auszubauen oder wenigstens zum Schweigen zu bringen. Nach der Erbsünde, an der er im Grunde unschuldig ist, hat der Mensch eine schwer zu benennende, doch nicht zu bestreitende historische Sünde begangen. (Vielleicht das Verwirken aller Revolutionen für alle Ewigkeit?) Das Ergebnis: Stagnation, Unveränderbarkeit, das Leben als ein langsamer Prozeß nie endender und sich überall ausbreitender Korruption. Der Ort der Wahrheit ist statt in der Seele in der Struktur zu suchen. Die moderne Wahrheit ist rational; nur sich damit abzufinden ist eben unmöglich.

Was ihr auch *glaubt*, gelangt ihr einmal an die Macht, müßt ihr über Leben und Tod entscheiden; und was ihr

uns auch *glauben macht*, ihr wolltet an die Macht gelangen, damit ihr über Leben und Tod entscheiden könnt. Glaube! Glaube! Glaube! Am Ende bleibt nur übrig, daß man töten muß und herrschen. Wie banal das doch ist! Würdet ihr wenigstens den Hochmut der Mächtigen, derer, die einst noch wirklich mächtig waren, kennen – *zynisch und mit Unschuld*...*
Das ewig schlechte Gewissen der Illegitimität aber spielt das Land und die Welt letztlich hemmungslosen, noch primitiveren Mördern in die Hände...

Nietzsche versteht häufig entweder Dinge überhaupt nicht oder in seiner Vorstellung, die Reales und Abstraktes miteinander verbindet, kommt es manchmal zu Kurzschlüssen, die mit einer blitzlichtartigen Entladung seines Geistes einhergehen; zu feuerwerksähnlichen winzigen Katastrophen.

Gewisse Varianten von Glück vermeide ich so wie das größte Unglück.

Meine Dame, erlauben Sie, daß ich Ihre Gedanken überwache, Rechenschaft über Ihre Träume fordere, Ihre Gefühle terrorisiere, Sie über jeden Ihrer Schritte verhöre, mich unablässig an Ihre Fersen hefte, Sie ständig im Auge behalte – mit einem Wort, daß ich Sie liebe.

Pro memoria: memento mori.

* im Original deutsch

Camus, «Der Mensch in der Revolte». Die Teile über Hitler: Reine Dynamik, der Mechanismus der Dynamik – wie ich es auch sehe. Der Faschismus – so Camus – sei keine Revolution, da er auf Universalität verzichte. Ich meine, er kann deswegen dennoch Revolution sein. Doch das ist nicht das Wesentliche; es steckt in ihm irgendein mit der modernen Mentalität erbittert ringendes archaisch-völkisch-rassistisch-mittelalterliches Motiv, auch eine Art moderner Mentalität also, die sich, und gerade in ihrer «Modernität», verletzt fühlt. Als habe sich den Deutschen plötzlich etwas entschleiert, nämlich die angenommene westliche Zivilisation mitsamt der Religion. Der Bandenführer hat gebrüllt, und die Bande hat den *Anstand* abgeworfen. Insofern handelt es sich tatsächlich um Nihilismus, und Camus hat völlig recht, wenn er diese Erscheinung innerhalb des westlichen Kulturkreises untersucht. Asien ... nun, Asien ist etwas anderes.

Früher hat die Literatur gezeigt, wie «man» lebt; heute dagegen kann der Schriftsteller nur noch über sich selbst reden: wie *er* lebt (zu leben versucht), wie rat- und rettungslos er ist.

Ein Totalitarismus, der unfähig ist, Totalität zu erfüllen. Die Ideologie wird allmählich hohl. Das «System» ist nicht mehr identisch mit dem Staatsgebilde; letzteres ist stärker und zugleich – so wie bestimmte Viren, die die Eiszeit und die Sintflut überstehen – in der Lage, von der Oberfläche des öffentlichen Lebens scheinbar zu verschwinden und sich in die Verwaltung zurückzuziehen. Ein liberalisierter, versteckt pluralistischer Totalitarismus, der nunmehr alles aushält – so ist er erst recht gefährlich, und es gibt kein Wundermittel, das ihn ausrotten könnte.

Alle meine Beziehungen kommen zustande wie die zwischen Wild und Falle. Mal lasse ich ein Bein darin, mal schleife ich die Falle mit mir mit und dulde, daß sie mich lebenslänglich verwundet und lähmt.

Der wahre Name der Transzendenz: das Nichts. Doch allein deswegen ist die Transzendenz nicht weniger transzendent.

Ich glaube an – den Mangel an Transzendenz und Absolutem: das heißt also, daß es *in mir* Transzendenz gibt, demzufolge auch ein tragisches Weltempfinden. Wer von mir fordert, sie nicht zu haben, der forderte von mir, kein Schriftsteller zu sein. Jeder Schriftsteller wird seiner Plastizität, seiner Soziabilität und vor allem seines transzendenten Weltempfindens wegen gelesen. Alles übrige ist nur Unterhaltung, Geldverdienen, Dahergerede,. Geschwafel. – Doch welchen *Namen* hat die menschliche Transzendenz? Ein altehrwürdiges Möbelstück: Ethik; denn die Ethik ist individuell, unumgänglich und zugleich gemeinschaftlich und mythisch. Die menschliche Gebundenheit, die menschliche Sensibilität gegenüber der Sphäre der Sünde, diesem trotz alledem undefinierbaren Begriff, der Verderbnis und des Nichtwiedergutzumachenden; und diese Sphäre – als Schicksal spürbar – ist jedem einzelnen Menschen gleichermaßen vertraut.

«Wir sehnen uns nach der Liebe, doch wie sehr demütigt sie uns zugleich! Was für ein Sieg ist die Liebe! Und was für eine Tyrannei! Auf ewig quält sie unser Gewissen, so, wie die Schande des blutigsten Verbrechens.»

Die Schande, hier zu leben. Unter dem Gesichtspunkt gesehen, daß ich die Sklaverei akzeptiert habe – einfach unter dem Gesichtspunkt, daß ich lebe. Rechtfertigen meine geistigen Produkte etwas? Etwas, das ich selbst nicht rechtfertigen will? Haben Zeit und Ort mir ihren verhängnisvollen Stempel aufgedrückt, obwohl ich jede Art moralischer Gemeinschaft bis zum Selbsthaß, ja, bis zum Selbstmord verweigere? Damit, daß ich hier blieb, habe ich mich dem Tragischen, das heißt dem Schicksal entzogen und mich dem Komischen, dem staatlichen Massenschicksal und seinen wimmelnden Zufällen unterworfen. Auch wenn ich in meinen Arbeiten gerade dem Komischen, der Schande, teilzunehmen und derart ausgeliefert zu sein, Ausdruck gebe. Doch das klingt fast wie Rechtfertigung. Ist existentielle Genialität, die tiefgreifende Erfahrung der Einmaligkeit des Daseins, *das Erlebnis des Lebens* auch hier möglich, das ist die große, die grundlegende Frage. Und an meiner Antwort kann ich nicht zweifeln: Ja. Die individuelle Aufgabe läßt sich hier wie überall sonst erfüllen – das ist das Verfahren, die Romanwelt von «Fiasko». Die historischen Verhältnisse als jeweils zufälligen Stoff ansehen, durch den das Leben sich hindurchkämpft: Der Triumph – der mit dem Untergang zusammenfällt – ist nur ein einziger Augenblick, der aber Schöpfung ist; eine Schöpfung eben *dadurch* und *insofern*, daß sie ihre eigene Möglichkeit erschafft oder vielmehr ausführt. So weit nur und nicht weiter: nur zu der Möglichkeit des Erschaffens gelangen; das Werk selbst ist dann («Wer spricht von Siegen?») eine Frage längst vergangener und noch nirgendwo sichtbarer Zeiten; nicht das WERK, bloß der Weg zu ihm (als Werk).

Márai, «Land in Sicht!» ... Aufwühlend. Die Emigration als Existenzform des 20. Jahrhunderts, in jeder Hinsicht; äußere und innere Emigration. – Emigration und Emigration: Thomas Mann und Márai. Tragik und Komik, genauer (mit den Worten Márais:) Karikatur. Márais Bürde: der bürgerliche Weg. Warum Bürde? Weil dieser Weg in diesem Land nicht tragisch, also nicht radikal, das heißt – ethisch gesprochen – nicht machtvoll sein konnte. Das Bürgertum war hier nie wirklich *verantwortlich* (also auch kein wirkliches Bürgertum): Sein Zusammenbruch 1945 ist sozusagen ein bescheidenes, mittleres bürgerliches Trauerspiel. Daraus vermag kein Autor eine – vor Anklage, Schuldbewußtsein und Schicksalsverantwortung ächzende, im Alptraum des Zusammenbruchs stöhnende, gotisch himmelwärts fliehende – Kathedrale zu errichten, wie sie der «Doktor Faustus» ist. Hier kann auch die konsequenteste Abrechnung – wie die von Márai – höchstens zu dem Ergebnis der Selbstprüfung führen, daß in der eigenen Existenz etwas Karikaturistisches ist.

Dieses Karikaturistische ist die Funktionslosigkeit des Bürgertums in Ungarn. Aber so geht das Karikaturistische auch mit in die Abrechnung ein. Der Bürger wählt nicht die Buße – wofür schließlich? –, sondern er verläßt den Schauplatz. Aus der bestimmten Funktionslosigkeit als ungarischer Bürger tritt er über in eine allgemeine Funktionslosigkeit, in den Status des Flüchtlings. Dort repräsentiert er niemanden. Das «ungarische Verhängnis» ist sein unverlierbares Reisegepäck: Sich seiner zu entledigen ist Flucht vor dem Schicksal und kaum *Flucht als Schicksal*; und zwar deshalb, weil es vorher auch kein richtiges Schicksal war. Deshalb kann man nicht sagen, daß mit Márai der große Erzieher der Nation das Land verlassen hat – ein wie großer Erzieher der Nation Márai, subjektiv gesehen, auch immer war –, wie zum Beispiel im Fall Thomas Manns, dessen Flucht einen Schatten auf die ganze Nation warf. – Doch all das sind nur Erwägungen, die zu nichts weiter führen sollen, als daß die Größe Márais in etwas anderem liegt – eher in seiner individuellen Unabhängigkeit als in der Rolle eines Emigranten der Nation, obgleich sein moralisches Beispiel natürlich auch in dieser Hinsicht wie ein Diamant funkelt. – Die Freiheit jedoch, die sich jenseits des bürgerlichen Lebens, jenseits der Lager, jenseits eines restlosen, nie gekannten totalen Ausgeliefertseins bietet: diese nun für nichts mehr nutzbare, über sich selbst hinaus nun aber auch zu nichts mehr verpflichtende Freiheit führt mich durch jede immanente gesellschaftliche Moral und jede Elitemoral hindurch und über sie hinaus; diese Freiheit führt mich, wenn ich will, zum Tor zwischen Leben und Tod, zum Wissen, zu der Stelle, von der die nackte Existenz und die Chancen individueller Gnade bereits unmittelbar zu erkennen sind.

«Noch nie war die Lüge eine so geschichtsbildende Kraft wie in den letzten dreißig Jahren»: Márai (1972).

NOVEMBER Intelligenz und ein gewisser moralischer Mut: auf diese blassen Tugenden kann ich bei mir fast immer zählen, während in diesem Stadium der Arbeit gestalterisches Talent nötig wäre.

10. JANUAR 1982 Heute vormittag mit einem Küchenstuhl von meiner Mutter ins Taxi, zum Gebrauchtmöbel-Handel, dort einen Schreibtisch gekauft, Einzug bei meiner Tante, in ein halbes Zimmer in einem Wohnsilo in Angyalföld; es läßt sich gut an (nur ein wenig kalt); installierte die Schreibtischlampe. Jetzt kostet es mich schon 20000 pro Jahr, daß ich keine Wohnung habe. Aber wie kommt das alles hierher? Als hätte ich neuerdings Lust, den einen oder anderen Gegenstand, das eine oder andere Ereignisbruchstück semantisch zu fixieren, als Erinnerung. Ich werde sterben. Was läßt der Mensch zurück? Einige Gegenstände und ein paar Rechnungen, sofern er sie verbucht hat.

Grippe, im Bett, Márai, «Bekenntnisse eines Bürgers» (eine Ausgabe aus den dreißiger Jahren, da aus der gegenwärtigen Literatur ausgestoßen). – Die Vergleiche, die sich natürlich mit «Fiasko» ergeben. Die Milieuschilderung; wozu ist sie in «Fiasko» entartet! Könnte ich vollkommen anachronistisch, das heißt wie ein Schriftsteller, womöglich: wie ein Schriftsteller der Nation denken, so könnte ich ganz leicht merken, wie natürlich «Fiasko» – wie natürlich ich – in einen lebensvollen literarischen Prozeß hineinpassen würde; wie perspektivisch (das heißt retrospektivisch), wie tiefsinnig könnte dann die Verengung des Raumes und das Aufwerfen künstlerischer Problematik sein. – Von neuem die Schande, hier zu leben. M.: «Heute ist es überall eine Schande zu leben.»

Hannah Arendt: *Wo sind wir, wenn wir denken?* Sie sagt: Nirgendwo; das war vorhersehbar.

Noch einmal zur Problematik des «bürgerlichen» Schriftstellers. Die Frage der Rechtmäßigkeit, das Postulat einer Rechtsordnung als etwas, das zum Bürger und damit auch zum bürgerlichen Schriftstellertum gehört. In den Kreis der Wahrheit des Jahrhunderts dringt der Schriftsteller aber nur vor, wenn er einsieht, daß er getötet werden kann und daß dies durchaus kein außerordentliches Ereignis darstellt. Kafka tötet sich in der «Verwandlung» und im «Prozeß» selbst, im ersten als Ungeziefer, im zweiten als ehrbaren Beamten. Andererseits – das sehe ich ein – ist es nicht unbedingt nötig, einen solchen Standpunkt einzunehmen – in diesem Fall muß man jedoch konstruktiv sein, das heißt tragisch, was nur im Fall wirklicher Größe heutzutage nicht lächerlich wirkt. Die Geste der Bewahrung der Welt, der Erhaltung der Weltordnung ist eine tragische Geste, eine Elitegeste. Um noch glaubwürdig zu sein, muß sie in einer tiefgehenden Tradition wurzeln, in einem geltenden und unerschütterlichen *Willen*, also in einer existierenden Elite. – Die Konstruktivität der haltlosen Machtelite dagegen ist immer eine Pseudokonstruktivität, deren Inhalt furchtbar einfach die Destruktivität, direkt gesagt, die Vernichtung ist.

A. zufolge habe ich heute nacht im Traum geschrien, um Hilfe gerufen, ein ängstliches Winseln von mir gegeben und gejammert, sie behauptet, sie habe mich auch wach gerüttelt: Ich erinnere mich an nichts. Ich lebe nur halb, und das erfüllt mich mit dem Gefühl einer unbenennbaren Schuld. Meine Beziehung zum Leben scheint mir einem logischen Spiel zu ähneln, etwa so, wie der Mensch, sagen wir, Schach spielt oder auf einem Blatt Papier abstrakte Berechnungen anstellt, und aus dem Resultat ergibt sich dann eine überraschende Realität. Zum Beispiel bringen wir zwei Schnüre zusammen, schrauben sie miteinander fest, stecken sie in eine Steckdose in der Wand, drücken einen Knopf, und plötzlich leuchtet die Lampe auf. Reine, bewußte Wahrscheinlichkeitsrechnung, das Ergebnis entspricht dem, womit wir gerechnet haben, und ist dennoch phantastisch und in einem gewissen Sinne unverständlich. Alles bloße Schlußfolgerung, nirgendwo letzte Gewißheit; und genauso ist es beim Schreiben. Bei mir ist die Arbeit nicht Aktivität, sondern Passivität: Ich bestehe das tägliche Debakel. Wenn dabei manchmal etwas klappt, bin ich selbst am meisten überrascht. In mir ist kein lebendiges Leben, das im übrigen überall zu fehlen scheint. Was ist mein Sein, warum bin ich, was ist mein Wesen: darauf suche ich vergeblich – natürlich nicht eine Antwort, aber doch wenigstens ein einigermaßen verläßliches Zeichen; und fremd ist mir auch mein Körper, der mich erhält und letztlich dann töten wird.

Nach Pascal ist der Mensch um so vernunftbegabter, je mehr individuelle Züge er an den anderen Menschen wahrzunehmen imstande ist. Dann hapert es bei mir entweder mit der Vernunft, oder die Zeiten haben sich mächtig verändert und mit ihr die Menschen.

Gestern Briefe Flauberts. 54jährig schreibt er über sich wie über einen Greis. «Bald vollende ich das Vierundfünfzigste...» Ich bin 53. Und Flaubert war in diesem Alter längst schon Flaubert und wird für alle Zeiten Flaubert bleiben... *«Gib's auf!»**

In dieser Welt des Kollektiven (das Kollektive daran, vor dem es kein individuelles Entkommen gibt, sind Wahnsinn und Untergang), in dieser Welt Privatmensch zu bleiben und als Privatmensch auszuharren; ein heroischeres Unternehmen könnte ich momentan kaum formulieren.

Die Philosophie des Absurden ist immer noch eine die Dinge eher fliehende denn ihnen ins Auge schauende

* im Original deutsch

Philosophie. Das ist deutlich zu sehen an ihrer metaphysischen Verletztheit, an den verstummten moralischen Postulaten usw.; das Absurde ist tragisch, übertrieben tragisch. Das wirkliche Sein dagegen ist von allen verlassen, von niemand beachtet, monologisch und langweilig. Worte der Fäulnis und des Verfalls drücken es aus. Vielleicht ist die depressive Schizophrenie der Zustand, der vom nackten Dasein ein annähernd genaues Bild gibt beziehungsweise schafft; dieser Zustand ist jedoch für das «normale» Bewußtsein nicht nur ablehnenswert, sondern auch unvorstellbar. Der Mensch ist durch seinen Willen ans Dasein gebunden, während das Dasein unerträglich für ihn ist. So eilen ihm seine Phantasie, genauer gesagt, seine Vorstellungen zu Hilfe, die er über dem nackten Dasein auffliegen läßt, meist in Form von Zielvorstellungen, Wunschvorstellungen, vermeintlichen Vorstellungen der Erkenntnis. Die Aggression (deren eine Form die Arbeit ist) ist die Grundtriebfeder der europäischen Kultur und Zivilisation. Direkt gesagt, die fieberhafte menschliche Betriebsamkeit schöpft ihre Energie aus dem Schoße der Existenz- und Todesangst. Vielleicht haben wir – werfen wir plötzlich einen klaren Blick darauf – deshalb das Gefühl, daß diesem ganzen Gewimmel die Wirklichkeit fehlt. Denn die Wirklichkeit, das Wesentliche sozusagen, ist das, was diese fieberhafte Betriebsamkeit vergessen zu machen sucht. Doch das ist nur die eine Seite des Phänomens: Die andere ist die, daß unsere gehetzte Vorstellung nicht mehr stehenzubleiben vermag bei den wesentlichen menschlichen Erkenntnissen, daß sie unfähig ist, das Schicksal zu begreifen, das sich im

Geschehenen offenbart, daß sie unfähig ist, den Prozeß der Ereignisse zu bewahren, diese ständig steigende Flut, die das menschliche Bewußtsein – das ethische und geschichtliche Bewußtsein – erweitern müßte. Während der Mensch sich also von der Existenz freigesprochen und zur Geschichte verurteilt hat, ist er unfähig, die Geschichte anzunehmen, und unfähig, auf geschichtliche Weise zu existieren. Man kann sagen, er hat die Existenz verloren, und er hat seine Geschichte verloren; die große Frage, die die Existenz der verschiedenen Totalitarismen zu einer Extremfrage zugespitzt hat, ist, wie verträgt sich das menschliche Leben mit den vom Menschen geschaffenen gesellschaftlichen Formationen? Kann es sich überhaupt mit ihnen vertragen? Was frage ich damit? Ob, nachdem der Mensch die bloße Vegetation mit seiner Geschichte bezwungen hat, nicht gerade die Geschichte den Menschen zum bloßen Vegetieren verurteilt?

Jaspers', übrigens nicht sonderlich originelle, aber zutiefst wahre Feststellung, daß das Leben als Ganzes nicht zu trennen ist vom politischen Zustand. Was ich auch tue, immer muß ich mich schämen; und das ist zudem noch das Beste in mir.

Ich kann das Judentum als ein Symbol, eine Lebenssituation, eine ethische Aufgabe betrachten; ich kann eine Möglichkeit der Erkenntnis darin sehen, eine große Schule der Erfahrung des Ausgeliefertseins, des modernen Elends, der Ausgrenzung. Doch Jüdisch-Sein als Volk, als Religion, als Geschichte – was sollte ich damit anfangen? Wenn es «Volk» ist, so ist es nicht mehr identisch mit jenem Judenstatus, der Einsamkeit und Heimatlosigkeit befiehlt. Ist es «Religion», steht es im Gegensatz zum Mut und zur Resignation, zu dem, wie ich dem Tod entgegenschaue. Ist es «Geschichte», steht es im Gegensatz zu der individuellen Aufgabe, die ich gerade in Ermangelung einer «geschichtlichen Aufgabe» übernehme (wenn ich nicht gerade darin *die* geschichtliche Aufgabe sehe).

Alles ist bereits passiert und nichts daraus gefolgt. Auschwitz und Sibirien sind vergangen (wenn sie vergangen sind) und haben das menschliche Bewußtsein kaum berührt, ethisch gesehen hat sich nichts geändert. Alle Erfahrungen sind vergeblich. Doch insgeheim, im verborgenen, müssen diese Erfahrungen trotzdem irgendwo leben. Wohin wir auch immer sehen, fällt uns deshalb sofort das Bild von Dahinvegetieren ins Auge, von kraftlosem Umhertreiben unter der Last der Verurteilung, trotz allem Gewimmel, aller scheinbaren Lebensfülle. Und daher ist auch das geistige Leben so hinfällig, das seinem Wesen nach ja nichts anderes ist als eine Interpretation des Daseins für Gott.

Das Problem der ungarischen Schriftsteller ist nicht das, über das diese heute klagen, nämlich, daß sie ihrer – vermeintlichen – sprachlichen Isoliertheit wegen nicht zur Welt sprechen können; ihr Hauptproblem ist, daß sie nicht zu den Ungarn sprechen können. Die Schriftsteller der offiziellen und halboffiziellen «Kulturpolitik» tun so, als sei die Literatur eine entsetzlich ernste

Sache, die ihre Ernsthaftigkeit nicht, sogar *ausdrücklich* nicht, aus dem Individuellen schöpft, sondern aus einer großen, gemeinschaftlichen, landesweiten, mehr noch, nationalen Aufgabe – das heißt, sie verkünden ganz ernsthaft ihre völlige Unernsthaftigkeit. Als sei eine die Nation erhaltende Lüge wichtiger als eine die Nation zugrunde richtende Wahrheit; eine Nietzschesche Situation: Sie sind krank und heilen sich mit Lügen. Haben sie jedoch geprüft, ob das Volk, auf das sie sich pausenlos berufen, nicht vielleicht doch die Wahrheit interessiert?

In mir eine merkwürdige Gnadenlosigkeit gegen mich selbst. Vor allem, was meine Arbeit betrifft. Alles, was gegen mich ist – und es ist alles gegen mich –, kehre ich selbst gegen mich. Buße, Selbstbestrafung, nur – so scheint es fast – weil ich es gewagt habe, geboren zu werden. Ich lebe wie einer, der zwischen zwei überaus wichtigen Beschäftigungen verärgert eine belanglose Stunde totschlagen muß; und diese Stunde ist mein Leben.

MAI Szigliget. Das Sprechen der Vögel in der Nacht, ein unglaubliches, ergreifendes, fast menschliches Sprechen. Lange Pfeifsignale, warmes Zwitschern, Singen, kollerndes Gurren – allem Anschein nach sind sie glücklich. Keine Grobheit, keine Gereiztheit, kein Hunger.

Traumartige Stimmungen. Leichte Depression. Allgemeine Stagnation. Nach dem Abendessen ein Spaziergang im Licht nach Sonnenuntergang. Die beiden samtigen Hügel, die gegeneinandergelehnt eine Talsenke binden. Der sargförmige Berg in der Ferne, eine massive, dunkle Matritze am dunstigen, schon weißlichen Himmel. Ich war unfähig, meine Gedanken zu sammeln. Die dumpfe Lieblosigkeit in mir. Die sich türmenden, wachsenden Fragen. Warum? Warum? Von jedem Haltegriff ziehe ich meine Hand zurück. Das Gefühl einer sich öffnenden Tiefe. Angst – oder nicht? Und die Tiefe – zieht sie mich an?

Ich muß nicht notwendigerweise so schreiben, wie ich schreibe. Sartres Bemerkung, daß der Mensch in seinem eigenen Ton spricht, aber immer im Ton von anderen schreibt. Das stimmt.

Ein alter Mann aus dem Dorf. Er spricht mich an. Plötzlich fällt mir das Wort ein, daß ich Monate zuvor (vergeblich) gesucht habe, um die Gesichter der beiden Alten zu beschreiben. Nun ist es da: hinfällig. Etwas Hinfälliges hatten die Gesichter der beiden Alten, genauso wie das Gesicht dieses alten Mannes.

Vor vier Jahren habe ich es gesagt: Das ist die Klippe, an der wir Schiffbruch erleiden werden. Hier, die plötzlich auftauchende Klippe, kahl, bedrohlich, unausweichlich; von keinem Sirenengesang gemildert.

Im Gesellschaftsraum die große, schlanke, sympathisch aussehende Dame. Die plötzliche Wendung, als sich ihr Inkognito lüftet. Ich kann von ihr das eine oder andere über Gyula Krúdy erfahren. Er schrieb täglich 16 «Manuskriptblätter» voll. (Selbst übersetzen kann ich maximal 14 «Blätter», wie jetzt, bei angestrengter Übersetzerlohnarbeit an einem nicht einmal anspruchsvollen Text.) Ich frage, ob Krúdy ein Tagebuch oder irgendwelche persönlichen Aufzeichnungen hinterlassen habe. Bloß ein paar Zettel, zum Beispiel mit Ermutigungen, die er an sich selbst richtete, wie: «Man darf nicht aufgeben» usw. Gewöhnlich kam er nachts um drei nach Hause, machte sich unverzüglich an die Arbeit und schrieb bis zum Mittag des nächsten (bzw. selben) Tages; in der Küche saßen dann schon die Redaktionsboten, um das Geschriebene in Empfang zu nehmen. Ein ununterbrochen arbeitender Schriftsteller, der für das Schreiben nie genug Zeit hat. Das Werk? Von einem Tag zum anderen zusammengestükkelt. Ich denke, der Grund, der ihn einst zum Schreiben trieb, war längst vergessen; er brauchte immer eine verkaufbare Geschichte. Und dennoch siegte seine selten große Kunst. Ob er zu wirklicher Einsicht gelangt ist? Mit dem Sindbad widerlegte er Kierkegaard: Er bewies, daß sinnliche Genialität auch in der Prosa zum Ausdruck kommen kann; der Sindbad-Zyklus ist der bedeutendste Don-Juan-Roman der Welt. – Im Alter von 54 Jahren war er ausgebrannt und starb. «Schon mit fünfzig nannte ihn jeder Onkel Gyula.» Ein furchtbares Verhängnis, ein Werk des genius loci, dem auch er zum Opfer gefallen ist. Die tiefe soziale Bitterkeit, die in der ungarischen Prosa nie wirkliche epische Gestalt gewinnen kann (bei ihm erscheint sie manchmal im Bild der Nostalgie), in erster Linie deshalb, weil die Schriftsteller ums Leben kommen, bevor sie mit klarem Bewußtsein erkennen, daß sie von vornherein ums Leben Gekommene sind. Ein einziger, dunkelblauer Anzug; graue Lackschuhe, mit Antilope verziert. «Keiner wußte, daß das sein einziger Anzug und seine einzigen Schuhe waren.» Jawohl: dieses Beharren, diese Treue zu allem, was den Menschen zerstört; das Beharren auf sinnlosen Formen, das zum Ethos vergeistigt wurde; hier gewinnt der Genius seinen ursprünglichen, vitalen Sinn zurück – es scheint, daß Genialität so etwas wie eine Form des Überlebens elender, mörderischer Verhältnisse ist: und daß man in der künstlerischen Unsterblichkeit gleichsam die spiritualisierte Energie dieses Überlebens zu sehen hat.

Die schmeichelnden Blicke verdüstern sich endlich; langsam zeichnet sich in ihnen mein wirkliches Spiegelbild ab.

Die Fülle des Lebens; gegen jede Reduzierung kämpfen; das Mehr ist schwerer, als klein, gering und unzulänglich zu sein.

Es gibt eine historische Struktur, aber es gibt auch eine psychologische. Wo gemordet wurde um der Macht willen, dort hält die Angst die Mörder an der Macht; wer um der Macht willen mordet, läßt die Macht nie mehr aus den Händen, und so geht es bis ins siebente Glied.

Ich bin ein Revolutionär, der von vornherein weiß, daß die Revolution längst gescheitert ist. Ich bin ein Revolutionär, der das Bestehende haßt und nicht das geringste zu dessen Umsturz tut. «Objektiv» betrachtet mag ich das Böse, und mein Denken ist nicht dialektisch, sondern widersprüchlich; mehr noch, ich halte das für Moral, genauer: für meine Moral.

Wir alle dienen dem Mammon, den wir hassen: So ist die Gesellschaft organisiert. Der Lebenswille als Weltironie.

Über die Wahrheit, einmal aber über sie als einen vitalen Wert. Einmal zur Kenntnis nehmen, daß da, wo man die Wahrheit nicht als einen vitalen Wert behandelt, das Leben einfach stagniert; aggressive Formationen oder modernde Tümpel – es macht keinen Unterschied, welche Form der Verfall annimmt, ob die des rasenden oder die des katatonischen Wahnsinns. Eine Zivilisation, die es dennoch zu etwas gebracht hat, basiert darauf, daß in ihr die moralische, naturwissenschaftliche und logische Wahrheit schließlich zum Durchbruch gelangt und Maßstab und zugleich Organisator des gellschaftlichen Lebens geworden ist. Andererseits ist die Natur der Wahrheit geteilt; es ist die Frage, ob es eine Gesellschaft gibt, die die Widersprüche aushält, sogar verkündet, und sich selbst dabei nicht zur Masse formen will.

AUGUST Absurder sein als das Schicksal? Bloß weil er glücklich sein will? Über Leichen gehen, nur damit er nicht zugrunde geht?* Ein hübsches kleines Dilemma.

Das Tagebuch von Béla Balázs. Apotheose des Wirrwarrs. Auf Nietzsche, Kant und die Musik folgen Marx, dann die Räterepublik, Wien, Berlin und Moskau. Als ob eine Lokomotive langsam aus dem Depot geschoben würde, anfangs freut sie sich einfach über das Drehen ihrer Räder, dann werden, als träume sie von einer rasenden Fahrt, die Schwungräder in Gang gesetzt, die Weiche rastet ein, die Vielzahl der Schienen verringert sich, und schließlich braust sie auf derjenigen Schiene, auf die man sie schob oder auf die sie rollte (beides scheint irgendwie eins), davon, ihrem Schicksal entgegen, und es findet sich auf ihrem Weg keine Stelle mehr zum Abweichen. – Die Frauen: am Anfang seines Lebenswegs noch Kavaliersdienste, «transzendente Höflichkeit», auf dem Höhepunkt: «gehorsam um mich hockende Weiber».

Später am vorherbstlich milden Abend ein Spaziergang durch die Straßen der schmutzigen, stinkenden, furchterregenden Stadt. Quälende Gedanken. Warum reise ich nicht ab? Weil ich mich nicht von hier wegbewegen kann. Trägheit? Nur daß ich meine Trägheit im Laufe der Zeit zu meinem Schicksal gemacht habe. Wieder und wieder sage ich: Schicksal und Roman – denn so klingt es besser, und während ich es wieder und wieder sage, wird es zu meiner Wahrheit. Ich leide an

* Bezieht sich auf die Hauptfigur des Romans «Das Fiasko»

dieser Wahrheit, und durch das Leid wird die Wahrheit wahr. Ich bin unfähig, von hier wegzugehen, solange sich mein Schicksal nicht erfüllt, das heißt, solange ich diese Grunderfahrung nicht zu Ende durchlebe, aus der mein Roman hervorgegangen ist und aus der ich selbst hervorgegangen bin. Vom rationalen Standpunkt ist das alles unverständlich und vom Standpunkt der Lebenskunst eine Ungeschicklichkeit. Aber trotzdem eine unabänderliche Tatsache.

Das Marionetten- und Automatenhafte der Welt in meinen Interpretationen. Unzureichend, dennoch kann ich daran nichts ändern. Die Welt kommt mir vor wie eine Maschinerie, die ein paar Beweggründe hat, genauer gesagt, momentane Triebfedern. Trotzdem: Wenn ich bei meiner Sichtweise bleibe und nicht versuche, etwas unterzumischen, was ich nicht kenne, wovon ich nichts weiß, dann kann ich ein Weltbild schaffen, und wenn dieses Weltbild auch nicht *das* Bild der Welt ist, so wird es doch wenigstens mein Weltbild sein: Wie die Welt *in Wirklichkeit* ist – wer könnte das wissen? Eines gewiß: unbegreifbar. Wir wissen nicht, was die Ursache unseres Daseins verursacht, wir kennen das Ziel unseres Daseins nicht, und wir wissen nicht, warum wir, da wir schon einmal da sind, wieder von hier verschwinden müssen. Während wir manchmal glauben, daß wir eine universale, das heißt unsterbliche und der Zeit nicht verhaftete Seele besitzen. Wenn das Mysterium jedoch unergründlich ist, dann ist wahr allein der Automatismus. Weil er das von der Welt wenigstens wirklich Sichtbare und Darstellbare ist.

«Es gibt nichts Peinlicheres, als wenn sie uns lieben. Eine gewisse Wahrheit, ein gewisser Genuß sind nur im Fall einer kühlen, sachlichen Beziehung möglich. Selbst die Sexualität ist nur mit Distanz genußvoll; ein namenloser, liebender Körper, der uns umgehend fremd wird, sobald er nicht mehr begehrt; und nicht verlangen, daß er begehren möge, wenn er nicht mehr begehrt», sagte an diesem Nachmittag Don Juan mit einem eleganten Lächeln; aus seiner Jackentasche sah ich ein – noch – zusammengeklapptes Rasiermesser herausgucken.

Die Melancholie des Exils: sich nicht mehr verstecken zu müssen, sich einem Blick aussetzen, einem Urteil unterstellen zu können.

Weiter im Tagebuch von Béla Balázs. Abstoßend, aber interessant. Unter viel Kleinlichkeit, Niedrigkeit hier und da blitzartig aufleuchtende große Erkenntnisse. «Die Schuld wählen.» Später: Er irrt sich nicht, *«er selbst ist ein Irrtum»* (wörtlich, so wie ich es bereits im «Fiasko» geschrieben hatte). Oder: daß es im ethischen Sinne kein Morgen gibt, immer nur ein Heute. Usw. – Der Jahrhundertbeginn. Die in die politische Bewegung mündende Erregung von Geist und Leben. Edit Hajós, die mit einem grundlegenden Gefühl des Lebenshasses und der Lebensunfähigkeit etwa um die Dreißig (als Kind bürgerlicher Eltern) auf einmal zur Terroristin einer Welterlösungsbewegung wird, wie jemand, der plötzlich eine Erleuchtung hat. – Die Philosophie: Gott, die «Homogenität der Welt», die «homogene Welt als Gegenstand der Erlösung» bei Georg Lukács (das erklärt vieles) – Religiosität, universale geistige Aggressivität, Erfolglosigkeit, dann die politische Bewegung, Stalin usw. als Welterlebnis. Typisch osteuropäisch, diesseits vom Rhein. Dann: Balázs' sexuelle Unordnung, in engem Zusammenhang mit seinem schnaubenden, hastigen Verstand; die Promiskuität und die verblüffende Eitelkeit, die Beziehung zwischen expansiver Psychose und der Sphäre der Politik. Sein Weg führt in die politische Bewegung, während sein Verstand – und im Grunde genommen sein ganzer Lebensstil, sein ganzes Wesen, seine Persönlichkeit – die politische Disziplin ablehnen. Ein markanter, wenngleich trivialer Typ des Dilettanten. Die seelische Unordnung; eigentlich das Gegenteil eines Künstlers, dabei ständig auf der Suche nach der «großen Kunst». Der dilettantische Selbstbetrug, der Blick voll falschem Bewußtsein auf sich selbst: fortwährend bestrebt, «Klassisches» zu gestalten, das weder in ihm noch in der Welt vorhanden ist; ohne Mut, das Nihil, das Nichts in sich, zu erkennen. – Die große denkerische Stimmung, das breite emotionale Leben des beginnenden Jahrhunderts, die schließlich in die geschlossene, menschenvernichtende, kleinliche und siegreiche Machtsphäre münden; die intellektuelle Bewegung, die eine Geheimpolizei ins Leben ruft, die alsdann den Geist inhaftiert. – Wie er in die Revolution der Räterepublik hineingerät. Er hört etwas auf der Straße, wittert die Ereignisse. Stürmt los ins Hauptquartier (Hotel Astoria). Im Volkskommissariat der Soldaten findet er eine Sekretärin und einen «Studenten» am Telefon. Er «jagt» den Studenten davon und setzt sich selbst ans Telefon. Nimmt Nachrichten auf, leitet sie weiter. Nach ein paar Tagen ertappt er sich dabei, daß er zu «einer unentbehrlichen Person geworden ist». Ob er das wollte? Er wollte alles, aus Streitsucht, aus Gier, die Revolution ebenso wie die Frauen. Die Herrschaft des Unterleibs, die Herrschaft der Eingeweide, verschiedener unbezwingbarer Erregungen und Kribbeleien über den Verstand. – Ab und an trotzdem ein Aufleuchten. Und es endet (1922) schließlich so, daß er nicht mehr ohne Scham leben kann … – Doch ob er sich letztlich wirklich schämte? Oder ob er das uns, den Späteren, überlassen hat?

Werde ich irgendwann einmal meine Schuld verstehen? 1. Daß ich existiere. 2. Wie ich existiere. 3. Wie ich für andere existiere?

Mannheim: An das Sein gebundenes Denken. Meine Möglichkeiten (meine künstlerischen Möglichkeiten) als Angebinde meines Seins (meines Sklavendaseins). Warum vermag man sich von den Seinsverhältnissen nicht mehr zu lösen? Warum verstellen Gefängnismauern endgültig die Aussicht auf den Kosmos? Was ist für mich möglich? Nichts Absolutes, nichts Universelles, nichts Ewiges, kein «grand style». Nur ein Werk, das Abbild meines Seins ist, Gefangener so wie ich. Ich kann zwar über meine Situation hinausgehen, aber nur von der vorausgegangenen ausgehend; ich kann in eine andere Situation gelangen, doch ich schleppe mein ganzes Bündel und den Staub eines bestimmten Weges mit mir mit; wenn Punkt B auch als Zukunft vor mir liegt, so kann ich doch nur von Punkt A zu Punkt B gelangen und nicht ohne die Vergangenheit. Ich kann nur einen Eimer voll aus dem hinwegströmenden Wasser des Flusses schöpfen, obgleich es natürlich nicht egal ist, in welche Tiefe ich den Eimer tauche.

Im Schoß großer Völker reift immer irgend etwas; in den großen Sprachen findet sich immer ein freier Ton, den ein Schriftsteller anschlagen kann, ohne daß das ganze Instrument zusammenbräche.

Die Frage ist hier nicht nur, ob «das Leben es wert ist, daß wir es leben», sondern ob das Leben es wert ist, daß wir es mit klarem Bewußtsein leben.

Nach Georg Lukács «schafft» – wie Béla Balázs notiert hat – «jeder große Schriftsteller einen neuen Menschentypus».

Es gibt nicht das Eingehen eines Wesens in ein anderes, es gibt nur das Einbrechen und das daraus Entfliehen, und wir haben schon Glück, wenn wir dabei – aus Angst oder eitlem Hochmut – nicht zum Mörder werden.

Gestern abend K., ein sympathischer junger Mann. Auf «Schicksalslosigkeit» Bezug nehmend, fragte er, wie ich Ratlosigkeit «vereinbaren kann» damit, dennoch zu leben und zu schreiben. Als ob der klare Blick und die Offenherzigkeit in bezug auf meine Situation, die Tatsache, daß ich den Becher bis zum Grund neige, mich zugleich unfähig machen müßten zu schreiben. Von allen, die mich ernst nehmen oder sogar lieben, höre ich diese Frage. Als ob ich mich aufhängen müßte. Wahrscheinlich ist es auch so. Lediglich meine spielerische Natur bewirkt, daß ich der Verlockung vorläufig widerstehe. – Irgendwen zitierend, sagte er: «Damit sich jemand hinsetzt, um geduldig einen Roman zu schreiben, muß er zuvor eine fürchterliche Ungeduld besiegt haben.» Er fürchtet, daß er sich eines Tages mit der Kapitulation abfindet wie mit einer ansteckenden Krankheit und mit der Zeit sogar das Denken vergißt. Er ist 29. Einst war ich es auch: die schreckliche Zeit der Entfaltung, des Wählens und der Entscheidungen. Es ist besser, alt zu sein.

SEPTEMBER Heftige, seinsnahe Erfahrung der Absurdität des Lebens und der Vergeblichkeit unserer kurzen Schaffenskraft: ein fast brennendes Glück. Würze vegetativer Freuden: der müde Herbst, die auf eine Wiese mündende Straße in Buda, wo ich über die aktuelle Phase des Romans nachdenke; eine halbe Stunde Schwimmen; ein kurzer Lauf am nächtlichen Donauufer. Ich lebe noch.

«Die Sexualität führt zu nichts. Sie ist nicht unmoralisch, sondern sie ist unproduktiv. Man kann sich ihr während der Zeit hingeben, in der man nichts hervorzubringen sucht. Aber nur die Keuschheit ist mit einem persönlichen Fortschritt verbunden.» Camus, «Carnet».

Das Paradoxon, daß der Mensch trotz allem nach Glück strebt: Darin liegt sein Unglück. Das ist der Irrtum, denn nur im Leiden ist so etwas wie Leben. Und – es erscheint nur im ersten Moment wie ein Widerspruch – nur im Leiden ist auch Trost.

Organisches kann nur aus Organischem entstehen. Ich muß den Organismus meines Lebens wieder auf jene, sozusagen sportliche Lebensweise umstellen, bei der das tägliche Training der Einsamkeit allmählich so sehr zur Qual wird, daß er, schweißüberströmt, in seiner Pein schließlich zu sprechen beginnt.

Telefon. Eine weibliche Stimme. Ob ich eine Einladung der Botschaft zu einem Essen annehmen würde. «Dann», sagt sie, «bitte ich Sie, Ihren Terminkalender hervorzunehmen ...» – «Aber», sage ich, «ich habe gar keinen Terminkalender.» Einen Moment tiefes Schweigen, dann schallendes Lachen im Telefon. «Sie haben mir den Glauben an die Menschen zurückgegeben», so die Frau. Danach unterhielten wir uns noch. – Wieviel Arroganz, Aggressivität, wieviel aufgeblasenes, falsches Selbstbewußtsein mußten ihr am heutigen Tag schon begegnet sein! Dabei war es erst mittags, Viertel nach eins.

Was die Hoffnung betrifft: vorläufig hasse ich sie, was bedeutet, daß es mir anscheinend noch immer nicht gelungen ist, völlig mit ihr fertig zu werden.

Zitate. Proust: «Es kommt selten vor, daß die Geschöpfe, die eine entscheidende Rolle in unserem Leben gespielt haben, ganz plötzlich endgültig daraus verschwinden.» – Van Gogh, von einem Gedanken Renans beeindruckt: «Sich selbst absterben, große Dinge vollbringen, das Edle erreichen und über das Gewöhnliche hinauswachsen, in dem sich das Dasein beinahe aller Individuen dahinschleppt.» – «Ich kann im Leben und auch in der Malerei sehr wohl ohne den lieben Gott auskommen, aber wenn ich leide, kann ich nicht ohne etwas auskommen, das größer ist als ich, das mein Leben ist, die Schöpfungskraft.» (Alle aus Camus' «Carnet».)

Die einfache Handhabung der einfachen Mechanismen des Lebens werde ich nie lernen. Zum richtigen Zeitpunkt den richtigen Knopf drücken, wie das der moderne Automatenmensch ohne jede Schwierigkeit tut. (Es stimmt, manchmal drückt er den Knopf, der ihn in die Luft jagt.)

2. OKTOBER Gestern, vorgestern durchbruchartiger Fortschritt im Roman. Extreme nervliche Zustände. Abendliche Spaziergänge am Donauufer. Eine Zigarette auf dem ehemaligen Buchwaldstuhl, gegenüber der Gellertberg, die ferneren Bergzüge, der wieder nähere Halbkreis des Rosenhügels, dunkle Massen, flakkernde Lampen, der hellere Himmel, tief am Himmel der blasse Frühherbstmond. Schlaf mit Beruhigungsmitteln. Und heute das frühe, leichte Erwachen. Ich weiß genau, was noch bevorsteht.

«In Swanns Welt», diese unerschöpfliche Leidenschaftslehre. Unglaubliche Erfahrung häuft sich darin, bitteres und bitter erworbenes Wissen. In der auf eine einzige Person gerichteten anhaltenden Leidenschaft ist ein sehr wesentliches transzendentes Moment, das zur Einsicht vollkommener Vergeblichkeit führt. Das Unglück ist die Nichtübertragbarkeit und die Nichtmitteilbarkeit der Leidenschaft; letzten Endes die unveränderliche Stofflichkeit der anderen Person und unsere erschreckende, unbegreifliche Fremdheit uns selbst gegenüber. Die Liebe nur zu einem Menschen ist tragisch und einsam (auf der anderen Seite Don Juan, die ewige Wiederholung mit wechselnden Personen, die ebenso vergeblich und dabei eher komisch ist, weil sie zu keinerlei Einsichten führt). Der furchtbare Moment, als Swann, Jahre später, als sein Leben infolge der Leidenschaft längst zugrunde gegangen ist, zu der grundlegenden Einsicht ihrer Vergeblichkeit gelangt: «Und ich habe diese Frau eigentlich noch nicht einmal geliebt», denkt er. (Das andere Erlebnis dieser Art bei Kafka im «Prozeß»: «Dich liebhaben? dachte K. im ersten Augenblick, erst dann ging es ihm durch den Kopf: Nun ja, ich habe sie lieb.») Solange der Mensch die Leidenschaft nicht zurücknimmt und zu etwas Innerem macht, also zu einem Leiden an sich selbst, etwas, was ihm selbst gilt und ihn prüft, solange ist sie so erniedrigend wie eine Verbannung aus sich selbst. In der glühenden Bewegtheit der Leidenschaft schreckt ihn die trostlose Öde der Leere. Obwohl doch genau das Gegenteil davon geschehen ist: Nämlich, daß er in die falsche Bewegtheit der Leidenschaft erst vor der Leere geflohen war, die ihn daher auch weiter drückt, und so erleben wir als Transzendenz, als Vergeblichkeit, als schmerzhaftes Abenteuer der Leidenschaft, was nicht in der Leidenschaft, also nicht außerhalb von uns, sondern in uns ist. Sokrates würde vermutlich sagen, daß die Leidenschaft zur Erkenntnis transponiert werden muß; es geht nicht darum, daß du nicht erleben sollst, was dir zugemessen ist, sondern darum, daß du nicht irren sollst, was die Natur des Erlebnisses betrifft. Nicht den anderen muß man besitzen, sondern das Wissen, denn letzteres ist möglich, ersteres nicht. So hat, griechisch betrachtet, die Leidenschaft zwar ihren Sinn, doch nur in dem Maße, in dem sie zu Wissen führt: An diesem Punkt aber muß sie aufgehoben, besser gesagt, umgewandelt werden: denn Wissen – auch das ist eine Leidenschaft, und vielleicht nicht einmal eine weniger selbstmörderische.

Was die Menschen sich unter Glück vorstellen. Glück ist – so glauben sie – genau das Gegenteil von Leid, ihr Glück ist ein das Leiden ausschließendes Glück. Arme Unglückliche!

Ein wenig Freudianismus: Ich spiele im Leben zweifellos die Rolle des Sohnes. Mit allen Konsequenzen. Vater-Sohn oder Mutter-Sohn? Meine Kunst als seelische Kompensation betrachtet. Meine Beziehungen – als seelische Kompensation betrachtet. Das Motiv der Wiederholung – als Schmerz betrachtet. Der Schmerz – als Inspiration betrachtet. Die Heilung von allem – als Tod betrachtet.

Wie kommt es, daß das bisher noch niemandem aufgefallen ist: Nicht nur Hegel, Schopenhauer und Nietzsche sind aus der deutschen Romantik hervorgegangen, sondern auch Marx. Ist es so schwer, ihn in diesen nationalen Zug einzugliedern – ihn, der ein aufgeklärtes soziales Mitleid fühlte, der in seinem Universalitätsdenken die Macht aus den Grenzen Deutschlands herausnahm und auf die ganze Welt ausdehnte, der mit einer Wirtschaftsphilosophie die Erlösung ersetzte, der die Transzendenz der Metaphysik entriß und sie in die Materie, in eine revolutionäre Zukunft einbrachte? – So gesehen, ist er fast eine wagnersche Gestalt, einschließlich des Wagnerschen Dilettantismus, wie Thomas Mann ihn durchschaut hat; und schließlich dürfte auch die Weltkatastrophe als «Gesamtkunstwerk» ein Gedanke sein, der ihm nicht ganz fremd war, wenn wir es gründlicher bedenken.

Du sollst sehen, was du schreibst. Stil ist sehen.

Den Gedanken vom Intellekt als Instrument hat erstmals Schopenhauer betont, doch wenn ich Kant richtig lese, finde ich ihn auch dort schon.

Meine Arbeit ist, obzwar eine alltägliche Schufterei, doch ein tägliches, glanzvolles Fest. Die Perioden tiefer, tiefer Mutlosigkeit, wenn ich unfähig bin, zu glauben, daß diese Festtage wiederkommen werden.

Es wird (wird es etwas) vielleicht der erste Roman sein, der, das gesamte Material, das gegen das Individuum spricht, mit sich schleppend und auch vorzeigend, es doch mit dem Durchbruch des Individuums versucht. Wenn überhaupt etwas neu an ihm ist, dann das.

Einladung zum Essen in die (west)deutsche Botschaft; die Karte mit dem deutschen Adler darauf. Wenn Adolf Hitler das sehen könnte...

Die Quelle einer großen Ratio ist durchaus nicht allein Ratio, es braucht dazu auch Irrationales: Kraft...

Bei jedem Werk, das ich für glaubwürdig halte, selbst bei einem wissenschaftlichen, fühle ich, daß sein Schöpfer an der erkannten Wahrheit erst zugrunde gegangen und dann durch sie auferstanden ist. – Sonst ist die Wahrheit keine Wahrheit – ohnehin, was ist Wahrheit? fragte Pilatus. Und: Nur wenn wir das, was wir verachten, auch ausprobiert haben, nur wenn wir also die Hoffnung und den tyrannischen Willen in uns bis zum Äußersten getrieben haben, nur wenn alles uns Erfüllung verheißt und wir es dennoch verwerfen: dann und nur dann sind unsere Zurückgezogenheit und Absonderung glaubwürdig. Denn werden sie uns nur aufgezwungen und wir schnitzen uns daraus eine sterile Moral, so handelt es sich mit Sicherheit nur um eine Psychose – wie im übrigen in den meisten Fällen. (Und in meinem Fall?)

19. NOVEMBER Spaziergang hinaus nach Angyalföld, an der erzenen Fläche der Donau entlang. Die ganze Zeit über denke ich an den Film gestern, Fassbinders «Die Ehe der Maria Braun». Überaus inspirierend. – Und Georg Simmels schöne Worte über die Freiheit; daß die Freiheit immer in Korrelation zu etwas, im Widerstand gegen etwas zustande kommt. Auch ich wurde im Widerstand gegen etwas frei (if any), meine Freiheit wurde im Widerstand gegen etwas zur Kunst, meine Kunst spricht wider etwas.

WEIHNACHTEN Veränderungen. Der Wahnsinn des Herbstes hat sich gelegt. Alles hat sich entschieden, und es hat sich gut entschieden. Langsame, vorsichtige Rückkehr in die Welt der Menschen. Gestern, am Heiligen Abend, Abendessen zu Hause, meine Mutter, es ist nichts passiert. Ein gewisser Mangel an Geld – aber das zu beschaffen ist Mannespflicht. Mit Hilfe von Freunden vielleicht, und Freunde finden sich. Es gibt ein winziges Loch zum Arbeiten in Angyalföld, bei der Tante; es gibt Gehetze und eine Unmenge von Verpflichtungen, aber das ist der sogenannte tägliche Kampf, der die Möglichkeit sich zu behaupten bietet. Ich lebe wie einer, der dafür geschaffen ist, in seinem kurzen Leben seinen täglichen Kampf zu führen und außerdem noch für die zu sorgen, für die er Sorge trägt. Ich bin ein König, ich führe Krieg, und den Krieg werde ich – natürlich – verlieren.

1983. JANUAR «Plötzlich dämmerte ihm, was früher oder später jeder begreift: daß er der einzige lebende Mensch in dieser Phantomwelt ist, daß es nicht möglich ist, Beziehungen zu schaffen, und daß es sich auch nicht lohnt, daß Mitleid nicht mehr gilt als Haß, daß man nichts anderes von ihm fordern kann und er auch nichts anderes geben muß als ein wenig angewiderte Geduld und ein wenig Mittun, das sich zu gleichen Teilen aus Nachsicht und Sinnlichkeit zusammensetzt.» Juan Carlos Onetti, «Die Werft».

20. MÄRZ Gestern abend der ersehnte «Parsifal». Ungeordnete Eindrücke. Esoterik und auffallender Fetischismus. Zweifellos ein Rückzug vom Individuum, vom offenen, autonomen Individuum; das Unbenennbare, in das es zurücktritt, ist *nicht die Religion*. – Eine zutiefst emphatische und jeder Voreingenommenheit entbehrende Untersuchung würde vielleicht ergeben, daß Nietzsche in Wirklichkeit nicht Einwände gegen das Kreuz, sondern gegen die *Unchristlichkeit* hatte, gegen das Ego, das im Kunstwerk aufragt, gegen die Lumpenseele, die sich im Innersten der Kunst verbirgt, die das – ansonsten großartige – Ego schafft ...

«Man kennt nur diejenigen, von denen man leidet» – nicht Kafka – Goethe.

Den Willen vermag nichts und niemand zu ändern. Doch zu welchem Schauspiel zwingt der Wille, da man ja doch selbst meist nicht weiß, was man will. Schließlich ereignet er sich – und jeder tut, als ob er sich wundere oder als ob es sich um ein von außen kommendes Verhängnis handele.

Die Vernunft ist die Schranke des Menschen.

Laut Goethe werden wir im Alter zu Mystikern.

Doch (laut meiner Meinung) ist der Mystiker nur insofern ein Mystiker, als er die Allmacht der Vernunft nicht anerkennt; er weiß aber deswegen nicht ein bißchen mehr als zu jener Zeit, da er noch ausschließlich der Ratio glaubte.

OSTERN Bach, «Johannespassion». Inspirierend – nein, durchdringend bis in die letzte Faser, so stimmt es. Das barocke Christusbild (für mich das einzig annehmbare Bild Christi). Ein Baßbariton. Kein Revolutionär, eigentlich auch kein Erlöser und noch weniger ein Religionsstifter. Ein auf die Erde geratener Fremder. «Mein Reich ist nicht von dieser Welt»: der Wissende, der Künstler. «Ich bin gekommen, die Wahrheit zu sagen.» Darauf Pilatus, ebenfalls ein Baß: «Was ist Wahrheit?» Ein mächtiger, kahler Dialog, wie in einem modernen Roman.

Ich weiß nicht, ob die Sache mit der Einsamkeit beginnt oder ob die Kunst einsam macht; ich denke, es beginnt mit dem klaren Bewußtsein, in dem der Mensch einsam und vor seinem eigenen Blick als ein Künstler erscheint – einsam, weil das die Wahrheit ist, und als Künstler, weil er so über seine Einsamkeit klagt.

Wer dem Mystischen – und dem Mysterium – auf der Grundlage der Rationalität gegenübersteht, dessen Rationalität ist zweifelhaft.

Was aber ist das Mystische? Das in Sprache nicht faßbare Weltganze, der große, unabänderliche Prozeß hinter den Phänomenen, das in der Tiefe der Geschehnisse verborgene große Geschehen, vielleicht unser wahres Leben selbst, aus dem wir gerade durch unsere Individualität und unsere Rationalität ausgeschlossen sind.
Eine der entmutigendsten Formen der Rationalität: die geschichtliche beziehungsweise die auf die Geschichte beschränkte und sich beschränkende Rationalität.
Kreatives Denken, das heißt ein Denken, das sich zwischen den Extremen bewegt; auf der Ja-nein-Schaukel, bis die Ketten reißen; aber den Stoff, das Konkrete mit auf die Schaukel nehmen, denn das ist das Gewicht, das sie vor- und zurückwirft.
Die bloße Ratio, das karge Flachland des «Objektiven»; und eigentlich ist bloße Ratio niemals Ratio, sondern eher Schutzschild, Zeichen der Unfähigkeit zum geistigen Abenteuer, Abwehr. Die – bloße – Rationalität bedeutet Charakter, ebenso wie die Irrationalität und die Eroto- oder die Cäsaromanie.

Ein traumartiges Erlebnis: Ich notiere etwas, Augenblicksstimmungen sammeln sich, sammeln sich an im Zerrspiegel von Augenblicksformulierungen; und auf einmal wird daraus doch etwas Ganzes, etwas Rundes, ein Spiegelbild wirklicher, innerer Entscheidungen, zu denen ich gelangt bin, bevor ich sie hätte fällen oder vorausahnen können – fast wie eine Vorhersehung. Rilke: «Was ist Zeit? – *Wann* ist Gegenwart?»

(Skizze zu einem von der Zeitung «Élet és Irodalom» dann doch nicht in Auftrag gegebenen, genauer gesagt, dann doch nicht mir, sondern einer «geeigneteren» Person in Auftrag gegebenen Freud-Artikel:)
«... Es soll uns fernliegen, den Versuch einer geistesgeschichtlichen Standortbestimmung Freuds zu unternehmen. Wir sind lediglich ungarische Leser Freuds, deren Kalender das Jahr 1982 zeigt ...»
«... Es scheint vielmehr, als zeigten sich die Probleme unserer Zeit in wirtschaftlichen Kennziffern. Die Philosophie unserer Zeit ist die Soziologie. Unser prüfender Blick sieht Strukturen, statt des Individuums die Masse: Staatsbürger, Konsumenten, Klassen, Schichten und Gruppen ... Wenn wir es nicht schaffen, die wirtschaftliche Rückständigkeit zu überwinden, dann verzerrt sich das Antlitz der Gesellschaft, und in den Kanälen der Unterwelt bersten die Schleusen. Wir wissen genau, was in diesen Kanälen alles gedeiht und was daraus entsteht, wenn es ihm von dort hervorzukriechen gelingt: Terror, Chauvinismus und Willkür, um nur einige der affengesichtigen, fledermausflügligen Goyaschen Scheusale zu nennen; das ganze Elend, das Freud in der menschlichen Triebwelt ansiedelt und das nur die geeignete gesellschaftliche Situation abwartet, um an die Oberfläche zu stoßen ...»
«... wagen wir die (wie ich fürchte, nicht sonderlich originelle) Behauptung, daß Freud letztlich ein Moralist

war. Ein verbitterter Moralist, aber verbittert ist der Moralist ja immer. Wenn Freud sich zumeist in Krankheitssymptomen ausdrückt, so ist das nur eine folgerichtige Fortsetzung der Essays Montaignes, der Metaphysik Schopenhauers und der Moralkritik Nietzsches. Um die Jahrhundertwende trug die Ernsthaftigkeit einen akademischen Talar, niemand konnte im Zeitalter der Wissenschaft seine Stimme erheben ohne Berufung auf das Experiment; es ist nur logisch, daß in dieser Zeit – der Zeit der bereits deutlich hörbaren Erdbeben der Moral – der Moralist nicht Dichter und nicht Philosoph, sondern Arzt ist...»

«Die Nacht der unbewußten Triebwelt, in die Freud beherzt hineinblickte (Worte Thomas Manns), ist immer noch ein freundliches Eckchen im Vergleich zu dem, was der Mensch im Laufe des letzten halben Jahrhunderts seiner Geschichte, durchaus nicht unbewußt, seit einiger Zeit sogar vor durch das Fernsehen vervielfachten Augen, trieb und treibt. Daß wir uns vor uns selbst fürchten müssen, weil wir nicht wissen, wozu alles wir fähig – oder gerade nicht fähig – sind, wissen wir nicht mehr von Freud, sondern aus unseren eigenen Erfahrungen; und wenn wir dabei nur auf einen gut entwickelten und in Gottes Namen säuberlich unterdrückten Ödipus-Komplex in uns stoßen, können wir uns an diesem Tag vermutlich mit einem friedlichen Lächeln zur Ruhe legen. Daß das vom ersten Vatermord herrührende Schuldbewußtsein eine Kultur geschaffen hat, würden wir, in Träumereien versunken, lesen, wenn nicht seither so viele Väter – und Söhne, Töchter und Mütter – dahingemordet worden wären und wir nicht sehen würden, daß niemand Schuldbewußtsein empfindet deswegen, ja, daß wir noch nicht einmal klüger geworden sind dadurch...»

«...Was verleiht unserer Feder diese Überlegenheit? Sind wir vielleicht weiser, vielleicht gelehrter als Freud? Durchaus nicht. Jedoch erfahrener. Denn die Welt hat sich gewaltig verändert, und gewaltig verändert haben sich auch die Menschen und unser Wissen über die Menschen...»

«...Man kann einfach der vielleicht zynisch klingenden Feststellung nicht widerstehen: Als Forscher hatte er sozusagen Glück. Er konnte den vulkanartigen Ausbruch der verfluchten Triebwelt sehen und am eigenen Leib erfahren ... Wir, Söhne einer späteren Zeit, können die Ereignisse mittels seiner Lehren jedoch in keiner Weise mehr begreifen ... In Auschwitz erwies es sich als völlig gleichgültig, an welcher Art analerotischer Erlebnisse wir im Alter von ein bis drei Jahren teilhatten...»

«...In welcher Beziehung stehen wir heute zu Freud, was empfinden wir, wenn sich aus seinen Büchern sein unerbittlicher, trotziger Blick auf uns richtet? Eine gewisse flüchtige Beklommenheit. Mit einer erschrockenen Bewegung bemühen wir uns, unsere Komplexe (so vorhanden) vor ihm zu verbergen. Wir bemühen uns, unsere Triebe zu rationalisieren (wenn wir es können und wenn man uns läßt). Wenn unsere Zunge stolpert, rufen wir uns mit einem unsicheren Lächeln die Psychopathologie des Alltags in Erinnerung und bemühen uns, klar zu sprechen und zu denken. Wir werden uns bemühen, uns vom Druck Gottes, unserer Väter und unserer Ahnen zu befreien, unter anderem auch von dem seinen...»

«...der jüdisch-prophetische Charakter Freuds, der mit seinen Geschichten an die Schuld gemahnt...»

«...in den 20er Jahren ein gewisser Wandel: Wenngleich Freud seinen eindringlichen, bitteren Blick auch weiterhin auf den Menschen richtet, dringt dieser feste Blick nun schon durch das Individuum hindurch und späht in die fernen Finsternisse des Ursprungs... Vermutlich ist es durchaus kein Zufall, daß etwa um dieselbe Zeit solche Werke erscheinen wie Thomas Manns ‹Joseph›-Trilogie, Prousts, Joyce', Musils, Brochs und Kafkas grundlegende Romane über das menschliche Dasein...»

«...Warum aber nehmen wir Freud schließlich doch zur Hand, warum haben wir nicht das Gefühl, daß er längst ins Museum der Geistesgeschichte gehört? ...Das Vorbild ist eine enigmatische Frage. Einem Stück der ‹Unzeitgemäßen...› gab Nietzsche den Titel ‹Schopenhauer als Erzieher›. Ein solcher Erzieher ist auch Freud. Im Laufe seiner Entwicklung übernahm er langsam Rolle und Gesten des großen, bedrückenden Vaters, von dem er selbst am besten wußte, welch schwere, aber unabwendbare Last auf den Schultern des Sohnes er ist... Die Rolle des *Erziehers* in der deutschen Kultur (Goethe). Jeder große Erzieher beginnt mit Psychoanalyse: mit der Selbsterkenntnis, um diese Erkenntnis dann auszudehnen auf den Menschen, die Nation, die Welt und das Leben...»

«...Im Grunde gemahnt er uns an die uns innewohnende, bis ins siebte Glied zurückreichende Schuld.

Als Kind des großen, in seiner Strenge oft so naiven 19. Jahrhunderts sieht er die Schuld in der Krankheit, die er mit dem richtigen Glauben: dem Rationalismus, kurieren möchte ... Sprechen wir es aus: Heute schätzen wir in ihm in erster Linie den Moralisten ... Obgleich österreichischer Jude, betrachten wir ihn dennoch als einen der großen, individualistischen Rebellen der ausgefallenen deutschen Revolution, von der Thomas Mann – Nietzsche zum Vorwand nehmend – sagte, die Deutschen hätten sich selbst ans Kreuz des Gedankens genagelt ...»

«... Das Menschenbild Freuds ist zwar dynamischer als das der rationalistischen Psychologie, dennoch nicht dynamisch genug, vergleicht man, wie dynamisch der Mensch sich innerhalb von verschiedenen Machtstrukturen seither zeigt ...»

«... Obwohl Erzieher, sind doch seine Lehren nicht das Wichtigste; er lehrt keine Doktrin, und wahrscheinlich sind auch seine therapeutischen Methoden überholt. Dennoch ist etwas Unübertreffliches in seiner Lehre, und dies ruft uns wiederum Thomas Mann ins Gedächtnis: Er lehrt uns, daß es uns obliegt, über den Menschen nachzudenken. Das eigentliche Studium der Menschheit ist der Mensch.»

Es liegt im Wesen des Menschen, daß der andere Mensch ihn nicht interessiert. Nur sein Werk läßt sich wirklich vermitteln.

Sokrates: Was kümmern ihn solche Spekulationen wie die, ob Mythen eine natürliche Grundlage haben, weiß

er doch nicht einmal, wer er eigentlich ist! Solange er sich selbst nicht kennt, interessiert ihn nichts anderes auf der Welt. «Ich aber, o Phaidros, finde dergleichen im übrigen ganz artig, nur daß ein gar kunstreicher und eifriger Mann dazu gehört, der eben nicht zu beneiden ist, nicht etwa wegen sonst einer Ursache, sondern weil er dann notwendig auch die Kentauren in die Geraoe bringen muß und hernach die Chimaera, und dann strömt ihm herzu ein ganzes Volk von dergleichen Gorgonen, Pegasen und anderen unendlich vielen und unbegreiflichen, wunderbaren Wesen, und wer die ungläubig einzeln auf etwas Wahrscheinliches bringen will, der wird mit einer wahrlich unzierlichen Weisheit viel Zeit verderben. Ich aber habe dazu ganz und gar keine, und die Ursache hiervon, mein Lieber, ist diese: Ich kann noch immer nicht nach dem Delphischen Spruch mich selbst erkennen. Lächerlich also kommt es mir vor, solange ich hierin noch unwissend bin, an andere Dinge zu denken.»
Vorbildlich, aber versuch einmal, das einem heutigen Historiker zu erklären, der – sagen wir – etwa verkündet, er will Geschichte beschreiben, *ohne zu moralisieren* ... Wo doch jeder Schriftkundige, ob Forscher, Künstler oder Wissenschaftler, Moralist ist, sogar der Naturwissenschaftler ... Und so fort.

Diese Galeerenbankarbeit der Selbstdokumentation. Ich halte daran fest wie an einem Ruder, das mich peinigt und vorwärts bringt. Ob in die richtige Richtung? Vielleicht interessiert mich gerade das. Kermode: «Wir alle schreiben unseren eigenen Roman.»

Weinbergs Kosmologie. Am Anfang war das Universum klein, glühend und seine Materie noch nicht aus Atomen zusammengesetzt, dann explodierte es innerhalb von drei Minuten, kühlte aus und war aus dem, was es war, geworden. Und? Was bedeutet Anfang? Außerdem: dieses gewisse kleine glühende Ding, das explodiert ist, was war es ursprünglich, in was für einem Raum befand es sich, und wie war es dort hingeraten? Der Mensch ist wie eine zum Leben erwachte Figur auf dem Gelände eines Planspiels: Er weiß, daß das Gelände nicht «wirklich» ist (das heißt nicht für ihn), er weiß, daß man mit ihm spielt (obgleich er sich über die Spielregeln nur leidlich im klaren ist), doch er kennt den Zweck des Spiels nicht und ist einer übermütigen Kinderhand ausgeliefert, die ihn wahllos umherschiebt, beschädigt, eventuell beiseite wirft; und schließlich weiß er, daß er aus vergänglichem Material besteht und früher oder später abgenutzt ist. Diese Kenntnisse lassen sich noch um einige Details erweitern – aus diesem Gesellschaftsspiel hinausgelangen jedoch kann die Figur nicht, einfach weil sie außerhalb weder Ort noch Rolle hat.

Letztlich gibt es keine höhere Genugtuung als die, uns selbst restlos ausgeliefert und das Gift bis zum letzten Tropfen getrunken zu haben.

Der Unterschied zwischen Intellektuellem und Künstler: nicht über die Dinge reflektieren, sondern Dinge hervorbringen.

JULI Über drei Wochen Westdeutschland. Das beklemmende Gefühl, als ich in München den Zug nach Hause bestieg. Die plötzliche dörfliche Stille auf dem Grenzbahnhof Hegyeshalom. Eine dicke Frau schleppte barfuß zwei große, volle, blaulackierte Wasserkannen. Das heruntergekommene Bahnwärterhaus, der rotbemützte Bahnwärter mit seiner Fahne: drei Wochen lang hatte ich solche Erscheinungen nicht gesehen. Der Mann (Eisenbahner?) mit der abgetragenen Uniform, der ins Abteil kam und unter die Sitze schaute. – Langsames Zurückruckeln. Lesen im Tagebuch. Rückkehr zu mir selbst. Erniedrigende Erlebnisse möglichst meiden.
Unterhaltung. Da glaubt jemand, daß man die Außerordentlichkeit der Welt herunterstufen kann zu etwas Formulierbarem. – Künstler sein bedeutet eben das Gegenteil.

Gäbe es meine mir so überdrüssig gewordenen Rollen nicht, wovor würde ich dann in meine einsamen, heimlichen Spiele flüchten, und wozu wären dann die Worte, die ich mir selbst zuflüstere, nötig?

SEPTEMBER Zwei Körper wie Feuersteine aneinanderschlagen, bis in ihren Qualen das Unendliche Funken sprüht.

Joyce (dem intellektuellen Geschwätz einer intellektuellen Gesellschaft zuhörend): «Wenn sie wenigstens über den Rübenanbau sprächen.»

Canetti: «Die aus der Geschichte nicht mehr herausfinden, sind verloren, und alle ihre Völker dazu.»

Und was ist das wirklich Erschütternde? Daß sie umgebracht wurden? Nein, daß sie ihren Tod nicht verstanden haben.
Die Mechanismen ihres Daseins hatten ihnen suggeriert, ihr Leben und ihr Handeln folge der Notwendigkeit; die Wahrheit war ihnen noch nie in den Sinn gekommen, nämlich, daß der Mensch nur Schlachtvieh auf der Schlachtbank der Geschichte ist.

All das – allein der Gedanke schaudert mich – müßtest du von mir erfahren, mein Kind...

Simone Weil. 1943 in London ist sie nicht gewillt, mehr Nahrung zu sich zu nehmen, als die Bewohner des besetzten Frankreich auf ihre Lebensmittelkarten bekommen. Davon, wieviel die Juden zu dieser Zeit in Auschwitz bekamen, ist nicht die Rede. Um so mehr aber von gnostischer Ketzerei, über die sie mit Ordensgeistlichen in einem Kloster diskutiert. – Eine sonderbare Seele: groß, jedoch nur der Länge nach, das heißt tief, aber eng. Sub specie aeternitatis leben zu wollen – darin steckt eine tiefe Lüge. Innerlichkeit ohne die Geschichte ist irgendwie ungültig. (Den Kopf nicht in den Sand der ewigen Dinge stecken, sagt Nietzsche.) Man kann den Stoff der Zeit nicht außen vor lassen. Unser Innerstes muß seinen Weg durch den historischen Stoff hindurch zu sich selbst zurücklegen; und es muß auch den Stoff (den Dreck), der an ihr haftenbleibt, mit sich mitschleppen.

Anders (das wenigste, was sich darüber sagen läßt: grundlegend anders): die Autobiographie Luise Jodls. – Eine Frage, die sich hier stellt, eine Frage, die mir «geschichtswissenschaftlich» gestellt wurde: Ob die deutsche Bevölkerung von den Konzentrationslagern gewußt habe. Was für eine Frage! Eine Gelehrtenfrage. Was bedeutet etwas wissen? Mit der Zeit, freilich, immer etwas ganz anderes. Solange es die Norm ist, daß man Menschen enteignet, terrorisiert, zu Soldaten macht, ins Gefängnis steckt, ihren Konsum beschränkt, ihnen nichts zu essen gibt und ihre Häuser bombardiert – kurzum, solange das ganze Leben unnormal ist, solange fügen sich unnormale Erscheinungen ohne weiteres ein in die natürliche Ordnung des Unnormalen. Später stellt sich dann heraus, daß es eine Schuld darstellt, von bestimmten Dingen zu wissen; damit setzt ein Wandel der Erinnerung ein, und im Lichte der gewandelten Erinnerung wandelt sich das Wissen. So wird es möglich, daß der Mensch von nichts etwas wußte. Und er lügt vielleicht noch nicht einmal: Er wägt einfach ab – was er in den entsprechenden Zeiten nicht getan hat, nicht tun konnte, weil sein Bewußtsein damals ein anderes war und damit auch sein Wissen. – Aber kann man das einem Wissenschaftler erklären, einem *Geschichts*wissenschaftler?

Winter. Das eingeschneite Szigliget. Während des Spaziergangs Treffen mit L. In seiner steifen Art beklagt er sich, daß er keine Kinder hat. Er ist ungefähr 65. «Nicht wegen der Kontinuität», sagte er. «Ich weiß auch, mit welchen Risiken es verbunden ist», meinte

er. Er fürchte sich vor der Gefühlsverkalkung. – Das Motiv verwenden.
Ortegas Anthropologie. Der Mensch ist «durchaus nicht Sache», sondern «Drama», das heißt Ereignis. Die «Aufgabe» des Individuums. Bei Ortega jedoch: Die Aufgabe läßt sich nicht wählen, da die Wahl unvermeidbar ist. Zugleich die Zweifelhaftigkeit der Individualität: Der Tiger ist immer der erste Tiger, sagt er; doch der Mensch ist nie Adam, nie der erste Mensch, denn wir werden in eine Struktur hineingeboren, über die die Vergangenheit herrscht.
Z.s Verblüffung, als ich ihr einmal sagte, daß der Roman von Charakteren absehen müsse. Der «Charakter» stammt aus einer Epoche, als der Mensch noch Sache war: am prägnantesten zum Beispiel bei Balzac, der denen, die an der Kurbel des Fleischwolfs stehen, gleichsam den Rohstoff zeigt. Rubemprés Zappeln in der Maschinerie erweckt in mir zum Beispiel deswegen Verachtung, weil ich sein Werturteil als ein Debakel empfinde. Rubempré glaubt spontan, daß Leben und Gesellschaftsgefüge ein und dasselbe seien, und wird zu einem, der sich ausliefert, da er bis zuletzt den Unterschied zwischen beiden nicht erkennt. Als Produkt also, nicht als Kreatur. Es ist allerdings zu befürchten, daß der Autor es ebenso sieht. Inzwischen wissen wir, daß der Mensch als Sache keine Chance hat und daß er nur jenseits von Sachgebundenheit zu so etwas wie Leben, kurz gesagt, zur Wahrheit stoßen kann. – Ist der Mensch am Ende tatsächlich so sehr verstrickt, daß ein Durchbruch unmöglich geworden ist? Wohin auch immer, irgendwohin, zu etwas, das nicht Allgemein-

gut ist und trotzdem gemeinschaftlich, im reinen, brüderlichen Sinne des Wortes.
Die unermeßliche Wichtigkeit des Romans: als eines Prozesses, in dessen Verlauf der Mensch sein Leben zurückgewinnt. Die sogenannte Krise des Romans rührt nicht etwa daher, daß der Roman nicht gebraucht wird, sondern daher, daß die Romanciers ihre Pflichten nicht kennen und Stümper oder Scharlatane sind. Doch nicht zu jedem Zeitpunkt kann ein Proust, ein Kafka, ein Krudy geboren werden. Da es sie aber gegeben hat, müssen wir wissen, was der einzig mögliche Gegenstand des Romans ist: die Rückeroberung, das Erlebnis des Lebens und daß wir davon erfüllt sind, einen einzigen weihevollen Augenblick lang, bevor wir vergehen.

Leben: Zeit, die wir zum größten Teil mit überflüssigen Dingen verbringen. Der Hauptcharakterzug des «heiligen Menschen» ist vielleicht nicht so sehr die Besessenheit, die Monomanie, als vielmehr das Grauen vor der Zeitverschwendung. Die Zeit trägt den Stempel des Unwesentlichen, bis sich ihr schreckliches Gebot erfüllt: Alter und Tod. – In Europa wird alles mit Hilfe der Arbeit, richtiger, des Arbeitsdienstes gelöst. Durch eine Fußgängerunterführung gehen und auf dieses Gewimmel stoßen. Wo eilen sie hin? – Diese Frage bezieht sich nicht einfach auf den Tod, sondern darauf, daß das Unwesentliche ihnen so wichtig ist. Das morgendliche Aufstehen, danach die Hygiene, die Familie, dann die Verkehrsmittel; acht Stunden Arbeit – meist eine nicht zur Existenz gehörende, unwesentliche Tätigkeit –, danach der Einkauf, nochmals die Verkehrsmittel, ein wenig – die Existenz möglichst wieder nicht berührende – Zerstreuung, im besten Fall ein Beischlaf und schließlich Schlaf oder die nächtliche Schlaflosigkeit. Das Leben verleben, ohne daß sie überhaupt teilnehmen an ihrem Leben, und müssen das, was geschieht, schließlich dennoch als ihr Leben betrachten. – Am Ende ist es mir doch gelungen, diesem unpersönlichen Schicksal zu entkommen; das größte Abenteuer für mich bin immer noch *ich* selbst. So wie erdacht und erbaut. Der Trotz: trotz alledem! Unter Tage arbeitend, in der Tiefe des Bergwerks; Schweigen, die Zähne zusammengebissen. Jetzt bin ich – obgleich ich immer noch «geschehe» – im wesentlichen fertig; und damit sind 55 Jahre vergangen, und jederzeit kann mich der Tod mir wegnehmen.

Bisher war hier die Lüge die Wahrheit, doch inzwischen ist selbst die Lüge nicht mehr wahr.

Heute nacht Tiefpunkt, das bekannte und dennoch wie eine überraschende Neuigkeit über mich hereinbrechende Gefühl völliger Sinnlosigkeit; ich sehe mich von außen, dieses eiförmige kleinasiatische Gesicht, den Mund mit den Metallzähnen hinten, die behaarten, narbenbedeckten Schenkel; das Gefühl eines unglaublichen Abgrunds, die Absurdität, daß ich und dieses physische Phänomen ein und dasselbe sind; ganz zu schweigen von der Absurdität meines Beziehungssystems, meiner Arbeit, kurzum, meines Lebens. Nichts hat irgendeine Realität, allein das Schuldgefühl ist wirklich. Aber selbst darin kann ich mich nicht unglücklich und gedemütigt fühlen, was doch im allgemeinen zur Inspiration führt. Scham überkommt mich, als hätte ich nie etwas geschrieben, alles ist mir fremd, und am fremdesten bin ich mir selbst.

1984. 29. FEBRUAR Schaltjahr. Umschalten, ausschalten, abschalten... Beethoven: 8. Symphonie. Wieder fiel mir auf, daß meisterhafte Kunst in ihrem Ablauf immer ein unmenschliches, puppenhaftes Moment aufzuweisen hat, etwas Mechanisches, wodurch das Werk völlig gegenständlich wird. In schlechten Momenten habe ich mir, die schon fertigen Teile des Romans lesend, gerade das selbst zum Vorwurf gemacht. Alles ist reine Konstruktion und Dynamik, kopflos suche ich darin das «Menschliche», völlig vergeblich; die Wendung, der metallische Schimmer, das Ungreifbare, das Flüchtige – ob man es mit Ironie oder einer Steigerung im Tempo des Handlungsgetriebes darstellt –: Es ist Form, und wir können nur hoffen, daß sie die ewig unveränderlichen, undarstellbaren, transzendenten Eingeweide in sich trägt, die wir in Ermangelung eines Besseren als Seele bezeichnen, aber wir können dessen nie sicher sein.

Vielleicht vereint der Traum den Menschen mit der Welt, mit den Menschen, den Tieren, Mineralen; wenn aber nicht der Traum, dann auch nicht der Tod; vielleicht ist auch das Nichtsein individuell?

Die Katze (hier, in der geborgten Wohnung). Meine Beobachtung: Das Tier verhält sich völlig rational. Abgesehen von ein, zwei unverständlichen und erschrekkenden vegetativen Bewegungen, die schon zu ihrem Dasein gehören (ein Dasein, das natürlich unverständlich und erschreckend ist, denn wie kann einer Seele ein Katzendasein zuteil werden, das heißt, um mit Montesquieu zu sprechen, wie kann der Mensch Katze sein), stellt die Rationalität sichtlich ihren Ruhepunkt dar, darum bemüht sie sich; wenn sie Hunger hat, leidet sie und ihre Intelligenz schärft sich, doch außer der verständlichen Gier zeigt sie keine Launen, keinen Wahnsinn, keine Irrationalität. Sie hat keine «Einfälle»: Stoße ich sie zum Beispiel ungeduldig vom Kühlschrank weg, von dem Tresor, der ihre Schätze: Leber und Geflügelhälse enthält, so trägt sie es, auch ohne es zu verstehen, mit Geduld, ihre Reaktionen sind klar, expressiv und rational – ich kann es nicht anders sagen. Was ist also die Ratio, aus der der menschliche Verstand die Logik kreiert hat? Offensichtlich ist sie der Natur «eigen», sonst ließe sich die Natur nicht mit rationalen Mitteln verstehen. Die Ratio vereint Mensch, Tier und Natur. Andererseits ist sie offensichtlich nur in der Welt der Phänomene gültig. In der Tiefe treibt etwas anderes, zu dem gerade die Ratio den Weg versperrt. Denn die Ratio ist zwar interpersonell, zugleich aber auch objektiv, und das ist, auf der Ebene des höheren Seins, unannehmbar, da wir ja Subjekte sind; irgendwo hier muß der Schlüssel liegen für die menschliche Leidenschaft der Wahrheitssuche – überhaupt für die menschliche Leidenschaft mit ihren irrationalen

Formen; das heißt, zugespitzt formuliert, daß die Ratio im Grunde genommen irrational ist, vornehmlich, wenn wir zum Beispiel an den Tod denken. – Die Ratio tötet nicht, aber daß wir sterben, ist rational; allerdings niemals für denjenigen, der stirbt: Da ist der Haken. Auch die Ratio ist letztlich nur eine Art Falle, der wir mit Leidenschaft, also mit Irrationalität begegnen müssen: mit Revolte, Resignation, Hochmut, Demut und so fort; auch die Ratio ist eine der Sachen, die wir uns leihen können, die uns aber nicht gehören, ebensowenig wie unser Leben uns gehört.

Ein Wort Richard Wagners: Wer außer den Polen kann schon Polnisch? Höchstens ein russischer Polizeiagent. Ein isolierter und einsamer Schriftsteller einer isolierten Sprache, einer einsamen Nation zu sein. Menschlich, «künstlerisch» gesehen, vermutlich eine grobe Fahrlässigkeit.

MÄRZ Kafkas undurchschaubares System der Beziehungen und das Phantastische, das dieses System birgt. Birgt aber nicht ein durchschaubares System der Beziehungen – und damit versuche ich es jetzt – ebensoviel Phantastisches? Das brillante Axiom Robbe-Grillets nicht zu vergessen: Es gibt nichts Phantastischeres als die Genauigkeit (im Zusammenhang mit Kafka gesagt).

«Der Antichrist». Er sagt Christus, meint aber Marx – wie jemand (war es Brandes?) über Tolstoi bemerkte. Trotzdem ist seine Kritik der Moralität an diesem Wendepunkt – im letzten Drittel des 19. Jahrhunderts – zukunftsweisend. Nietzsche sieht den Pöbel der Demokratie, den Konsumenten, oder, wenn man so lieber will, die Masse. Die «natürlichen Werte», wie beispielsweise der «Wille zur Macht», «Schönheit» und «Kraft» – sind bloß umgekehrte «christliche» beziehungsweise sozialrevolutionäre Werte. Sowohl Nietzsche als auch der Anarchismus rufen zum Mord auf. Gleichgültig, aus welchen Beweggründen; die Situation erwies sich – allem Anschein nach – als unhaltbar. Es ist nur natürlich, daß die, die das Organisieren für notwendig hielten, schließlich auch töteten: die konservative, dilettantische Reichsmacht, und später der soziale beziehungsweise faschistische Staat. Doch Nietzsches Frage: Leben um jeden Preis? (wie ich sie stelle: Leben unter allen Umständen?) ist bis heute laut. In pragmatisch-politischem Sinne war Nietzsche vermutlich ein Dilettant, in Fragen der «décadence» jedoch hatte er sicher recht. Obgleich das Römische Reich letztendlich ebensowenig an seinem Humanismus zerbrochen ist, wie Europa an der christlichen Moral zugrunde gehen wird; andererseits ist es interessant, daß ein gesellschaftliches Gefüge offenbar nicht in der Lage ist, den eigenen Rahmen zu überschreiten, eher dreht es sich im Kreis und stellt sich auf den Kopf, von seinen wesentlichen Fixierungen jedoch kann es sich nicht befreien. Und andererseits ist es wieder interessant zu beobachten – und das ist bereits eine historische Frage –, daß die Frage des Mordes in dieser Zeit (immer noch im letzten Drittel des 19. Jahrhunderts) nur in Deutschland und östlich davon auftaucht. – Außerdem, wenn Nietzsche von den Werten «eines Volkes» usw. spricht, dann nimmt er nicht zur Kenntnis, daß die Völker gerade als Völker im Verschwinden oder doch im Wandel begriffen sind; das heißt, es gibt nicht mehr das Volk, sondern nur noch Massen, Konsumenten, gesellschaftliche Klassen usw. und die ihnen entsprechenden Organisationen, Apparate, von Ideologien durchtränkten Totalitäten und Totalitarismen. – Wirklich interessant an Nietzsche sind – über sein Werk hinaus – seine Leidenschaft und sein Leiden, die in ihm explodierende Emotion, die große Erkenntnis: Wir haben das Ende des Weges erreicht, wir müssen wählen. Und das ist geschehen. In der Hand des Staates ist der Mensch zusammengeschrumpft, sein Leben ist eine fortwährende Schande, eine unablässige Herabsetzung, seine Ohnmacht ist besiegelt, und er muß nicht mehr wählen, weil man ihn viel zu sehr verachtet, als daß man ihm dazu Raum ließe. Es war der natürliche, gewissermaßen rationale Verlauf – die bequeme, träge, auch im Sichergeben noch fortbestehende, dem unbeteiligten Charakter des Massendaseins entsprechende, ewig provisorische Stagnation.

Simone Weil: Das Mechanische ist das Übel, und unsere einmal getroffene Wahl – sofern sie darauf fällt – liefert uns dem Mechanismus, dem Gesetz der Gravitation, den blinden Kräften der Natur aus. Kann sein. Es kann aber auch sein, daß sich eben in diesen Kräften, eben in besagtem Mechanismus, Gott offenbart und daß jeder ihn durchbrechende Wille eine Revolte des Menschen zur Erreichung des Guten ist – eine vergebliche Revolte natürlich, denn der Mechanismus ist die Kraft, das Gesetz, der Tod, trotzdem, allmählich erfüllt das menschliche Raunen über das Gute die menschliche Welt, jedoch immer nur in den Grenzen der menschlichen Welt, niemals kann es über diese Grenzen hinausströmen – also: ganz nach Belieben. Allerdings steht zu befürchten, daß die Sprachlogiker letztendlich recht behalten werden: Diese raunende Rede ist – logisch gesehen – ein Komplex sinnloser Laute und Zeichen; worüber man nicht sprechen kann, darüber soll man schweigen; auch wenn sich freilich andererseits die Natur, die Sehnsüchte und besonders die Taten des Menschen genausowenig in eine Logik hineinpressen lassen. Alles ist ein äußerst zweifelhaftes Spiel mit Worten! Und vermutlich halten die Worte immer weniger Beziehung zur Wirklichkeit; ja: was ist Wirklichkeit? Wir wissen es wirklich kaum. Das ominöse Ich – das Ich Ortegas, das an die Oberfläche zu bringen, dem zum Durchbruch zu verhelfen unsere Aufgabe als Individuum ist –, dieses ominöse Ich also läßt sich kaum herauslösen aus dem verstrickenden Netzwerk von Reflexionen, das der Mensch selbst darstellt; und dringt es an die Oberfläche, so ist es kein für sich stehendes Phänomen, wie ein Vulkan oder ein Wasserfall, sondern wird ebenfalls zu Reflexion, zu Frage, zu Antwort, und es sind immer sich aufs Konkrete beziehende Fragen und Antworten, die Bürde des Materiellen in sich tragend – das ominöse Ich also ist gleichfalls ein gesellschaftliches Produkt, wieder nur Reflexionskette, Handwerk, Gestaltung, Farbmischung, Instrumentierung, Kriegsführung, logische

Systeme-Macherei und Abenduniversität für zwölf Jünger, und in der Tiefe all dessen das nicht zu enträtselnde Zeichen: der Wille, die Urkraft, die sublimierte Schöpfungs- bzw. Zerstörungskraft. Was ist Leben? Wer wüßte das zu sagen? Haben wir es doch nur geliehen bekommen, zum kurzfristigen Gebrauch und niemals chemisch rein, wir wimmeln in diesem menschlichen Ameisenhaufen herum, unser Leben ist Verbrauchen und Verbrauchtwerden.

Die Selbstaufgabe, zu der wir nach Simone Weil gelangen müssen, reimt sich wahrlich seltsam mit Georg Lukács' Behauptung, daß er seine Subjektivität aufgehoben habe, freilich nicht im Zeichen Gottes, sondern im Zeichen der revolutionären Objektivität. Bemerkenswert, daß auch Lukács Jude war, zuerst Mystiker, dann in der politischen Bewegung, in der er die Gnade und die dazugehörige Glaubensphilosophie (Scholastik) fand. Wie komisch das Schicksal spielt! Nietzsche hat in seinem trockenen Materialismus recht, wenn er mit durchdringendem Blick jede Verhaltensweise auf die Person, die Persönlichkeit, den Willen, die «décadence» oder die Bejahung zurückführt. Weder Simone Weil noch Georg Lukács vermochten die Last des Lebens zu tragen, das Leben zu ertragen, so, wie es ist, dazu ihr persönliches, ungeheuer qualvolles Judentum; ihre expansiven Individualitäten wandten sich, mutatis mutandis, sublimierender Innerlichkeit, einer Heilsphilosophie zu.
Klug können wir nur innerhalb der Grenzen unserer Beschränktheit sein.

Trotz alledem muß die zweite Auflage von «Schicksalslosigkeit» als Sieg verbucht werden. Der Brief, den ich schreibe, um mich für meine Rechtlosigkeit zu bedanken. Die Vorgeschichte: Im Verlag bringe ich zur Sprache, daß ich seit sechs Jahren die Rechte an dem Buch besitze; sollte es wieder herausgebracht werden, müsse man sie dem Gesetz nach erneut von mir kaufen. Die achselzuckende Antwort einer gewissen Katalin V., Chefredakteurin: «Seit dreißig Jahren handhaben wir es so, daß wir bei Neuauflagen nur ein festgelegtes Honorar zahlen.» Dann möge man mir, bat ich, einen Vorschuß geben. Die Antwort: «Bei Neuauflagen zahlen wir üblicherweise keine Vorschüsse. Aber schreiben Sie einen Brief an Endre Illés, in dem Sie sich für die erneute Herausgabe des Buches bedanken, und bitten Sie ihn höflichst, Ihnen den Vorschuß zu gewähren.» So einfach ist das, wie an den Höfen mittelalterlicher Kleinfürstentümer. (In Schillers Fall: «Hat es Ihrer Hoheit wirklich gefallen?» – «Ja, wirklich.» – «So möge mich Ihre Hoheit zum Hofrat ernennen.» Und er wurde ernannt. Mir wird das kaum passieren.)

APRIL Der Fabrik-Teil läßt sich nicht weiterbewegen. Seit einem Jahr habe ich den Roman nicht mehr angerührt. Damals schrieb ich die Berg-Szene. Finstere Verzweiflung. – Gestern, in der milden Abendluft, ein Spaziergang durch die staubige Stadt. Auf einer Bank auf dem Engels-Platz (Romanschauplatz) spiele ich in Gedanken sämtliche Variationen durch. Der tragische Ton ist schlecht, weil er realistisch ist; der natura-

listische Ton ist schlecht, weil er realistisch ist, außerdem kann an dieser Stelle des Romans die Zeit noch nicht in Erscheinung treten; die retrospektive Technik ist schlecht, weil ich sie schon einmal verwendet habe, und zwar bei Ankunft in der Stadt; die Fabrik und das Mädchen herauszulassen ist nicht möglich, weil sie sich als kategorischer Imperativ erfordern. Und so fort. Die bisher erfolgreich angewandte dramaturgische Technik versagt hier einfach.
Abends Pascal. Ich fand keinen Trost in ihm.

Pascal über die Zerstreuung. Die gleiche Erfahrung, die mir so vertraut ist. Das Dasein ist für die Menschen unerträglich, und sie nehmen ihr Leben nicht im geringsten ernst. Es ist eine außerordentlich wichtige Erkenntnis, die nur die größten Geister auszusprechen wagen. Das leichtfertige Hinwerfen des Lebens einerseits – die Angst um das Dasein andererseits, was einander doch ausschließen müßte. So denkt jedoch nur die Logik, und die Logik ist nicht das Leben. Das Leben ist paradox. Mindestens zwei Widersprüche auf einmal. Die logische Konstruktion kommt dem Leben, dem, was wir als Wirklichkeit erfahren, nicht einmal nahe.

Pascal über Montaigne: «Wie töricht sein Plan, sich selbst darzustellen!» – Es reizt mich, dies als Motto für «Das Fiasko» zu verwenden.

Pascal über Stil. Pascals kristallklarer Stil. Manchmal jedoch eine gewisse strotzende gallische Würde. Möglicherweise hat ihn das zur Religion getrieben. Die

Überzeugung ist eine reine Stilfrage. – Daß der Mensch denkt, verleiht ihm durchaus keine Würde, der Mensch ist einfach nicht imstande, nicht zu denken – und meistens denkt er noch so, als könne er nicht denken; seine ideologischen und moralischen Beweggründe sind so beschaffen, als wolle er die Konsequenzen seiner Denkfähigkeit bewußt vermeiden. Die Würde Pascals ist nicht die «Würde des Menschen»: Sie ist ausschließlich die Würde Pascals, und «dem Menschen» fällt es nicht im Traum ein, ihm auf diesem Gebiet zu folgen. Historisch gesehen bedeutet das Denken die Unwürdigkeit, den Bankrott des Menschen. Pascals kosmische Vision über das sich in gigantischen und in winzig kleinen Räumen offenbarende Unendliche: ein moderner Denker, in jenem Sinne des Wortes modern, daß man mit der einen Hand erbarmungslos die Ruinen wiederaufbaut, die man mit der anderen Hand allmählich gar nicht mehr niederreißen muß; er jedoch mußte es noch, da er in der Religion letztlich eine Zuflucht gefunden hatte. Doch wovor? Wozu letztlich?

Ist Pascal klüger als Nietzsche? Es gibt einen Punkt, an dem beide dumm sind; dort, wo sie beide zwar das gleiche sagen, einander aber dennoch nicht verstehen würden. Doch Pascal weiß das, und wahrscheinlich weiß es auch Nietzsche, nur daß er – bei seiner Konstitution, seinem Temperament – niemals bereit wäre, es zuzugeben; insofern, also rein von der Konstitution her, ist Pascal doch klüger.

Wie kann ein Roman denn – ganz unabhängig von seiner Qualität – «so sein wie das Leben», da das Leben selbst nicht so ist wie Leben?

Natürlich sagen Pascal und Nietzsche (mit wenigen Ausnahmen) nicht das gleiche. Nietzsche ist bereits der beherzt in der Finsternis streitende Mensch: «Jenseits von Gut...» – Seit der Aufklärung sind die Denker dümmer – entschlossener vielleicht, doch dümmer.

Pascal sieht nirgends Beweise. Die Skeptiker und die Atheisten haben recht, sagt er, lediglich ihre Schlußfolgerungen sind falsch; das gegensätzliche Grundprinzip nämlich ist genauso richtig. Damit legt er alles auf den Glauben. Und er hat recht: Denn so ist er ein bewundernswerter Denker geworden, der, als ein Gläubiger, der er war, das Leben dennoch um kein Jota verfälscht hat.

Wo er aber abwägt, was wir gewinnen oder verlieren können dadurch, daß wir glauben, dort wird Pascal einfach kindisch. Nun, sagt er, verlieren können wir nichts, aber den doppelten Einsatz gewinnen, sofern sich das, was wir glauben, als wahr herausstellt (wo stellt es sich heraus? Wann stellt es sich heraus? Doch nicht etwa im Jenseits? Auch dann will ich nicht sterben, wie Marat sagte). All das ähnelt der Empfehlung eines Buchmachers: Anscheinend kann nicht ein einziger Missionar, nicht einmal ein nur Gläubiger, diese Kalkulation vermeiden. Warum müssen wir glauben? Um nicht zu verzweifeln. Wenn wir allerdings nicht verzweifeln – daran nämlich, daß wir sterben und zu nichts werden –, dann müssen wir auch nicht glauben. Nicht nur der Glaube ist eine Frage der Wahl, sondern auch das ethische Leben ohne Glaube, es erscheint mir sogar heldenhafter, in gewisser Weise würdevoller, und wir müssen deswegen noch lange nicht zu Mördern werden; davor jedoch, daß wir zu Mördern werden, bar jeder Ethik handeln, schützt uns auch der Glaube nicht, nach den Zeugnissen der Geschichte sogar ganz im Gegenteil. – Oder will Pascal vielleicht in Zweifel ziehen, daß es außer den Mitgliedern der katholischen Kirche noch andere gute Menschen geben kann? Lächerlich! Mit Pascal dürfte ich kaum abgeschlossen haben.

Gestern abend auf einer dunklen Budaer Straße die Begegnung mit T. Die Lage sei «hoffnungslos». Nun ja. Doch welche Lage ist hoffnungsvoll? Die, in der der Mensch klar unterscheiden kann zwischen sich selbst und der Lage. Wenn der Sumpf mich auch verschlingt, identisch bin ich mit ihm nur als Leiche, nachdem er mich bereits erstickt hat. Die Falle des Kollektivs, die Rolle des nationalen Sklavenviehs und obendrein auch noch so tun, als könnten wir eine wirkliche Rolle spielen. Nein, nicht nur der moderne Staat und die Machtstruktur stoßen den Menschen ins Kollektiv: Der Mensch kann sich auch nicht allein auf den Beinen halten.

Die interessante Bemerkung Toynbees, daß sich nach dem Menschen auf der Erde kein höherentwickeltes Wesen mehr herausbilden könne, da der Mensch in der

Lage sei, jede höhere Formation schon im Keim zu töten. Eine furchtbare Perspektiven eröffnende Behauptung! (Und was wird dann mit dem Übermenschen?)

István Bibós Antisemitismus-Essay. Bestürzend. Wer und was in Auschwitz vernichtet wurde? Vier Millionen Juden? Mitnichten: Alles. – Andererseits muß man sehen, daß hier der Erzieher der Nation spricht, mit einer pragmatisch-pädagogischen Zielsetzung.

25. MAI Habe die Übersetzung von Nietzsches «Die Geburt der Tragödie» übernommen. Gewissermaßen als Strafe für den Stillstand beim Roman. – Aber wie? Werde ich am Ende vielleicht noch eine literarische Existenz? «Schriftsteller und Übersetzer...» Haha!

Der Sozialismus gehört noch zur Welt des Bürgertums. Das Bürgertum hat sowohl die Idee als auch die Masse hervorgebracht. Bürgerlich-christliche Sphäre und bürgerlich-christliche Idee. Und Adolf Hitler? Es gibt keine Befreiung von der Ideologie, was geschieht, können wir nur in ihrem Spiegel beurteilen; obgleich das Geschehen, das Phänomen, dessen wir ganz plötzlich ansichtig werden, anders ist, roh, und den Anschein hat, es rühre woanders her, als wir dachten oder haben denken können. – Die Ideologie stellt alles als einen Prozeß dar, das Geschehen durchschneidet diese trügerische Darstellung jedoch fortlaufend; hat es dann seinen Lauf genommen, rappelt sich die Ideologie wieder auf und versucht, den Prozeß bis zum nächsten Ereignis wiederherzustellen. Wie eine schlechte Wahrsagerin: Sie kann nicht prophezeien, was eintreten wird, aber nachdem es eingetreten ist, stellt sie fest, daß aufgrund der Vorzeichen gar nichts anderes hätte eintreten können, und damit ist die Notwendigkeit wiederhergestellt.

Nietzsche als rächendes Flammenschwert des mißbrauchten Menschen. Vor allem scharfsichtiger Zorn über den Mißbrauch, den tödlichen Mißbrauch. Mit Zorn gepaarte intellektuelle Ohnmacht. Umwertung aller Werte. Das Ideal, das nicht beim Namen genannt werden kann. Sagen wir, das Dionysische... – Adolf Hitler als Dionysos. Nietzsche: Im ersten Augenblick vielleicht ein geistreiches, vielleicht ein zynisches, vielleicht ein rachsüchtig zustimmendes Lächeln; danach postwendend verzweifelte Flucht, wütender Widerspruch. Der intellektuelle Weg. Doch in Wirklichkeit ist das Ganze eine Sinnestäuschung: Zwischen Nietzsche und dem faschistischen Dionysos gibt es keinerlei Zusammenhang. Im Sinne Nietzsches könnten wir die Frage eher so stellen, daß in dieser in Finsternis gehüllten Welt Dionysos nur noch in der Figur Hitlers erscheinen kann.
Den gegensätzlichen Ansichten zum Trotz eine augenfällige Temperamentsverwandtschaft mit den zeitgenössischen Anarchisten; Nietzsche sah auch im Anarchismus schon im voraus den Mißbrauch; er fand es empörend würdelos, seine Haut für nichts zu Markte zu tragen. Auf sehr europäische Weise handeln seine Träume von einer Art institutionellem Dionysismus,

einer Eliteherrschaft der Philosophen, Künstler und Technokraten oder, wenn man so will, einer elitären Schreckensherrschaft. Statt dessen wurde – es konnte nicht anders werden – eine platte Schreckensherrschaft von Soldaten, Polizisten, Industriellen und Kleinkrämern errichtet; und dies ist noch das Ideale, dies ist Demokratie, die immer noch besser ist als ein totalitaristischer Staat und ein geisteskranker Diktator. – Und was für einen Standpunkt können wir heute einnehmen? Gewissermaßen keinen: Alles ist entschieden. Wir können die Dinge heute nur noch im Licht der historischen Situation betrachten. Europa ist verschwunden, ob die Geschichte des letzten Dreivierteljahrhunderts nun Ursache oder bloß Symptom davon war: völlig einerlei. Europa ist ein Vasallenkontinent geworden, Militärdepot und Aufmarschgebiet anderer Mächte. Ganz gleich, was es von sich selbst denkt. Und darum zählt, was es denkt (denn etwas denkt es dennoch – hauptsächlich nationalökonomisch –, wenn auch nur die eigene, marginale Situation reflektierend), auch überhaupt nicht.

JUNI Warum mag ich es nicht, meine Figuren durch Absonderlichkeiten zu charakterisieren wie andere Schriftsteller? Zum Beispiel die junge Frau, die ständig einen winzigen roten, runden, zusammenklappbaren Aschenbecher gleich einem Schmuckdöschen in ihrer Handtasche trägt; sie holt ihn auf Gesellschaften hervor und ist nicht gewillt, ihre Asche anderswo abzustreifen. Schriftsteller sammeln im allgemeinen solche «charakteristischen» Eigenschaften. Mir sagen sie nichts.

Namentlich in diesem Fall – und vor allem, weil sie ihre Zigarette nur in ihrem eigenen kleinen roten Becherchen abstreifen will – das sexuelle Motiv ist völlig klar: Na und? Was soll es?) Im Zusammenhang mit Mahler sagt Adorno irgendwo, daß die Idee des symphonischen Aufbaus die minutiöse Ausarbeitung der Details manchmal in den Hintergrund dränge. (Was paradox ist, denn das symphonische Gebäude setzt sich ja aus den Details zusammen; doch dieses Paradoxon ist charakteristisch für die Kunst.)

Ich lese die Philosophen nicht so gern wegen ihrer Systeme als vielmehr wegen ihrer Nebensätze.
Ein Philosoph, der verheimlicht, was er über das Ganze denkt, und nur über Details zu sprechen gewillt ist; ein solcher Philosoph wäre aber eigentlich kein richtiger Philosoph.

Diese Weltsituation, jenseits des Glaubens und vor dem Untergang – der flüchtige, aber große Moment der Freiheit. Wer Schriftsteller ist, der kann seinen immer noch forschend umherspähenden Blick auf das jetzt in seiner ganzen Nacktheit aufblitzende Menschenleben richten, er kann die kleine Erfahrung des großen Mißbrauchs machen, mit dem fast hochmütigen Gefühl des Bewußtseins der Sklaverei; er ist fortan zu keinem «Engagement» mehr verpflichtet.

Mit dem Weltkrieg eröffnete sich anscheinend nur eine einzige Alternative: Sklaverei oder Sklaverei ... Doch in bezug auf die Bequemlichkeit, was für ein Unterschied! ...

Es ist fürwahr furchtbar, sich damit abzufinden, daß die Reiche von gewöhnlichen Verbrechern regiert werden, die als Verbrecher zudem noch gewöhnliche, dumme Gesellen sind; als Ausflucht beginnt man, nach «historischen Ursachen» zu forschen, und denkt sich Adolf Hitlers «taktische Geschicklichkeit» aus. Wie feige das ganze sogenannte geistige Leben der Zeit ist!

Canetti, «Die gerettete Zunge»; ich muß an meinen «Kaddisch» denken. Ich habe eine Kindheit gehabt, die es mir unmöglich gemacht hat, Kindheit – auch nur indirekt, durch eigene Kinder – zu wiederholen oder daran etwas ändern zu können. Ich habe nichts daran ändern wollen, denn so ist sie vermutlich fruchtbar für mich. Ich haßte meine Kindheit, ich erlebte die Jugend als «Krankheit» (Nietzsche). Und so fort. Die vollkommene Selbstanalyse. Ich habe meine ganze Kraft gebraucht, um mich herauszuziehen aus meinen Determiniertheiten, aus dem Schlamassel des Nichtseins; dieser Prozeß – auszubrechen aus der mich von allen Seiten umschließenden Negation – konnte ausschließlich verbal vonstatten gehen; aber es hat meine ganze Kraft gekostet. Ich habe mich gerettet – doch damit habe ich in dem Prozeß auch einen Schlußpunkt gesetzt. Als habe mich diese letzte große Revolte auf den Tod ausgerichtet...

«Irrtum ist Feigheit»: Nietzsche im Vorwort zu «Ecce homo». (Er versteht dabei unter Irrtum den «Glauben ans Ideal».)

Warum «Trauma»? Nicht deswegen, weil sechs Millionen Menschen ermordet wurden, sondern deswegen, weil sechs Millionen Menschen ermordet werden *konnten*.

Nietzsche in «Ecce homo»: Er lese Pascal nicht, er liebe ihn. Ein interessanter Beweis für meine Empfindung, wie sehr ein großer Christ dem anderen großen Christen verwandt ist – oder ein Antichrist dem anderen Antichrist; oder, wenn man so will, Christus dem Antichrist.

«Schicksalslosigkeit» als autobiographischer Roman. Das Autobiographischste in meiner Biographie ist, daß es in «Schicksalslosigkeit» nichts Autobiographisches gibt. Autobiographisch ist, wie ich darin um der großen Wahrhaftigkeit willen alles Autobiographische weggelassen habe. Und wie aus diesem erkämpften Individualitätsmangel am Ende doch ein Sieg und der Inbegriff des in seiner Partikularität stummen Individuums hervorgeht.

«Ecce homo». Nietzsche, der Nietzsche des amor fati, der nichts verneinte und Taten, die ins Fiasko führen, eben darum liebte, *weil* sie ins Fiasko führen; der liebte, was notwendig ist, und nie wünschte, daß etwas anderes geschehen solle, als es geschieht: dieser Nietzsche bezeichnet sich eben deswegen als *Revolutionär*. Großartig!
Ich kann übrigens in «Ecce homo» – von der Überbewertung des «Zarathustra» abgesehen, die wirklich entschuldbar ist, denn da wertet ein großer Autor ein

großes Werk auf (und wie oft, in gewissem Sinn sogar ausschließlich, erleben wir genau das Gegenteil) – «Trübungen durch Wahnsinn» nicht entdecken. Ein bedeutendes Buch, das vielleicht zu kühn ist: Ein Jahrhundert ist seither verstrichen und eine Kapitelüberschrift wie: «Warum ich ein Schicksal bin» hat sich durchaus nicht als Übertreibung erwiesen.

Nietzsche: Es treffe nicht zu, daß die Ursachen für den Nihilismus in der Physiologie oder den gesellschaftlichen Zuständen zu finden seien. – Für mich ist diese Feststellung wichtig, weil solchermaßen die Ursachen keineswegs determinierte sind, keineswegs Anhängsel von Dingen wie beispielsweise die Produktionsverhältnisse, nein, sie sind eine Frage der Erkenntnis, eine Frage der Art und Weise, des Grades und der Ethik der Erkenntnis (wenn sie sich natürlich auch nicht völlig von der gesellschaftlichen Immanenz trennen läßt); es ist also die Frage der Erkenntnis, der N. (wie auch ich) *vitale* Bedeutung beimißt und die er nicht als eine Art Vergnügen, als «Kultur» mit festem Posten im Staatsetat ansieht. Und solchermaßen ist auch die Kunst eine vitale Handlung, eine Lebensfunktion des Menschen.

Ich habe kürzlich geäußert, ich sei eine «Gast-Natur». Das stimmt. Ich kann einfach arrivierte Geister und besitzergreifende Naturen nicht ausstehen, mag das Hinüberwechseln aus der Abgesondertheit in die «Elite» nicht, weil damit sofort eine entsprechende Denkweise einhergeht. Mir kommt ein Gespräch mit einer arrivierten Historikerin über Adolf Hitler in den Sinn. Eine

Bemerkung wie: «Ach, die Nazis sind doch von allen freudig begrüßt worden, mit Ausnahme von ein paar Juden.» Ich weiß, daß es eine persönlich gemeinte Bemerkung war, die dazu wahrscheinlich auch noch stimmt; dennoch ist es eine abartige Denkweise, der Wechsel in eine Sphäre, gegen die ich noch nicht einmal etwas habe, in der ich nur einfach keine Luft kriege.

«Die Geburt der Tragödie»: Die ganze moderne deutsche Geisteswissenschaft ist aus dem Mantel Nietzsches geschlüpft. Er wußte bereits alles, was Freud wußte. Ich lese mit Bewunderung und Erstaunen. Das Dionysische, das er vermutlich unter den Mauern von Metz erlebt hatte, so wie ich im KZ und in den «fünfziger Jahren». Die apollinischen Griechen, die erstaunt die Diener des Dionysos sehen und deren Erstaunen sich um so mehr steigert, je mehr sie feststellen, daß ihnen selbst all dies gar nicht so fern steht. (Vgl. meine Konzeption «Ich, der Henker» in «Das Fiasko».) Diese wichtige, moderne Erfahrung. Das Dionysische in der politischen Bewegung, das Dionysische in der Rockmusik. Der Abgrund, der das barbarische Dionysische vom Dionysos der Griechen trennt. Die moderne Welt hier, die in ihrem Nihilismus dem barbarischen Dionysos dient – mit den nötigen Abänderungen, eine Ideologie findet sich immer dazu, doch sie entbehrt des apollinischen Gegengewichts. Wie angenehm es ist, so zu denken und den flachen Historismus zu verwerfen. – Nietzsche war sich auch über die Unerträglichkeit des Daseins im klaren, sein Problem war – auch damals schon! – das Individuum, die Persönlichkeit. Immer schon habe ich mit

Nietzsche gedacht, seine Probleme sind mir ins Blut geschrieben. Dafür hat die Wirklichkeit, dafür haben meine Erfahrungen gesorgt – nichts ist konstruiert, nichts ist theoretisch daran. – Eine maliziöse Feststellung: In der «Tragödie» ist auch das Wort *Zauberberg* zu finden. Thomas Mann hat es dort gehoben.

Wenn ich viel Naturwissenschaft lese, bekomme ich allmählich das Gefühl, daß die Welt ein gut laufender Mechanismus ist, eine in sich geschlossene Struktur mit entsprechenden elektronischen Impulsen und Antrieben, eingerichtet fürs Fressen, den Tod, Entstehung und Vermehrung, in der das Erscheinen des Menschen nur eine zufällige Entartung ist – vermutlich infolge der besonders günstigen Verhältnisse auf der Erde – und wo dieses entartete Wesen mit seinem Bewußtsein stört ... wen oder was eigentlich? Den Mechanismus. Denn es durchschaut dessen Absurdität – auch wenn es ihn nur für das menschliche Bewußtsein durchschaut und nur das menschliche Bewußtsein ihn als absurd ansieht. Wie müssen wir uns dann aber Gott vorstellen? Denn wenn der Mensch infolgedessen auch kein Geschöpf, keine Kreatur, kein vorauserdachtes Phänomen ist, so besteht doch auch er aus *der* Materie und ist Sklave dieses Etwas, dieser Schöpfung, wenn man so will, oder dieses Machwerks, wenn man lieber so will. Ist Gott ohnmächtig? Faul? Ein gespannter Beobachter der Entwicklung? Ein Grübler, der die Lösung bislang noch nicht gefunden hat? Manche Zeiten sehen es auf die eine, andere Zeiten auf die andere Weise. Mir möchte es scheinen, als sei Gott ein Humorist, ein etwas gnadenloser Humorist, dem die weise, wenn auch beschränkte Güte des wahren Humoristen jedoch nicht fehlt. – Doch das stimmt natürlich nicht, denn den Humor haben die Menschen erfunden, gerade wegen der Unzulänglichkeit Gottes; wäre Gott vollkommen und mit ihm das Leben (durchschaubar sowie ohne Tod und Schrecken), gäbe es keinen Humor.

Wende dich nur nach vorn, nie zurück, vorn ist der Tod – du bist also frei.

JULI «Das Fiasko» ist der letzte Roman, den ich noch im Zeichen der nackten Existenz schreibe. Ich fühle, daß mich Mystizismus umweht. «Ineinander-Übergehen von Geist und Materie...» (Goethe?) – Die durch den geschundenen Körper erreichte unio mystica, ein Selbstverlust ohne alle Demütigung. «Das Vertrauen».

Für große Kunst muß man von einem Minimum zehren, wenigstens am Anfang und solange irgend möglich. Später heißt es lernen, die Fülle zu beschränken und ins Joch zu spannen. (Goethe)

Das Unzeitgemäße an mir. Zum Beispiel habe ich keine Ahnung von den technischen Errungenschaften meiner Zeit, sie interessieren mich nicht; ich kann noch nicht einmal Auto fahren. Gestern K., der aus Amerika kam und sagte, daß die Lesekultur tatsächlich im Begriff sei, zu verschwinden. Ich war direkt erleichtert: Ich schreibe einen Roman, gehe also einer ganz und gar unzeitgemäßen Beschäftigung nach. Und empfinde unterdessen trotzdem das Fehlen einer klaren Artikulation, das Fehlen des Geistes der Erzählung als das Unzeitgemäße der Zeit – sofern freilich die Frage des Fortbestehens überhaupt noch eine zeitgemäße Frage ist.

Seite um Seite durch «Die Geburt der Tragödie». Die Problematik der Individuation, *meine* Problematik. Ein romantisches Problem, das habe ich schon immer gewußt; doch solange wir Romantiker sind, solange können wir wenigstens noch am Leben leiden – denn genau das bedeutet Romantik: am Leben leiden. Und darin steckt noch die stärkste Inspiration für das Leben – darin hat Nietzsche recht –, rationaler Nihilismus heißt nicht nur biologischer Verfall, sondern auch geistiger Tod, Konformismus, Regression und Untergang.

Mein Leben ist in jeder Hinsicht schrecklich, außer in der des Schreibens; schreiben also, schreiben, damit ich mein Leben ertragen, mehr noch, damit ich es rechtfertigen kann.

AUGUST Vorgestern nacht habe ich angefangen, «Die Tragödie» zu übersetzen. Ob es klug ist, den Roman *jetzt* beiseite zu legen? Auf dem Höhepunkt. Ich höre noch die mitfühlende Stimme im Ohr: «Du übersetzt, als wärest du ein Kriegsgefangener.» Und nach einer gewissen Pause: «Du lebst auch so.» Ich: «Ja.»

1985. FEBRUAR Zeit, Zeit, «une mer à boire»... nach sechseinhalb Monaten Arbeit ist «Die Geburt der Tragödie» fertig. Lehren lassen sich noch nicht ziehen. Doch eine traumartige Schicksalhaftigkeit: Nietzsche *mußte* ich übersetzen. Aus welcher Tiefe ich hierher gelangt bin. Ein kaum faßbarer Erfüllungscharakter. Das erste Erbeben – vor fernen Jahrzehnten –, als ich einmal von diesem Buch nur hörte. – Schwere Grippe und allgemeine, quälende Lustlosigkeit. Ein überall und in allem spürbarer Mangel; ein Mangel woran wohl? Wenn ich auf das Vergangene zurückblicke: Ich habe gekämpft und wurde geschlagen. Unter diesem grauen Himmel meinen Roman beenden, und vielleicht eine wirkliche Aufgabe noch: den «Kaddisch». Und dann sich ausstrecken, kalt und weiß, und diese Welt vergessen, in die ich vor 56 Jahren, wie auch immer, hereingeplatzt bin. Wenn der Roman auch nicht zur Tat wird, so kann aus der Tat doch ein Roman werden: Theodor Herzl.

Depressionen sind nicht nur selbstsüchtig, sondern auch unmoralisch, eine Ausschweifung, das Gegenteil aller Noblesse, ein großes Lebensungeschick.

Nach einer längeren Unterbrechung muß ich meiner Romantechnik erst auf die Schliche kommen, ich muß mich sozusagen bei dem ertappen, was ich mache.

Juan de la Cruz, der – nachdem der Gefängniswärter ihm aus Mitleid die Auspeitschung erlassen wollte – den Kerkermeister fragt, warum er ihm *entziehe*, was ihm zugemessen sei.

Vielleicht muß aber der Mensch, wenn er sich aus der Sphäre des Fanatismus zurückzieht, nicht notwendigerweise ins Mittelmaß fallen. Gott ist meiner Ansicht nach kein Fanatiker, und ich glaube, er behandelt seine fanatischen Jünger mit einem gewissen verzeihenden Verständnis; ich könnte gut und in völligem Einverständnis mit Ihm darüber verhandeln, daß er mich schließlich – und durchaus nicht in böser Absicht – umbringt.

Sumner: «Wenn wir zu den Traditionen kommen, sind wir mit unserer Analyse am Ende.» Ferner: «Die moralischen Vorstellungen einer Gruppe zu einer bestimmten Zeit sind die Summe der Tabus und Vorschriften in den Traditionen, die das richtige Verhalten bestimmen. Daher können Moralvorstellungen niemals intuitiv sein. Sie sind historisch, institutionell und empirisch.»

Das von Kant gepriesene «moralische Empfinden» des Menschen existiert danach nicht. Sumner ist im Grunde eine Anti-Nietzsche und sagt trotzdem genau das gleiche wie Nietzsche, zumindest was die Moral und die Ratio betrifft, die Sumner, genau wie Nietzsche, vom Boden des «Lebens» aus untersucht. Doch was bedeutet Leben? Es scheint – zumindest laut Sumner – nackte Existenzerhaltung, der «Kampf ums Leben» sowie Vermeidung von Leid und Pein und die Suche nach «Lust» zu sein. Das ist pessimistischer Naturalismus und genauso ein moralischer und rationaler Standpunkt wie der Idealismus. Dennoch entsteht der Eindruck, als sei dies der fruchtbarere, wahrere, vitalere Standpunkt. Nur wird sich das Leben – und zwar gerade unter vitalen Gesichtspunkten – mit der nackten naturalistischen Wahrheit nicht begnügen, denn sie besitzt keinerlei Attraktivität. Das Leben braucht unbedingt Ideale und Illusionen, all jene Pseudo-Entitäten, die man als Liebe, Ethik, Glaube usw. bezeichnet, und genauso braucht es gleichzeitig auch Desillusionierung: Diese Dynamik weckt und schafft die vitalen Interessen. Sumners Auffassung, daß der Mensch den Schmerz unter allen Umständen meiden will, kann ich durchaus nicht zustimmen: Das ausschließliche Streben nach Glück ist eine amerikanische Idee, die Langeweile und der Selbstzerstörungstrieb des Menschen setzen dem jedoch immer wieder Grenzen. Der wesentliche Punkt ist der, daß das denkende Individuum selbst nur selten mit der Vollkommenheit aufwarten kann, naturalistischer Pessimist und Ideale bietender Philosoph zugleich zu sein – daran hindert ihn eine zweckmäßige und zugleich zwangsläufige Konsequenz. Und so leidet das Individuum, wenn wir ihm einen Wert beimessen – und was sonst sollte uns Freude bereiten, wenn nicht der Kult des sich dem Kollektiv, dem lebendigen Tod widersetzenden Individuums? –, schließlich auch in seinem Denken noch unter dem Joch der Determiniertheit durch Gattung, Geschlecht, Gesellschaft und «Tradition». Aus der Gesellschaft gibt es ebenso wie aus dem Individuum nur einen Ausweg, und zwar den Tod. Andererseits können wir uns gerade in ihrem Namen widersetzen, der Gesellschaft ebenso wie uns selbst, und vermögen so – in seltenen, todesnahen, also vom Leben erfüllten Momenten – wirkliche Individuen, Einzelwesen zu sein, an deren Stelle kein anderer lebt und kein anderer stirbt.

MÄRZ Roman. Begreife ich, was ich heranreifen lasse? Es begann mit *vámosok*, mit den Zöllnern, diesem biblischen Begriff, und anfangs freute ich mich nur über die Assonanz mit «Avósok» * – bis sich mir jetzt nicht nur sein Sinn, sondern, mehr noch, seine Welt erschloß...

Besteht das Mysterium nicht in der Körperwerdung selbst? Statt in einem Abstraktum, das sich im Körper verkörpert? Denn was soll das sein, was sich *verkörpert*? Hätten wir überhaupt eine Vorstellung von diesem Begriff ohne die Körperwerdung? Mysterium *ist* das Sein; das Mysterium besteht in der materiellen Welt.

Sumner über Rom und Byzanz: In beiden Reichen wurde – wie auch bei den Griechen – die Elite systematisch ausgerottet. Die Kontraselektion war das einzige, was in den Reichen vollkommen perfekt funktionierte. – Eine glänzende Formulierung, bloß so dahingeworfen in einem Nebensatz: «Da Eitelkeit an sich eine subjektive Gemütsregung ist, allerdings eine, die nur in Gesellschaft erweckt werden kann...» – Der Anfang des Abschnitts über die Ideale: «Ein Ideal ist etwas völlig Unwissenschaftliches. Ein Phänomen, das wenig oder gar keine Beziehung zu Tatsachen hat.» Und etwas weiter: «Die Geschichte der Griechen beweist, daß der Mensch, während er über erhabene Dinge redet, wirklich tief sinken kann.» – «In allen Zeiten denkt nur die Elite der Gesellschaften...» Und so fort. – Noch nie im

* Mitarbeiter des ungarischen Staatssicherheitsdienstes AVO (*D. Übers.*)

Leben habe ich ein mißmutigeres Buch gelesen als das von Sumner. Schopenhauer ist im Vergleich zu ihm idyllisch. Sumner begnügt sich nicht mit dem Menschenhaß des Moralisten: Ihn interessiert auch die Gesellschaftswissenschaft zutiefst. Statt zweifelhafter Aphorismen baut er eine wissenschaftliche, unwiderlegbare Stoffmasse als Barrikade zwischen den eigenen Moralismus und den Leser, wodurch sein Vortrag den Anschein von Objektivität gewinnt, und dazu hat er noch, unbestritten, in allem recht. Die Gattung, das (Menschen)Geschlecht lebt auf vernichtende Weise ein irrationales, durch nichts zu rechtfertigendes Leben, und das Individuum wird einfach verschlungen, jeglicher Originalität beraubt und aller persönlichen Werte entkleidet. Der Mensch ist ein Produkt der Zeit, sein Verhalten nur moralische Norm, seine Gedanken wechselnde Moden, seine Persönlichkeit dient, im günstigen Fall, dem Streben nach Glück – dann wird er aufgenommen, «nimmt an der Erkenntnis teil» –, im ungünstigen Fall nicht: er kann denken, was er will, selbst wenn er hundertmal recht hat, ist er nicht imstande, ein effektives Mitglied der Gesellschaft zu sein. Sumner weiß nichts von individuellem Trost – dessen Quelle natürlich nur der individuelle, «der eigene Tod» sein kann, und dennoch! –, und er erkennt die individuelle Aufgabe nicht an, den Instinkt, der auch ihn selbst dazu getrieben hat, sein Werk zu schreiben. Vermutlich würde er darauf antworten, daß sich die Verhaltensnormen gerade mit den individuellen Zielen vertragen, daß dies jedoch nur eine vorübergehende Erscheinung sei, denn wenn sich die Normen morgen so ändern würden, daß sich Individuum und Masse, Gesellschaft, nicht mehr miteinander vertragen, dann würde das Individuum sich anpassen und seine persönlichen Ziele aufgeben. Und ich glaube, er würde recht haben. – Wie wir zum Teil sehen. Eine Schlußfolgerung bietet sich aber trotzdem an, nämlich: Das Leben ist nur etwas für wenige. Die Mehrheit weiß nichts anzufangen damit, weiß sozusagen nicht, daß sie lebt.

Das jüdische Schicksal mit meinem Ungartum, das ungarische Schicksal mit meinem Judentum zu erschweren: was für eine Torheit! Wenn es sich aber schon so ergeben hat, muß ich so von mir selbst abstrahieren, daß beides bloß meine ontologische Einsamkeit bezeichnet und noch stärker unterstreicht; so als spräche aus dieser Tatsache eine liebevolle Stimme zu mir: «Es lohnt nicht, daß du dir was vormachst.»

Auch dumm kann einer auf intelligentere oder dümmere Weise sein.

Andererseits gibt es für die Dummheit keine Entschuldigung, denn sie ist moralisch gesehen die Wahl des bequemen Wegs: der billigste Schutz vor dem Dasein.

Und die Vernunft, die Ratio? Vielleicht ist auch sie nur Ausdruck der verblüffenden Beschränktheit der Welt...

Etwas wie «Mein entblößtes Herz»... Mein ethisches Wesen von meinem ästhetischen unterscheiden und das existente von dem kreativen Wesen. Der Haken ist, daß sie sich bei mir nicht trennen lassen. Wenigstens aber wissen, daß mein kreatives Wesen trotzdem Produkt meiner Phantasie und einer ausschließlich von mir geschaffenen, sozusagen willkürlichen Vorstellung (wenn man so will: einer metaphysischen Hygiene) ist; nichts darin ist wirklich und notwendig; gerade darum bewußt auf die Beziehung des Stoffaustauschs zwischen beiden achten und in den Stunden des kreativen Wesens das Durchsickernlassen (oder wie ich es nennen soll) sorgsam steuern. Wissen, daß das kreative Wesen dem existenten ausgeliefert ist; es täglich für ein paar Stunden aus der Existenz herausreißen, sonst verkümmert das Bedürfnis, aus dem es sich nährt. – Begabung, Genialität usw.: dummes Gefasel; Kreativität ist nicht irgendeine Gottesgabe, sondern eine vitale Funktion, ein Mittel, um am Leben zu bleiben.

Ich habe Pflichten, und ich habe Aufgaben. Zu meinen Aufgaben gehört, daß ich Pflichten habe.

Der Irrationalismus Baudelaires als äußerst angenehmes Pendant zum deutschen Irrationalismus. Individuell, niemals prophetisch, die Gesellschaft als das betrachtend, was sie ist: eine Umweltverschmutzung; und immer unterlegen; siegen will er nur in der kreativen Arbeit, in der Kunst. Und auch dort: «... denn arbeiten ist immer noch weniger langweilig als sich vergnügen.»

Auschwitz hat der Kunst unter anderem auch deshalb geschadet, weil sie seitdem vorsichtiger geworden ist, wie ein Invalide, der, mit der einen Hand an der Wand entlangtastend, mit der anderen seinen Stock fassend, vorwärts hinkt, die Augen niedergeschlagen, jedoch nur, um eventuellen Unebenheiten auf dem Weg auszuweichen. Alles hat seine Kühnheit verloren, das ganze Leben. Wohlbedacht, feige und gewissermaßen mit geschlossenen Augen wird getötet.

«Paraliteratur» (Sándor Márai).

JUNI Allein in einem der Zimmer des Landschlosses am Schreibtisch. Die Fensterläden geschlossen. Draußen sinkt heiß die Dämmerung nieder. Der Lichtkreis der Schreibtischlampe, darunter weißes Papier. Einsamkeit. Spannung durch Schuld, Verlangen nach Absolution. Plötzlich beginnt die Feder zu gleiten. – Etwas Nebensächliches, Leichtes, etwas, das vegetativ nebensächlich und leicht ist (Glück?), bringt mich fortwährend ab und läßt mich nicht zu Wort kommen.
Dreiviertel neun. Noch fällt durch die früh geschlossenen Fensterläden Licht auf das Papier. Vogelzwitschern. Der über ganz Szigliget liegende Akazienduft. Zuvor ein Spaziergang auf der Landstraße zwischen Feldern und bewaldeten Hügeln, auf dem Rückweg die Sonne vor Augen, die rot hinter die farblos werdenden Berge fiel. Man sah deutlich, daß sie eine Kugel ist. Nebel senkten sich auf die Waldstücke. Es schien mir völlig unwahrscheinlich, daß diese rote Kugel uns Licht und Wärme gibt. Und außerordentlich zweifelhaft auch, daß diese bewaldeten Bergrücken, die auf der

Landstraße marschierende Person, die niedersinkende Sonne und die wie verrückt rasenden Autos sich durch irgendeine zentrale Aufmerksamkeit einfangen ließen und daß diese zentrale Aufmerksamkeit ICH sei, mit dem ganzen Gewicht dieses Wortes und seinen mich beseelenden, später auslöschenden Konsequenzen.

Ideologische Literatur ist immer Paraliteratur. Auch Literatur, die eine Gegentheorie vertritt, ist theoretische Literatur, das heißt zuweilen Rechtfertigungsliteratur. Was rechtfertigt sie? Den freiwilligen Selbstverzicht, das Im-Stich-Lassen der individuellen Aufgabe: gleichsam eine Beglaubigungsurkunde für den Bankrott. Wirklicher Nonkonformismus bedeutet, dem System – allen Systemen – das Leben restlos aus der Hand zu nehmen; uns selbst zu Ursache, Wirkung und Resultat zu machen und dabei nichts über das Regime, das System, das sich gegen dies alles – lebensgefährlich – stemmt, zu verschweigen. Es muß offenbar werden, daß der Spalt, aus dem das Leben als Ein-Mann-Unternehmen, so wie ein Grashalm zwischen Steinen, hervorsprießt, existiert, daß die Aleatorik des Systems existiert und die Umkehrung von Verurteiltwerden, die Gnade. All dies Zufälle und Irrationalitäten, aber es sind Zufälle und Irrationalitäten der Struktur: Und darin liegt die Chance... wozu aber eigentlich?...

Orwells «1984». Noch immer erschreckend, aber abgegriffen. – Dunkle Überlegungen von S.: Ungarn als Vasallenstaat. – Gleichsam als Antwort (heute vormittag) ein Gedicht von Kavafis: «Mitten in Angst und in Arg-

wohns Andrang, / Bei zerrüttetem Geist und verzitterten Augen / Reiben wir uns auf mit Planungen: wie zu bewirken, / Daß uns gelinge die Flucht aus der bestimmten, / Also grausig uns drohenden Gefahr. / Und dennoch gehen wir nicht fehl, sie ist nicht auf dem Weg: / Trügerisch waren die Ankündigungen / (Sei es, wir hörten sie nicht, sei es, wir fühlten sie falsch). / Anderer Niederprall, den wir uns nicht ausmalten, / Plötzlicher, schloßenartiger, überfällt uns, / Und als Unbereitete – wo ist noch Zeit! – entrafft er uns.»
Ein anderes Kavafis-Gedicht, das sich fast als Motto für «Das Fiasko» anbietet: «Stets kommst du an in dieser Stadt. Nie – Hoffnung ist verboten – / Bot Schiff noch Weg zum Anderswo sich dir.»

1985. 28. JUNI Gedanken aus der Zeit, als ich «Schicksalslosigkeit» schrieb (aus Anlaß der neuen Auflage).
1. Atonale Romankomposition. Es gibt keinen *Grundton*, zu dem sich die einzelnen Töne der Komposition harmonisch oder disharmonisch verhalten können. Statt den traditionellen (tonalen) Grundton mit einem «Nicht erlaubt» zu belegen, komponiert sich «Schicksalslosigkeit» in einer eigengesetzlichen Tonart. Erste Frage: das «Warum». – Die Antwort darauf wird schon zu Beginn des 2. Kapitels gegeben: Die Fragestellung ist sinnlos, es gibt kein «Warum», es gibt keine rationale Frage, es gibt keine rationale Antwort. Zweite Frage: das «Wie» – davon handelt der Mittelteil. Dritte Frage: Ist es möglich, am Leben zu bleiben? Vierte Frage: Ist

es möglich (erlaubt), am Leben zu bleiben, nachdem man am Leben geblieben ist?

2. Die Kompositionsform der Reihe: Zu Beginn jedes Kapitels die im Sinne des Ganzen – des kompositorischen Ganzen – festgesetzte Tonfolge, das heißt die aus den «idealen zwölf Tönen» aufgestellte Reihenfolge und deren Variationen bis zur «Durchführung». So im 1. Kapitel «das angemessene Verhalten», im 2. «Zynisch und mit Unschuld»*, im 3. «Zweckfreies Dulden», im 4. «Apocalypsis cum figuris» usw.

3. «Struktureller Roman». Anton Webern bringt das gleich zum Ausdruck, wenn er sagt, daß eine Reihe nicht zufällig, nicht willkürlich sei, sondern aufgrund bestimmter Überlegungen angeordnet. Grundlage jeder Überlegung war bei mir die Ähnlichkeit zwischen der Struktur des dargestellten Gegenstandes und der strukturellen Anordnung des Romanstoffes.

Depression ist Ohnmacht, Untergang in der Masse.

Gott ist Zerstreuung für edlere Geister, damit sie nicht an der Langeweile der Ratio ersticken.

Ein kalter Sommer. Der Mond. «Jenseitige Spaziergänge». Die Verpflichtung zu einem festlichen Leben, sei es im traurigen oder freudigen, immer aber im erhabenen Sinne des Wortes.

* im Original deutsch

Aus der Ferne, aus der Ferne, alles aus weiter, weiter Ferne. Abkühlen lassen, was einmal kochte, abstrahieren von dem, was durchlebt wurde. So die Welt betrachten: Auschwitz, ach ja! Darin kommt alles zusammen, was für ein gutes Buch notwendig ist.

Aus einer Erzählung Szomorys: «Nicht jeder, der geboren wurde, ist auch auf der Welt.» – Weiter: «In jenem dunklen und unergründlichen Winkel, den man die Tiefe der Seele nennt, hegte er lauter Empfindungen, die keinen Namen hatten, weil sie nicht moralischer Natur waren... Und trotzdem durchdrang seine trostlose Seelenwelt allmählich die starke Dosis des Giftes, und zufrieden und wie einen Dolchstich fühlte er, daß er auch gekränkt sein könnte.» Und so fort.

Holländer in Szigliget. Ich steige zu ihnen ins Auto und führe sie herum. Ein mächtiger, dunkelhäutiger, unendlich sympathischer Mann mit Sonnenbrille; eine verhärmt aussehende Frau mit rauher Stimme, der die Menschlichkeit wie ein Duft entströmte, auf dem Rücksitz die 85jährige elegante Mutter. Der Mann stammte aus Sumatra und war während des Krieges in einem japanischen Konzentrationslager. Auf meine Nachfrage erzählte er beiläufig einige Schauergeschichten. «Man muß das vergessen», sagte er. «Schauen Sie doch, ich habe ein japanisches Auto, einen japanischen Fotoapparat.» Als er aus dem Krieg nach Hause kam, konnte er nicht erzählen, was er erlebt hatte, denn alle winkten nur ab: Dort sei es noch schlimmer gewesen.

Er erwähnte, daß er bei Székesfehérvár «rote» Soldaten gesehen habe. Warum er sich wundere, fragte ich, das sei schließlich ein besetztes Land. «Wenn ihr erst einmal losmarschiert», sagte er, «seid ihr in 48 Stunden am La-Manche-Kanal...» – «*Ich*», sagte ich, «marschiere ganz sicher nicht los.» Er lachte. Und von seinem Defätismus überrascht, fügte ich hinzu: «Wenn ihr so schnell weglaufen könnt...» Wieder lachten wir. Dabei grübelte ich noch über diesen komischen, gelähmten westlichen Humanismus nach. Der Holländer fragte: «Sind Sie Ungar?» Ausweichend antwortete ich: «Ich bin Jude.» (Ich sagte es auf deutsch: «Ich bin Jude.») Und nur ganz flüchtig registrierte ich, daß mir diese Äußerung nicht peinlich war. Ihnen, wie ich sah, auch nicht. Ein bißchen freundlicher vielleicht sind sie geworden.

Wir standen auf der Rókarantó-Höhe, unter uns die Bucht, als schauten wir aus dem Cockpit eines Hubschraubers. Ob die vielen schönen Villen alle staatliche seien? Ganz und gar nicht, erwiderte ich, alles Privateigentum. Wie das möglich sei? Wenn sie jetzt von mir erwarteten, daß ich ihnen das hiesige Wirtschaftsleben erklären könne, müsse ich sie enttäuschen, denn ich habe keine Ahnung davon; aber die, fügte ich hinzu, die dafür zuständig seien, wahrscheinlich auch nicht, das sei der einzig mildernde Umstand... Abermals lachten wir, aber mir wurde von meinem Humor bereits übel; ich fühlte, daß mich die allgemeine, ansteckende und gemütliche Immoralität dieser Welt tief melancholisch stimmte, eine Immoralität, aus der ich – durch mein Ungeschick, aus dem ich mir in meiner Not eine Tugend schnitze – für immer ausgegrenzt und damit zu Trübsinn, an die Erde fesselnder Armut und seelischer und geistiger Kümmerlichkeit verurteilt bin.

NOVEMBER Streifzüge durch die von Bäumen gesäumten hügeligen Straßen von Buda, zwischen Villen, wo spärliche Laternenreihen wohltuende Schatten werfen...

Daß Werte schaffen eigentlich nichts anderes bedeutet, als in Form eines zwischen dem universalen Menschen und dem universalen Gott geführten Dialogs nationale Inhalte zum Ausdruck zu bringen, davon haben sie keine Ahnung, am wenigsten diejenigen, die andauernd mit geifernder Zunge die Nation zum Zeugen berufen (meistens für den eignen Bankrott).

Was du den Menschen nicht sagen kannst, kannst du Gott sagen, und dann verstehen dich vielleicht auch die Menschen.

Goethe: «Wenn man von den Leuten Pflichten fordert und ihnen keine Rechte zugestehen will, muß man sie gut bezahlen.» Oh, bürgerliche Denkweise des 18. Jahrhunderts! Es wäre ihm nicht in den Sinn gekommen zu schreiben: ... muß man den Terror bis ins Totale steigern.

Die geheimsten, wollüstigsten und heikelsten seiner eigenen Eigenschaften verfolgt der Mensch in anderen.

Ein ekstatischer Einweihungsroman – sagte ich gestern (über «Das Fiasko»).

Angyalföld, Hochhaussiedlung; Kindergebrüll auf dem Spielplatz unter dem Fenster, Kindergebrüll auf den Fluren, in der Wohnung nebenan, überall, wie in einer Brutkolonie. Ich stecke mir Stopfen in die Ohren und denke mit brüderlichen Gefühlen an Kafka: Armer Franz, wie sehr er unter dem Lärm, dem Geschwätz seiner Familie und seiner Vermieter litt, dem Türenschlagen, dem Klavierspielen, das durch die Wände drang... Werfel konnte ausschließlich in Hotelzimmern (und vermutlich nur in den vornehmsten) schreiben, dabei besaß Alma ein hübsches kleines Haus in Semmering. Mahler arbeitete in einem von der Wohnung entfernt gelegenen Gartenhäuschen (einem Pavillon). Flaubert duldete im Haus niemanden mehr neben sich, nachdem seine Mutter gestorben war, Kafka versuchte es mit Untermietzimmern... (Und ich – falls das jemanden interessiert – bevorzuge halbe Zimmer in Angyalfölder Wohnsilos.)

Krúdys Bilder, Krúdys Gleichnisse, Krúdys Art, das Leben zu verklären. Sindbad, der als Toter unter den Lebenden spukt: ein hundertprozentiger Volltreffer des Krúdyschen Stils, wenn wir unter Stil die Summe unserer Beziehungen zum Leben verstehen.

Der wirklich gute Romanheld hat immer Geheimnisse, die er vor dem Leser ebenso wahrt wie vor dem Schriftsteller, der ihn erfunden hat.

Auf die Herausforderung der großen psychologischen Literatur müßte man heutzutage (zumindest hier von Osteuropa aus) antworten, daß der einzelne Mensch samt seiner Psyche durchaus nicht so wichtig ist, wie man im 19. Jahrhundert glaubte. Überhaupt nicht wichtig und ausrottbar.

Braudel: Große geschichtliche Ereignisse sind gerade daran zu erkennen, daß sie eine Fortsetzung haben.

Aktive Liebe und aktiver Haß – Folter – sind vermutlich nur zwei verschiedenartige Formen ein und desselben universellen Gefühls, dieses ist nur... wie soll ich sagen: viel plumper.

«Platonischer Judenhaß» (denn auch dort, wo es praktisch keine Juden mehr gibt, existiert Antisemitismus: Der Ausdruck ist brauchbar.)

Übersetzung: Hofmannsthals «Die Frau ohne Schatten». – Die häufige und durchaus nicht seltsame Paarung von Heiligkeit und Erotomanie.

Aus dem «Tagebuch» Széchenyis. Seine Schriften hätten «den Abschaum Ungarns empört». Er haßt Kossuth, «diesen Marat». Er erkennt eine teuflische Ironie darin, wie sich alles, auch er selbst, sich gegen ihn wendet. Die Frauen. Die göttliche Inkonsequenz.

Die sichere Bewegung, mit der er zum Revolver greift. Er weiß bereits vor seinem dreißigsten Lebensjahr, wie er seinem Leben ein Ende wird machen müssen.

Abends am winterlichen Donauufer spazierengegangen und in Zusammenhang mit einer Novelle von Asimov abermals – wie monomanisch – über das Rätsel des Individuums gegrübelt. Daß das Gefühl, sich zu unterscheiden, wahrscheinlich mit der Nahrungssuche, der Verteidigung und der Fortpflanzung begonnen hat; doch wie hat sich das alles bis zum Bedürfnis des menschlichen Individuums nach Erlösung entwickelt? Und worauf deutet dieses Phänomen hin? – Im psychologischen Wissen (ganz abgesehen von der sogenannten Psychoanalyse), im Wissen vom Tod, allgemein in allem, was man Weisheit nennt, läßt sich keinerlei «Fortschritt» feststellen, hier hat keinerlei Computerisierung stattgefunden, bis hierher ist die elektronische Revolution nicht vorgedrungen. Allenfalls, indem sie den Menschen noch seelenloser und am Ende völlig seelenlos macht und den Mangel dann mittels irgendeiner (natürlich zweckdienlichen, sogar sehr zweckdienlichen) Seelenprothese behebt.

Zu den Kraftquellen zurückkehren, die nur aus dem Grund der Einsamkeit entspringen. Selbst die Liebe schwächt; jede Offenbarung ist Aufgeben, Resignation vor der schwereren Lösung.

Weil ich Mystiker bin, liebe ich es nicht, wenn das Mysterium mystifiziert wird.

Das Mysterium ist nicht unsere Sprache, deshalb können wir das Mysterium nicht zum Sprechen bringen. (Versuchen wir es trotzdem, kommen Horror, Kitsch oder Kindermärchen heraus.) Wir müssen die Sprache der Ratio benutzen und uns damit begnügen, daß uns ab und an die Stimme stockt oder entgleitet.
Die Grundfrage lautet hier und heute, an diesem Ort und in dieser Zeit: Haben wir das Recht zu *ernsthaftem* Denken? Werden wir nicht unernsthaft, wenn wir uns für das ernsthafte Denken *entscheiden*? Lügen wir nicht? (Und zwar infolge der Unernsthaftigkeit der Situation?) Gibt es eine Bürde, die wir tragen, gibt es eine Verantwortung, die wir übernehmen können? – Das Privatleben, der Privattod. Doch daran ist etwas Elendiges, das man nicht benennen kann. Wir wurden beraubt und zugrunde gerichtet; wir leben, doch was man uns genommen hat, ist nichts anderes als das Leben. Wer hat es genommen? Die Diktatur ist eine schwierige Sache, vielleicht aber macht sie nichts anderes, als den Himmel schützend (wenn auch ungebeten) vor unseren Augen zu verhängen.

Warum ist es so gekommen? Darauf läßt sich keine Antwort geben. Es ist eben so, und daß es so ist, heißt, daß mein Tod zugleich Untergang sein wird, Untergang meiner Mütter und Väter, wenn man so will, meines Geschlechts, meiner Zukunft. Vielleicht habe ich das als Sohn eines vernichteten und zugrunde gehenden Volkes, im Kreis einer vernichteten und zugrunde gehenden Nation schon immer gewußt und mich vielleicht insgeheim schon immer auf diesen Untergang vorbereitet. (Und so fort: ein Fluß, das Leben als Bild des mit beiden Händen über dem Wasser in die Höhe gehaltenen Bündels, bis man untergeht.)

Unerkannt leben, leugnen, wenn man erkannt wird, es sogar widerlegen, sich sehnen nach einem namenlosen Grab...

Die Diktatur des Proletariats ist ein Ort wie meine Wohnung, wie mein Leben: kein Licht, keine Festtage, man zieht sich voll Unbehagen und Angst für eine (hoffentlich kurze) Übergangszeit dorthin zurück.

Kafka hat in seiner Jugend einem jungen Mädchen auf einer Waldlichtung Nietzsche vorgelesen.

1986. 22. MÄRZ Kleine, untergründige Veränderungen, die schwer zu fassen sind. Mehr Erfahrung, mehr Nachgiebigkeit, vielleicht größere Nachlässigkeit, aber auch größere Arbeitsfähigkeit. Die Neigung zuzunehmen. Kein Schwimmen mehr, keinerlei sportliche Betätigung. Weniger Theorie, mehr Realität. Interesse für den Ort, an dem ich lebe, für die Literatur dieses Ortes. Die Linien der großen, paradigmatischen Profile werden weicher, einige fangen sogar an, an den Rändern zu verwaschen (Camus). Weniger Selbstanklage, mehr Selbstvertrauen, allgemein männlicheres Verhalten, könnte man sagen. Zugleich weniger Extremismus, weniger axiomatisches Formulieren, weniger Vibrieren, weniger Erregung in der Inspiration. Ich befürchte, daß meine Reserven sich schließlich erschöpfen, daß die Zellen, welche die erlittenen Qualen noch lebendig bewahren, und deren Gifte beim Schreiben abfließen wollen, sich aufbrauchen werden und ich nur noch aus reiner Gewohnheit schreibe. Andererseits wünsche ich mir das inspirierende Unglücklichsein nicht mehr. Halte ich vielleicht auf das Mittelmaß zu?

Im Vergleich wozu aber empfinde ich unsere Zeit als eine zugrunde gehende? Dann gibt es also doch einen postulierten Wert. Man darf nicht zu lange zögern, ihn zu benennen, auch dann nicht, wenn es in einem gewissen Maße die kreative (und destruktive) Freiheit sowie die Phantasie beschränkt.

Groß war die Kunst zur Zeit der Kultur; aufregend ist die Kunst seit dem Verfall der Kultur.
Die abscheuliche Zeitgebundenheit von allem erkennen, die Zeit erkennen.

Der Weltmoment, da die Liebe erlischt. Die schreckliche Ödnis im Vorgefühl des Untergangs. Der Anfangsmoment des Christentums zur Zeit der Auflösung der großen Reiche. Der europäische Nihilismus, die menschliche Degeneriertheit in der heutigen Zeit, das Lumpenpack, die Aggression, das von der Gesetzlichkeit abgelöste Wertesystem, die Außergesetzlichkeit – die prinzipielle Gesetzwidrigkeit jedes Wertesystems. Ein erstickender Gefühls-, Geistes- und Ideenmangel; Pseudoaktivitäten, die Zeit ausfüllen, sein Glück machen, Geld horten. Entfremdung – wenn man begriffe, was der Begriff meint und wie verfremdet und verständnislos der Mensch auf sein eigenes Leben starrt.

Wo Körper und Seele vollkommen gesund sind, dort lebt man kein geistiges Leben, sagt Kafka. Kafkas unglaubliche Empfindungsintensität. Die glühenden Worte und Gleichnisse, durch die er selbst den scheinbar bedeutungslosesten Dingen des Lebens zu bedeutendem Leben verhilft. Seine ganz unglaubliche Klugheit. Er überschreitet jede Schwelle, zerreißt jeden Schleier, geht weiter und weiter, bis er schließlich zu sich selbst gelangt. Auf welch verblüffende Weise er Umwege abschneidet, und dennoch, nur diese Umwege, nur sie allein sind das Leben, die Zeit des Lebens ist die Zeit der Umwege. Zum Ziel – zu uns selbst – zu gelangen heißt sterben.

MAI Tschernobyl: Der Tod ist da, vergeude deine Zeit nicht für Unwesentliches.

Morgendlicher Wolkenbruch. Durchs Fenster der im Dunst schwebende Park, gleichsam wie im Bilderrahmen. Die Tannen recken die Wipfel empor, und ihre Stämme erscheinen wie im Märchen hier und da rot. Das herabströmende Wasser läßt alles verstummen. Wo die Vögel wohl sind? Nachdem der Wolkenbruch vorüber ist, leben die Farben langsam wieder auf und setzen die Stimmen wieder ein, beflügelt, glücklich und furchtsam, wie nach einem kosmischen Orgasmus.

Eine eingehendere Analyse könnte zeigen, daß in meiner Neigung zu Prügeleien während der Kindheit im Grunde das Problem, Beziehungen herzustellen, zu sehen ist. Als das Einfachste erwies sich eine leichte Brutalität. War bereits Eros am Werk? Oder war es nur die frühe Erkenntnis, daß jeder Mensch für mich ein Problem ist – das, was Sartre so ausdrückt: Die Hölle, das sind die anderen?

Szigliget. Früh zu Bett, draußen heftige Sturmböen, morgens um vier bin ich erwacht und habe das Fenster geöffnet, in fast schon Taghelle neigten sich die Bäume, als verrichteten sie ein heimliches Gebet, am westlichen Saum des fahlen Himmels prangte der Vollmond und vergoß sein weißes Licht, während von Osten her das Dunkelblau des Himmels aufbrach.

Ich werde immer ein zweitrangiger, verkannter und mißverstandener ungarischer Schriftsteller sein; die ungarische Sprache wird immer eine zweitrangige, verkannte und mißverstandene Sprache sein; die ungarische Kultur wird nie einen Platz in jener Kultur erlangen, die zählt, die universell ist, weil die ungarische Kultur sich selbst immer als zweitrangige, verkannte und mißverstandene Kultur betrachtet. Was ich betreibe, ist eine Illusion, und dafür vergeude ich mein Leben, das ebenfalls eine Illusion ist. Und trotzdem, wie ein Insekt, das mit seinen Fühlern sofort wieder Baumaterial zu schleppen beginnt, obwohl der Ameisenhaufen zertrampelt oder von Regen aufgeweicht worden ist: so beginne auch ich immer wieder einen Satz, eine Konstruktion. Wer sieht mich? Gott?

Ein guter Stil macht alles beweisbar, ein großer Stil alles groß – mit einem Wort, alles ist nur eine Frage des Stils, mit anderen Worten, alles ist Lüge.

Während ich herumgehe und die wunderbar bestellten Hänge von Szigliget anschaue, wühlt in mir beständig die Frage: Wozu?

Die vom Alkohol geschundenen Gesichter, die der Bus nach Angyalföld bringt. Aufgeschwemmte Haut, zahnlose Münder, glasige Augen, heruntergekommene Körper, in den Blicken Heimtücke oder hinduistisches Nihil. Sie leben, weil sie nicht wissen, wie man nicht lebt; sie leiden am Leben, aber sie wissen sich nicht davon zu befreien.
Abend. Eine kleine, verlassene Kapelle. «Ich habe noch nie gewagt, für dich zu beten.» – «Was heißt das: für jemanden beten?» Sie sagt es mir. Ich, nach einer gewissen Pause: «Ein bißchen, als ob man jemanden anzeigt.» – Vergeblich dieser Starrsinn und vergeblich vor allem, ihn vorzutäuschen, es hilft nichts. «Was willst du als nächstes in deiner Sache tun?» fragte der Geistliche. «Ich will noch Hilfe suchen», sagte K. und hob den Kopf, um zu sehen, wie der Geistliche es beurteile... «Du suchst zuviel fremde Hilfe», sagte der Geistliche mißbilligend, «und besonders bei Frauen. Merkst du denn nicht, daß es nicht die wahre Hilfe ist?» – Der Teil der «Tagebücher», in dem Kafka über Unglück spricht, über sein eigenes Unglück, das er als

notwendig betrachtet, also als sein Recht, und aus dem er – unausgesprochen – seine künstlerische Fruchtbarkeit ableitete. Darf man also Auswege, Ausflüchte, Vorwände, Erleichterungen finden und das Leiden – solange es uns erlaubt wird: also auf jeden Fall auch nur für kurze Zeit – im Stich lassen? Kafka starb. Es geschah, wie er es vorausgesagt hatte: Vom Kind wurde er sofort zum Greis, das Mannesalter ließ er aus. Was heißt demnach Mannesalter? Kafka wußte es genau: Patriot sein, Ehemann und Vater. Das heißt, pflichtgemäß nach dem Glück zu streben. Ob es stimmt, daß das Leben (das Glück, genauer das Ja-Sagen) und das schöpferische Werk einander ausschließende Gegensätze sind, wie man es im 19. Jahrhundert so gern formulierte? Man müßte die antiken Griechen fragen, man müßte Bach fragen. Heute ist klassische Kunst, also Kunst, die auf einer gemeinschaftlichen Grundlage, auf einer Kultur basiert, unmöglich. Der Drang nach Einfühlung aber, der in jedem individuellen Werk steckt, verurteilt den Künstler anscheinend zwangsläufig zum Unglück, als sei dies seine schöpferische Moral, also seine einzige Moral. – Diese Moral wäre ein Widerspruch, und zwar gerade ein ethischer? Daraus darf man Schlußfolgerungen ziehen nur, was die Augenblickssituation der Kreativität angeht, und diese Schlußfolgerungen werden immer noch positiv sein im Vergleich zu den Gefahren, die der Kreativität sonst drohen. – Vielleicht hat es mit der Kreuzigung angefangen: Seitdem will jeder ans Kreuz. Dieser Mythos ist im Laufe der Jahrhunderte kaum durch ein glücklicheres Künstlerbild, wie beispielsweise das des olympischen

Goethe, gebrochen worden; doch auch dieses Bild ist nicht völlig makellos.
Die drei Zigeunerinnen im Zug, Mutter mit zwei Töchtern. Die rasche Verfeinerung der Generationen – die Zeit, wie sie sich in diesen drei reglosen Gestalten plötzlich offenbart; ich konnte meine Augen kaum von ihnen lassen. Die wirklich animalische, ordinäre Aufdringlichkeit der Mutter, begleitet von dem sichtlichen Unbehagen und der Mißbilligung des älteren Mädchens; die hellen (ja: leuchtenden) Augen, das wunderschöne Gesicht, das reine, dichte Kastanienhaar, das schüchterne, lebensgefährliche Lächeln des jüngeren Mädchens. Dann schliefen sie ein, die Mutter stemmte, wie ein Urtier in der Suhle, ihre dunkle, lüsterne Visage schnarchend gegen das Fenster, das zur Seite geneigte Gesicht des jüngeren Mädchens wirkte auch im Schlaf noch außergewöhnlich fein, wie das einer vornehmen Dame (sie war höchstens fünfzehn) aus dem vorigen Jahrhundert, die auf Weltreise ist; die Ältere, von einer gleichsam wie in industrieller Massenproduktion erzeugten Schönheit, schnaufte neben mir diskret vor sich hin, ihre in einem Plastikbeutel verwahrten Schätze eng an sich gedrückt, leichten Moder- und Armutsgeruch verströmend. Das jüngere Mädchen in seiner berückenden Schönheit brachte mich dazu, vielleicht zum erstenmal ein Schicksal zu verstehen wie das des Don José (oder heißt der Geliebte von Carmen nicht so?); in dieses Mädchen, in dieses mongolisch-indische Gesicht mit den Türkisaugen, könnte man sich auf schicksalhafte Art verlieben, und Zugrundegehen ist beinahe garantiert.

Nietzsches politische Wirkung wird hartnäckig aus seinen dichterisch-ekstatischen Aphorismen abgeleitet; niemandem fällt auch nur im Traum ein, auf Nietzsches politische Überzeugungen aus Nietzsches politischen Äußerungen zu schließen. Denn diese erhellen überdeutlich, daß er den deutschen Nationalismus genauso verabscheute wie den Antisemitismus und den Pöbel – also alles, was Hitler (und nur Hitler?) ausmacht.

«Der Mensch ist dem Menschen ein Wolf»; ja, nur gehen im staatstotalitaristischen «Sozialismus» aus dem Kampf der Wölfe immer die Ratten als Sieger hervor. Diese Rattenmacht, die schon längst keine totalitäre (Ratten)Macht mehr ist, sondern bloß noch gesichtsloses Endprodukt von Erstarrung, von Ausharren, eine Macht aber selbst dann, wenn sie nicht mehr Macht sein wollte, eine Macht selbst dann, wenn die eigene Macht vor allem ihr selbst lästig geworden ist; eine Macht, von der die Macht sich nicht mehr befreien kann; eine Macht, von der man königliche Wohltaten und patriarchalische Strafen erwartet, eine Macht, die musiziert, philosophiert, ein Fernsehprogramm ausstrahlt, Gefängnisse, Kindergärten und eine Sturmpolizei unterhält, die aufgegeben hat und praktisch nicht mehr in der Lage ist, ihre Machtfunktionen (die rationalen, die konstruktiven) zu erfüllen, eine Macht, die es vielleicht gar nicht mehr gibt, die aufgehört hat zu existieren, die vielleicht nur eine Vorstellung millionenfacher, schweißnasser, drückender Angstträume ist. – Was soll der Mensch tun? Wie soll er seine Originalität auslöschen? Wie soll er es vermeiden, zu einem herausragenden Wundertier zu werden, das von seinen Stallgenossen zertrampelt wird?

«Have a nice day SOMEWHERE else» – lese ich auf der Heckscheibe eines Autos mit ausländischem Nummernschild; eine Zeitlang versinke ich in Träumereien, bevor ich HIER bleibe...

Mich immer wieder selbst, über die Jahre hinweg wieder und wieder auf die Romantechnik aufmerksam machen: «Das Fiasko» ist kein Zeitroman, es stellt nicht Prozesse dar, sondern verschiedene Stadien; es geht mit seiner Hauptfigur nicht in psychologischer Weise um, im Gegenteil, es soll sprungartige Stadien hervorbringen, mit Swedenborgs Worten: Zustandsveränderungen. Und damit kann man, nach dem so ernsthaft betriebenen, doch unbedeutenden und überholten Zwischenspiel des Naturalismus und der psychologischen Motivweberei, zum großen und starken Ausdruck zurückkehren.

Worin unterscheiden sich die beiden großen Denkungsarten (Kulturen)? Die eine betrachtet den Menschen als ein kreatives Wesen, die andere als das Ersatzteil einer seelenlosen Maschinerie. Und worin besteht das Wunder? Darin, wie leicht der Mensch sich in ein seelenloses Ersatzteil einer seelenlosen Maschinerie verwandelt.

NOVEMBER Die breite Grätsche der Hausdächer und die sich reimenden Rundbogen der Laubengänge und Fenster, wie ich sie, das graue Wasser im Rücken, von der Mole aus sehe: Das ist für mich Szigliget.

In der Tiefe religiöser ebenso wie in der Tiefe gesellschaftspolitischer Überzeugungen suche die Angst. – Ein fester und unerschütterlicher Glaube: eine feste und unerschütterliche Angst vor der Angst.

Die glücklichen Paare – sagt Tolstoi – sind alle gleich, die unglücklichen... usw. Das sagt offenbar der Naturalist T. und nicht der Mystiker. Denn wie andächtig ist das Geheimnis, das die Gemeinsamkeit der Körper, Temperamente und Inspirationen birgt. Und wie selten, wie zufällig sind solche Begegnungen inmitten der Zerbrechlichkeiten und Eventualitäten, die das menschliche Leben, das menschliche Schicksal sind. Und doch vergeht das Leben eigentlich im Glauben an eine solche Begegnung oder wenigstens in der Hoffnung darauf. In der Hoffnung auf einen reinen und erlösenden Moment in der Morgendämmerung, der der Finsternis ein Ende setzt, in dem sie hinaustreten auf die Lichtung und zitternd am Bach innehalten wie zwei durstige Hirsche, die darauf warten, daß die gefrorene Quelle auftaut.

Hawthornes Satz, daß, wenn man seinem eigenen Geschmack folgte, es keineswegs sicher sei, daß man seine eigenen Bücher läse – dieser Satz enthält all unsere Kämpfe und die Vergeblichkeit all unserer Kämpfe.

Einen solchen Satz kann nur ein großer Schriftsteller schreiben.

Thomas Mann über Goethe: Er sei viel zu groß gewesen, um ganz und gar nur gut zu sein. Ja, das ist die Schizophrenie der Kreativität: Gott und Luzifer – bzw. Mephisto – ist ein und dieselbe und durchaus nicht unbedingt schizophrene Person.

Immer konnte ich nur mit Mühe glauben, daß der Mensch vom Affen abstammt: Für das Gegenteil vermag ich mehr Beweise zu erkennen.

Gestern abend suchte ich, zum Trost und zur Ermutigung, bei Gyula Krúdy Bemerkungen über das Handwerk des Schriftstellers: Zu meiner Verblüffung spricht dieser bedeutende Schriftsteller über die schriftstellerische Arbeit genauso wie Lucien de Rubempré. Der gleiche Krúdy, der an anderer Stelle mit so viel Einfühlsamkeit über die leidvolle Größe von Endre Ady schrieb, der so bewegt in der Tür von Sándor Bródy stand, um einen zutiefst verständnisinnigen und brüderlichen Blick auf den Schriftsteller zu werfen usw. Doch in diesen manchmal fast ungeschlachten Ausfällen («Das Leben ist ein blutiger Fleischklumpen... Ruhm wird schwerer verteilt...» usw.) ist so viel Stolz und Leid, daß ich schließlich empfänglich wurde für den Schmerz, den er seiner großen, großen Begabung und seines beschämend ärmlichen Schicksals wegen ausgestanden hat ... Um mich aus diesem Schmerz irgendwie herauszuwinden, blätterte ich zum Trost schließlich Kafka auf.

1987. JANUAR Ungeheure Schneemassen. Grauer, saurer, moderner Schnee. Er bedeckt alles, verstopft alles, macht alles stumm, auch das restliche Leben. Angst, namenlos, kleine Fürchte. Verfall, Schmutz, Dreck, Einsamkeit.

Gewiß sind wir öfter aus moralischer Feigheit denn aus echter Zuneigung gut. Gilt das gleiche auch für die Bosheit? Und wenn die öffentliche Sitte die Bosheit zur Güte und die Unmoral zur Tugend ernennt? – Die moralische Vereinsamung ist jedenfalls eines der Probleme, die am meisten Beachtung verdienen. Im Geschmetter der Meinungen und gegen den Druck der öffentlichen Meinung allein sein – merkwürdig, aber in dieser Hinsicht verhält sich der Mensch wie ein Tier, das ein sicheres Schlupfloch sucht. Atavismus, zweifellos noch ein Erbe des Hordenwesens, war als Geächtetsein (wie übrigens heute noch häufig) gleichbedeutend mit Umgebrachtwerden; um jemanden auszustoßen, waren vermutlich auch damals schon moralische oder ähnliche Prinzipien nötig. Obgleich Pascal zufolge die animalische Natur eine andere ist als die menschliche, haben wir doch mehr Natur, also mehr Tier in uns als wünschenswert, mehr noch, als angenehm wäre.

Verachten, ja – aber verachten ist schwer. Wirklich verachten kann nur der Knecht, der Diener.

Wenn es ewige Begriffe gibt und wenn es ebenso ewige Gegenstände für die künstlerische Darstellung gibt, dann sind einige Dinge (freilich nur, solange die Darstellung noch an den ewigen Geist künstlerischer Darstellung gebunden ist) gar nicht darzustellen; auch dann nicht, wenn sie als ewige oder doch wenigstens bleibende Dinge zu erscheinen suchen. Wie viele Jahrhunderte hat es gedauert, ehe die Kirche einen Platz unter den bleibenden Dingen gefunden hat, also darstellbar wurde? Die Partei (P!) dagegen ist künstlerisch nicht darstellbar, sie kann für ihre eigene Sub-specie-aeternitatis-Entität einfach nicht einstehen. In einem Prosatext von höherem Niveau läßt sich dieses Wort gar nicht niederschreiben; es wird vom Text selbst aus dem Text geworfen. Nichts zu machen, die Realität ist konservativ; andererseits ist diese konservative Unlust ein sicherer Wertmesser für den Abscheu, die das wirkliche Leben vor den gekünstelten Pseudorealitäten empfindet.

«Der Realismus des Widerwillens» als Stifter großer Romangestalten (Antal Szerb über Meredith): Die Frage, die mich beschäftigte, während ich «Schicksalslosigkeit» schrieb, ob nämlich die Emotionalität des Abscheus die Sympathie als kreative Kraft ersetzen kann.

Wir strafen uns mit Blindheit gegenüber anderen. Das menschliche Schicksal, genauer, das sich im Menschlichen offenbarende göttliche Schicksal: warten, bis unsere eigene Blindheit oder die der anderen vergeht, bis sich die Augen öffnen und die Herzen aufnehmen. Generationen entschwinden, Jahrhunderte verstreichen in diesem ewigen Warten; und nie hat es ein Ende, nie kommt der Moment, da jeder alles und jeden erkannt hat und in der blindmachenden Gewißheit der Erkenntnis sagen könnte: Es ist geschehen – es ist vollbracht – genug.

Das Leben? Dient dazu, die Fluchtwege zu verkürzen – vorerst nur die der Flucht zurück an deinen Schreibtisch.

Geistige Tiefen der Ideologien interessieren mich lediglich bezüglich der Frage, ob sie dazu führen, daß ich verhaftet werde oder nicht.

Vorsicht, nichts «Objektives»: Nichts ist gültig, nur dein eigener Irrglaube.

Im Grunde ist es immer die gleiche Moral, die im Verlauf der «sogenannten Weltgeschichte» beschmutzt wird, und es ist auch immer die gleiche Moral, die sich in der Tiefe erneuert – wenn sie in der Lage ist, sich zu erneuern. In dieser Hinsicht war der Jesusglaube ein überwältigend großes Ereignis: Seine Wirkung dauerte fast bis zur Französischen Revolution an. Seither scheint die Moral – als Ethik – eine Privatangelegenheit von Privatleuten geworden zu sein. Einige Kreativität hinsichtlich der Emanzipation, der Gleichrangigkeit mit Gott, ist nicht zu bestreiten – sei es um den Preis der Degradierung Gottes oder der Ermordung Gottes. Man kann Gott auf mindestens zweierlei Weise missen: ethisch und unethisch, kreativ und so, wie die Usurpatoren es tun, durch paranoide Selbstvergötterung. Die Masse jedoch ist zweifellos verlassen. Ihre Rolle als Gemeinschaft (als Volk) hat sie verloren, als Individuum hingegen fühlt der Massenmensch sich verloren – das wird der Haken an der Sache. Und der Haken ist der Totalitarismus, die Verführung der Verzweiflung in verschiedenen Formen der Aktivität.

Was Nietzsche in «Die Geburt der Tragödie» sagt, ist heute nur noch nachdrücklicher gültig: «Es gibt keine andere Kunstperiode, in der sich die sogenannte Bildung und die eigentliche Kunst so befremdet und abgeneigt gegenübergestanden hätten.»

Eine Gesellschaft, die – ihrer Machtstrukturen und der mit Macht betriebenen Überforderung dieser Strukturen wegen – die kreativen Kräfte der Menschen einfach nicht erträgt. – Wo haben wir letztlich Vitalität zu suchen? In der an Elefantismus leidenden Macht oder doch in den – zumindest eine Zeitlang – sich als unausrottbar erweisenden kreativen Kräften? Zeugt eine derartige Jämmerlichkeit der Verhältnisse von Krankheit und Agonie, oder siegt gerade im Gegenteil dank der Jämmerlichkeit der Verhältnisse die Gesundheit über das noch größere Übel – sagen wir, über das extreme Chaos, über die losgelassenen Emotionen, die zur Volksausrottung führen usw.?... Wer kann das wissen?... Was aber soll das kleine Lebewesen sagen, das der Kranke in die Hand bekommen hat, als sei es irgendeine Maus, und das er nun während der Geburtswehen immer wilder preßt, ganz unbedacht, nur aus Zerstreutheit, bis dieses kleine Lebewesen in dieser Hand erstickt ist? Denn ungefähr damit ist die Situation vergleichbar.

Der zu persönliche Ausdruck beraubt uns auch noch der persönlichen Wahrheit. Das zeigt deutlich sowohl die Natur des menschlichen Geistes als auch, was für ein Mechanismus die Sprache ist. Auf der Ebene des Ausdrucks kann alles groß und kathartisch sein, ohne daß sich deshalb das geringste ändert. Sumners Bemerkung fällt mir ein, nach der die griechische Geschichte deutlich zeige, wie tief der Mensch sinken kann, während er von erhabenen Dingen redet. Andererseits ist daran – gerade daran – auch etwas Tröstliches: daß wir nämlich auch unabhängig von unserer Niedrigkeit von erhabenen Dingen erhaben denken können. Das beweist eindeutig etwas. Der Mensch ist, wie Freud es nennt, eine Art «Prothese-Gott».*

Dahinvegetieren; Scheinleben.

Wer die Schriftsteller nichts lehren könne, könne niemanden etwas lehren: Benjamin – dieser blendende, aber im Grunde unglückselige Autor, der sich dem Klassendenken verschrieben hatte. Was für eine Falle ist doch der Nihilismus, er macht es sich immer wieder zunutze, wenn große, aber nicht sehr starke Geister sich fortwährend selbst mißtrauen und deshalb bereitwillig an der eigenen Zerstörung mitwirken, als könnten sie gerade damit ihre Stärke beweisen.

Toynbee: «... Wir haben gesehen, daß in einer zerfallenden Gesellschaftsorganisation das Individuum, das

* im Original deutsch

den Funken des schöpferischen Genius trägt, seinen gesellschaftlichen Handlungsraum in der Rolle des Erlösers findet... Und wir haben festgestellt, daß nur noch jene wenigen Auserwählten diesen Titel verdienen, die *vor* der Gesellschaft retten wollen und unerschütterlich an ihrem Ziel festhalten. Wer *vor* der Gesellschaft retten will und dabei in die Rolle des *Retters der Gesellschaft* hineinschlittert, der verurteilt sich selbst genauso zum Untergang wie die selbsternannten vermeintlichen Erlöser.»

Große Kunst ist immer so, als führe sie durch eine Krankheit.

Den ethischen Verstand widert es an, daß der Mensch «sich wohl fühlt» in der Welt, oder eher den ästhetischen? – Oder müßte man vielleicht die Welt genauer definieren?

8. MAI Finita l'opera!! – am Tag des Sieges. – Verworrene Nachgefühle. Am Ende war es, als schriebe sich der Roman vollkommen von selbst, als säße ich nur da, damit ihn wenigstens jemand beaufsichtigt.

9. MAI Ich habe nachgesehen: «Schicksalslosigkeit» habe ich genau heute vor 14 Jahren (!), am Nachmittag des 9. Mai fertiggestellt. «Das Fiasko» am 8. Mai. – Ist das von Belang, hat es irgend etwas zu bedeuten? Ganz und gar nichts.

Der Sieg veredelt sich, während er heranreift, zur Niederlage.

Verlange nie nach der Seele eines Menschen, denn du bekommst sie, und es stellt sich heraus, daß du nichts damit anfangen kannst. Auch nicht willst, auch nie wolltest. Du versuchst dich von ihr zu befreien, aber nun begleitet sie dich, bleibt dir auf den Fersen, wie die winzige Irrflamme einer in Brand gesteckten Zündschnur, und gerade dann, wenn du am schnellsten davonläufst, explodiert sie.

Szigliget. Schuberts «große» C-Dur-Symphonie, wieder und wieder. Wenn im letzten Satz die Bässe mit tiefer Zirkusstimme das Thema nachsagen...

Eine Schwalbe am Straßenrand, wie ein weggeworfener Lappen. Rauchblaue kleine Flügel, ein roter Kragen, erschrockene, verständnislose Augen. Auch die Schwalben mit ihrem Zickzackflug sterben. Dabei sind sie ja beinahe keine Lebewesen, nur leichte, flatternde, fröhliche Geister.

Goethe: Es sei das Großartigste (gewiß benutzte er nicht dieses Wort), das Ende unseres Lebens in irgendeiner Weise mit seinem Beginn verknüpfen zu können.

1. JULI Vor zwei Tagen habe ich völlig unerwartet mit dem «Kaddisch» begonnen und rücke mit ihm voran, ergriffen und verwundert.

Eine Technik zur Selbsterhaltung ausarbeiten; wie in Zeiten von Kriegen oder Naturkatastrophen: «Davonkommen.» Vor allem das Schreiben als reine Privatangelegenheit begreifen, mich nicht nur von der Hoffnung, sondern sogar von der Hoffnungslosigkeit völlig frei machen. So schreiben, als würde ich im Gefängnis schreiben, Fragen stellen. 1. Würde ich auch im Gefängnis schreiben? 2. Wann? (Nachdem die tägliche Gefängnisarbeit verrichtet ist und ich mich ein wenig erholt habe.) 3. Was? (Ausschließlich Wesentliches, nur das, was Endprodukt des sonst weiterhin unerträglichen Schweigens ist.)

Die Reklame ist eine amerikanische Praktik, daraus entstand die Propaganda, die gegenwärtige ideologische «Kultur», die Apotheose der Sinnlosigkeit, die die Gehirne durchdringt. Was ist hier Kunst? Sie wäre das wahre Leben des Menschen, hätte der Mensch ein wahres Leben.

Die Romane Becketts. «Ich kämpfe nicht mehr um Erfolg, sondern um den Mißerfolg.» («Malone stirbt») Beckett ist über den Abgrund gesprungen und spricht von der anderen Seite aus. Ein großes Beispiel.

Mein Leben jetzt, in den ersten Tagen des August. Meine Mutter. Die Krankenhäuser. Die Szenen. Meine Hilflosigkeit. Ihr paranoider Stolz. Zweifellos liegt darin etwas von der dämonischen Kraft und der abergläubischen Schrecken erregenden, hexenhaften Boshaftigkeit biblischer Urmütter. In Wirklichkeit ist es eine theatralisch übersteigerte Lebenskraft, die tiefe Ohnmacht verhüllt, sie will ihre Umgebung einspannen, damit sie ihr, ihrer Bequemlichkeit, ihren Launen dient. Geschicktes Tier ist der Mensch, wenn er gegen den Kosmos, die ihn bedrohende menschliche Gleichgültigkeit und den nahenden Tod auch sämtliche Tricks der Schauspielkunst ins Feld führt.

Bedeutende Menschen verstanden es, bevor sie zugrunde gingen, das Unheil noch zu ihrem Besten zu wenden. – Als klein erachten, was klein ist, und uns bewahren für das, was wir als groß erachten. Bei jeder Tat Täter und Richter zugleich sein, wie Rilke sagt.

Rilke: Denn irgendwo ist eine alte Feindschaft zwischen dem Leben und der großen Arbeit.

Paradoxon: eine Illusion, aber eine reale Illusion!

Dort, wo man lieben müßte, wohnt jetzt nur Angst, wie ein Tosen von versäumten Pflichten. Vom Himmel tropft Hoffnungslosigkeit. Die moralische Situation um mich herum ist so, wie sie wohl im fünfzigsten oder sechzigsten Jahr der türkischen Besetzung gewesen sein mag. Das Verkommen der öffentlichen Zustände geht mit vollkommener geistiger Trostlosigkeit einher. Das Fünkchen guten Willens, das man brauchte, um kreativ zu sein, ist unbeschreiblich fern, auf einem anderen Planeten.

Noch einmal zu Sumners Bemerkung, daß die Griechen ein ausgezeichnetes Beispiel dafür seien, wie man über erhabene Dinge schön reden und unterdessen niedrig handeln könne. Fragt sich, wie der Mensch handelt, wenn er noch nicht einmal an erhabene Dinge denkt. Jedenfalls ist mir das Beispiel erst recht geläufig (obgleich ich nicht niedrig handle). Und trotzdem zeugt es von Größe, wenn jemand das Feld der Handlungen zwar nicht ohne Stolpern überqueren kann und trotzdem imstande ist, Gesetze zu schaffen. (Denn nur soviel erkennt Sumner an, daß das «erhabene Schönreden» der Griechen, zusammen mit der Bibel, die Grundlage der Ethik ist.) Ich möchte mir Strenge im Denken und Pragmatismus im Handeln bewahren – also die erzwungene Kunst des Lebens. –

Goethe in «Die Wahlverwandtschaften»: «Nur Eines laß uns festsetzen und einrichten: trenne alles, was eigentlich Geschäft ist, vom Leben. Das Geschäft verlangt Ernst und Strenge, das Leben Willkür; das Geschäft die reinste Folge, dem Leben tut eine Inkonsequenz oft not...»

In der Verbannung leben, verbannt aus uns selbst, aus unserer Kreativität, unserem Reich – unserem ureigensten Reich –: Darin liegt etwas verbittert Großes, das man eine Zeitlang ertragen kann; später vergessen wir, woraus man uns verbannt hat, und sind einfach nur Verbannte – damit beginnt der Tod. Wenn wir also leben wollen, dürfen wir auch in der Verbannung nicht aufhören, an unsere ewige Heimat, an unser Reich zu denken.

Tägliche Fahrt hinaus nach Angyalföld in mein halbes Wohnsilozimmer. Versuch zu arbeiten, nebenan das Getappe und Gemurmel der lieben, armen, alten Tante. Reaktionen auf «Das Fiasko». Der Verlag, die lächerlichen «Verhandlungen» mit den staatlichen Henkern der Literatur. Der allgemeine Zerfall. Die Selbstrepression der Nation. Die Unfähigkeit, Böswilligkeit und Dummheit der «Führung». Mein glanzloses, trübes Leben. Ein Schlager aus der Nachkriegszeit: «So verrinnt unser Leben / Ohne daß etwas geschieht...»

Wahrscheinlich überschätze ich auf eine absurde Weise die Bedeutung aller Dinge, die mir widerfahren, vornehmlich, wenn mir Unannehmlichkeiten widerfahren. Mein einziger Wunsch ist, daß mich ausschließlich metaphysische Ängste plagen mögen. Nicht, daß ich sie unterschätze, aber meine Kräfte sind einfach auf sie beschränkt.

Warum müssen wir unser Leben mit ständiger Schmach vor Augen leben? Die bloße Tatsache des Todes reicht als Erklärung nicht aus.

25. OKTOBER Seit Monaten unterbrochene Aufzeichnungen (die die düsteren und langweiligen Klänge meines Lebens sonst als leises Klaviergeklimper begleiten). Gestern die Eintragungen von 1976 durchgelesen. Überall Vorahnungen und Hinweise auf «Das Fiasko», ja sogar auf «Kaddisch». Die Erkenntnis, die beglükkende Erkenntnis, daß mein Tun demnach von irgendeiner Notwendigkeit geleitet wird. So trennt sich die Kunst von der Ästhetik. Denn was habe ich mit der Literatur und mit literarischen Ansichten zu tun, wenn zum Beispiel «Das Fiasko» so in mir gewachsen ist, sich so entwickelt und von mir abgetrennt hat, wie das die Frucht einer Pflanze tut. Ob sie anschließend eingesammelt wird oder nicht, ist nicht meine Sache. Hätten mich irgendwelche äußeren Ziele und Erwägungen geleitet, wäre ich jetzt in der schrecklichen Lage, mir selbst gratulieren oder Vorwürfe machen zu müssen: So aber empfinde ich – rein künstlerisch – die Ruhe der Pflanze (bis eines Tages jemand mit der Sense kommt).

Leopold Szondis Eichmann-Test. Es handelte sich um eine Blinddiagnose, und das Ergebnis lautete: ein besonders gefährlicher Mörder. Damit würden jedoch sämtliche Theorien hinfällig, die über die Mörderbürokraten aufgestellt worden sind. Mit mörderischem Trieb morden – die übliche Schablone. Eichmann wäre also nicht durch jedermann ersetzbar gewesen, wie auch ich – zur großen Ehre der Dynamik der faschistischen Struktur – geglaubt hatte. Es bleibt also die schäbigste Formel: Die Macht wird von Verbrechern übernommen und auf verbrecherische Weise ausgeübt. Feigheit, Blindheit und Gewinnsucht der übrigen sowie der Pragmatismus der Dinge erledigen dann den Rest. Was für eine Banalität! Ich kann mich nicht damit abfinden, aus einem so wenig originellen Grund in Auschwitz gewesen zu sein.

Der Mensch ist nicht dazu da, das Leben zu verstehen, sondern er ist dazu da, es zu leben und zu erleben: Insofern und infolgedessen ist der Mensch vor allem ein religiöses Wesen.

Die sklerotische Paranoia (meine arme Mutter). Die Wiederholung, als Symptom für das Funktionieren des Restgehirns, deutet auf etwas hin; umgekehrt lassen sich aus der Krankheit auf schreckliche Weise Schlußfolgerungen auf die Normalität ziehen. Auch für die Funktion des normalen Gehirns ist die Wiederholung offenbar ein außerordentlich wichtiger Mechanismus; bei einem Kranken funktioniert er wie eine Nadel, die auf einer beschädigten Platte stockt und andauernd zurückspringt. Die Böswilligkeiten, die wie das Knochengerüst unter dem verfallenden Fleisch hervortreten. Sie sind dauerhafter und ursprünglicher als das Fleisch, das heißt als der gesamte kulturelle Überbau, der sie bedeckt, die Logik eingeschlossen. Alles, was wir als spezifische menschliche Errungenschaften betrachten, so die Objektivität, die Gerechtigkeit und so fort, scheint das Ergebnis einer ungeheuren Kraftanstrengung zu sein und außerordentlich zerbrechlich. Doch der individuelle Charakter kommt selbst darin noch zum Vorschein. Man kann also sagen, daß der Wahnsinn nur die Fortsetzung eines abnormen Lebens ist (so wie «die Hölle nur die Fortsetzung des regelwidrigen Lebens» *). – Wovor fürchte ich mich? In erster Linie vor mir selbst. Ich werde aus einer Situation herausgeris-

* Thomas Mann, «Doktor Faustus» *(D. Übers.)*

sen, die für mich erträglich ist und die ich äußerst mühsam geschaffen habe. Die Schande erreicht mich durch andere. Ich fürchte den Zusammenbruch meiner Weltordnung. Fliehen in die Erkenntnis, in die Beobachtung meiner selbst und der Krankheit; mich dem Unvermittelten entziehen, gleichsam ein Dritter werden, der zuhört, beobachtet, ruhig bleibt und urteilt, der zwar frei ist, aber unbestechlich streng.

Wittgenstein: Wie das Leben ständig vom Tod, so ist der nüchterne Verstand fortwährend vom Wahnsinn umgeben.

Szigliget. Mangels etwas Besseren lese ich in meinem Tagebuch. Ein seltsamer Roman, mein Leben. Unbestreitbare Kohärenz. Meinem Charakter kann ich vertrauen wie einem treuen Haustier. Man muß ihn ernähren, hegen und pflegen und arbeiten lassen. – Andererseits, obgleich diese Aufzeichnungen etwas über eine doch ziemlich bemerkenswerte Lebensweise inmitten des Zusammenbruchs in Osteuropa verraten, machen gerade die osteuropäischen Verhältnisse sie als Dokument einer Lebensweise, die wert ist, bemerkt zu werden, völlig sinnlos; sinnlos deshalb, weil sie nicht dienen können, und nicht dienen wollen, mit dem Trost des Weiterbestehens, mit der Hoffnung auf eben *jene* Zukunft, die diese Aufzeichnungen bewahren würde. Und warum bewahren? Nun, aus Liebe und aus der Absicht, sich selbst zu erhalten. Und für keines von beiden sehe ich verläßliche Zeichen.

In Wittgensteins Aufzeichnungen aus den vierziger Jahren findet sich nicht ein einziger Hinweis auf den Krieg. Müssen wir ihn bewundern oder uns nur wundern? Ich glaube, daß für das Empfinden und Ausdrükken der ewigen Dinge das Erfahren der ephemeren Gegenwart eine entscheidende Rolle spielt. Die vergänglichen Dinge sind tiefer als die ewigen.

Laufereien. Bittstellereien. Nach tiefen Depressionen habe ich an diesem bedeckten, vorwinterlichen Tag erfahren: Der eine Verlag (Magvetö) schickt einen Vertrag für «Kaddisch», der andere (der Verlag für die sogenannte «Schöne Literatur») hat «Das Fiasko» in Druck gegeben... Mein verdorbenes Leben ist zu dikkem Morast gefault, in dem ich unablässig wate, stapfe und stapfe, als ginge ich irgenwohin, ich wende den Kopf, spähe nach vorn, in den hochgestreckten Händen eine Aktentasche, darin einige Papierfetzen mit mir selbst nicht mehr verständlichen fragmentarischen Notizen, die zu der einen oder anderen begonnenen oder bereits abgeschlossenen Arbeit gehören, und ich stapfe und stapfe, bis ich diesen Sumpf entweder zu Teig geknetet habe und darin steckenbleiben werde oder er sich plötzlich unter meinen Füßen verflüssigen wird, so daß ich endgültig darin versinke.

Wenn ich nicht ununterbrochen um mich kämpfe, gebe ich mich auf – jede versäumte Minute Kampf macht einen Tag der Resignation aus, das heißt, so stellt sich das Verhältnis in Energie gemessen dar; werde der, der du bist!

25. DEZEMBER Weihnachten. Winternebel. Mit dem Bus über die Arpád-Brücke, unter mir der metallene Fluß. Die Bäume wie dünne Bleistiftstriche auf schmutzig grauem Papier. Der Geruch der Luft. Ein Gefühl der Freiheit, fast des Glücks, wie immer, seit meiner Kindheit, wenn Nebel herrscht.

Schönheit ist «Eitelkeit der Gattung» *, sagt Nietzsche.

Schönberg: Für die Kunst genügt, daß sie wahr ist. («Harmonielehre»)

1988. FEBRUAR Leben in der Atmosphäre der Schauprozesse, der geschlossenen, tödlichen Logik paranoider Anklagen und entfesselter Verurteilungswut (meine Mutter). – Gemäßigter Zynismus, eine pointierte Bemerkung, in der Humor funkelt, würde mich trösten; doch mir fällt nichts ein. – Uns nicht verklärt, sondern als so fehlbar zu sehen, wie wir sind, sogar so ekelhaft, das mag zwar mutig sein, ist aber ungeschickt. Es hört jedoch auf, ungeschickt zu sein, wenn wir daraus keine Tugend schnitzen, sondern Kraft schöpfen, Kraft, uns selbst, wie es einem kreativen Wesen auferlegt ist, also besonnen und ohne uns zu schönen, zu ertragen.

Warum apokalyptische Kultur? Weil die schöpferische am Ende ist. Das moralische Leben und die ethische

* im Original deutsch

Existenz des Menschen haben einen tödlichen Schlag erlitten. Jedes Wort, das nicht im Bewußtsein dieser Tatsache gesagt wird, ist unauthentisch.
Seltsamerweise existiert unabhängig davon aber zugleich noch eine andere «Kultur», die der Erfolgsbücher, des Erfolgs überhaupt, und seltsamerweise leben die Menschen, leben sie dahin, als sei nichts geschehen. Kann es sein, daß ethische Kultur nicht zum Leben dazugehört? Und zwar deshalb nicht, weil ethische Kultur lediglich noch töten kann, nämlich das Leben töten? Andererseits: Welche Ethik will der naive Mensch, das «Volk», die «Masse»? Wollte sie oben hinaus, so würde sie sofort an die geltende Ethik, also die abfällige, hinfällige und verbietende Ethik stoßen. Kein Ausweg ist zu erkennen: «Wir haben unsere Rechte verspielt» – wie es in «Godot» heißt. Das ethische Gebot ist auch weiterhin das Verbot (das Verbot des Lebens) und das Gebot des Lebens das Verbot der Ethik: zum Erleben des Weltgeistes und für seine Realisation, auf die übrigens jeglicher Weltgeist zu jeglicher Zeit zielt, bietet sich heute mangels Glauben, Kultur und sonstiger feierlicher Mittel einzig und allein die Katastrophe an.

Die formale beziehungsweise praktische Hülle meines Lebens, die Hülle, in der ich komme und gehe, mich hinlege, aufstehe, ankomme, fortgehe usw.: wie von einer bösartigen Furunkulose brennt sie andauernd irgendwo und bricht bald hier, bald dort auf.

Was ist «normaler Verstand»? Eine allgemeine Übereinkunft ähnlicher Temperamente, und es gibt dafür ebensowenig eine Verifizierung durch einen außer- oder übersubjektiven Verstand wie für den nicht normalen. Der nicht normale Verstand erhält «seine Antwort von der Welt» genauso wie der normale. So viel bedeutet Hegels Weisheit, daß, wenn wir vernünftig auf die Welt blicken, sie auch vernünftig auf uns zurückblickt; und es stimmt nicht einmal, daß die Welt auf die gleiche Art zurückblickt, mit der der Verstand sie anblickt; wie sie zurückblickt, ist – abgesehen von den zwingenden Weltumständen, die den Menschen stumm und blind machen – eine Frage des Urteils, und nicht des Urteils der Welt, sondern des Menschen, die Welt blickt nämlich nicht auf den Menschen, die Welt *ist*; die Welt ist stumm, nur wir sprechen zu ihr, und wenn wir imstande sind, einen Augenblick zu schweigen, glauben wir, daß die Welt antwortet. (Unterdessen auch wir [unsere Körper] «Welt» sind.)

Die großen Geister expansiver Zeiten und Kulturen träumen von der Unsterblichkeit – egal, ob in Form der Monade, des Pantheismus oder der Seelenwanderung. Häufig tadele ich mich meines kleinlichen und kleinen Geistes wegen, der von Unvergänglichkeit durchaus nichts wissen will und deshalb wahrscheinlich auf den großen Stil, auf die wahre, die unsterbliche, die zum Menschen gehörende Urkunst verzichtet; nichts zu machen, ich bin nur ein Gefangener meiner Zeit, ich kann bloß eng und rational von Gefängnissen, einem einmaligen Leben und einem ewigen Verschwinden träumen.

Wie sehr das Lebensgefühl sich verändert hat. Wer wollte schon ewig leben? (Marat zur Auferstehung: «Selbst dann will ich nicht sterben.»)

Unsere metaphysische Konditionierung hängt zumeist von unserer irdischen Konditionierung ab.

Der Mensch ist ein denkendes Wesen, der Haken ist nur, daß er nicht selbst denkt, sondern ein anderer oder anderes in ihm. Das heißt, ich habe das Gefühl, der Mensch denkt, was er denken *muß*: Seine Gedanken sind determiniert. Und was wären freie Gedanken? Wie es scheint, solche, die nicht unseren Interessen dienen, die unsere Sicherheit unterminieren, die sich gegen uns richten, die sich gegen uns verwenden lassen. Doch ich fürchte, auch das ist nur eine Illusion. Denn es handelt sich dabei eher um moralisches Verhalten als um klares Denken. Geistig existiert der Mensch in der Ethik, sein Denken ist von ethischer Qualität, und nur die Sphäre des Ethischen ist niemals langweilig, denn darum eben geht es, darum, wie man leben muß; der Mensch kann das Leben nicht verstehen, er kann es lediglich leben und erleben; der Mensch ist ein ethisch-religiöses Wesen, alles übrige ist bloß seine Nebenbeschäftigung; und wenn er ein erschaffenes Wesen ist, dann wurde er erschaffen, um sein Leben ethisch zu leben und über seine Erfahrungen zu klagen. Der Mensch ist das schlechte Gewissen Gottes.

Wer denkt, daß die Kunst Gefühle vermittele, der denkt schlecht von der Kunst. Die Kunst vermittelt Erleben, das Erleben der Welt und dessen ethische Konsequenzen. Kunst vermittelt der Existenz die Existenz. Um Künstler zu sein, müssen wir uns innerlich eine Existenz anverwandeln, ebenso wie derjenige, der das Kunstwerk rezipiert, sich innerlich eine Existenz anverwandeln muß. Mit weniger dürfen wir uns nicht zufriedengeben; und wenn dieser Ritus irgendeine Bedeutung hat, ist diese Bedeutung allein hier zu suchen.

Die Tauben in der Vácigasse. In der milden späten Märzsonne ist auf dem Bürgersteig der Vácigasse nahe dem Markt am Lehel-Platz eine Taube von ihren Artgenossen mit systematischer Grausamkeit getötet worden. Das Ganze war wie ein Pogrom. Ein Täuberich tat sich besonders hervor: Wieder und wieder sprang er der sichtlich kranken Taube auf den Rücken und hackte und pickte auf ihren Kopf ein. Das Opfer lebte noch, es war noch nicht einmal Blut geflossen, als ich den Schauplatz dieser ekelhaften Szene verließ. Aber ich wußte, daß die scheußliche Arbeit weitergehen und daß es kein Erbarmen geben wird, bis das mörderische Werk vollbracht ist. Und dies wird die Erinnerung der kranken Taube ans Leben sein: stiller, wohltuender Sonnenschein, die eigene bequeme und schuldbewußte (denn Krankheit ist offenkundig mit Schuldbewußtsein verbunden) Schwäche und die anderen Tauben, ihresgleichen, die sie töten, mit glühendem Eifer, gnadenlos und sinnlos.

Das paradoxe Dilemma der Führer unserer großen kommunistischen (bolschewistischen) Partei: Sie brauchen das amerikanische Kapital und die sowjetische Armee.

17. JUNI Wie «Kaddisch» völlig unbeabsichtigt und ohne «vorhergehende Überlegung» auf der «Todesfuge» aufbaut... – (Schreckliche Tage, meine Mutter, Stagnation in der Arbeit, das Land, die Menschen, der allgemeine Zerfall und Abbau usw.... Wie ich höre, gibt es Menschen, die leben, existiert irgendwo eine Welt, nicht mehr als ein paar Kilometer von hier, wo Leben möglich ist; soll ich es glauben?)

In Zusammenhang mit «Kaddisch» Schopenhauers «Metaphysik der Geschlechtsliebe». Schopenhauer ist einerseits ein kristallklarer Logiker und Moralist, andererseits völlig kindisch. Wenn der Lebenswille ein so starker, sogar der stärkste Trieb des Menschen ist, wie kommen wir dann dazu, Leben zu verweigern. Allein auf seine Erkenntnis bezogen, darauf, daß wir Leben erfahren. Soviel zur Logik. Beiläufig ließe sich hinzufügen, daß dieses individuelle, existentielle Erfahren des Lebens dessen einzigen Wert ausmacht. Freilich aus der Sicht des Lebens; aus der Sicht des Todes ist es unmöglich zu denken, bzw. auch aus der Sicht des Todes können wir nur über das Leben nachdenken, darüber, daß es tragisch, absurd, traurig, sinnlos, schmerzvoll usw. usw. ist. Und während wir das durchdenken, werden wir älter und sterben. – Oder haben wir hedonistische

Vorstellungen mit dem Tod zu verbinden, ihn mit der Libido zu verknüpfen? Dann müßten wir in der Art des Marquis de Sade denken. Was obendrein Täuschung wäre, da wir die Erwartung der Lusterfüllung, sogar das Gefühl der Hoffnung hinzugesellen würden. – Gestern abend Cosima Wagners Tagebuch aus der Zeit der Entstehung des «Parsifal», doch ich mußte Wagners unerträglicher, geschmackloser und letztlich unverständlicher Judenhetze wegen mit dem Lesen aufhören, wenn ich diesen Menschen und seine Musik nicht ein für allemal hassen will.

Dieses, das 20. Jahrhundert als ein ununterbrochen diensttuendes Hinrichtungskommando.

Immer hatte ich ein heimliches Leben, und immer war das mein wahres Leben.

23. NOVEMBER Gestern Schnee, sehr viel früher Schnee, heute funkelnder Sonnenschein, nach der Essenschlepperei (für meine Mutter) streifte ich unter blauem Himmel durch die Budaer Berge, Einsamkeit, rauhe Luft, schneebedeckte Bäume, für einen Augenblick ergriff mich fast eine grundlose Zuversicht. – In einem schneebedeckten Garten unter einsamem Himmel ein kläffender, einsamer alter Wachhund. Seine Ohren, wie sie sich bei jedem Bellen aufrichteten und danach träge hinunterfielen. Sein Kläffen klang fordernd, klagend und verständnislos. Es schrie daraus die Vergeblichkeit des Seins und die völlige Ratlosigkeit, die ihn wegen dieser Vergeblichkeit beherrscht, in gewissem Sinn Dummheit, die natürliche Dummheit aller Wesen, die leben wollen, die schon aus dem Mangel an Einsicht entspringt, mit dem generell jeder Lebende lebt, dem Irrglauben, daß sein Leben eine begründete und gerechtfertigte Tatsache sei und er deswegen zwangsläufig Forderungen stellen könne an seine Umwelt – zum Beispiel, daß ihm Nahrung gegeben werde.

Literarischer Trost: Die Zukunft wird entscheiden, ob... Nur daß sich die Zukunft, die zur Zeit vorbereitet wird, als vollkommen entscheidungsunfähig erweisen wird.

Das Scheitern, das Fiasko ist heute die einzige Erfahrung, die zu erfüllen ist. (Eine Antwort darauf, warum ich meinem Roman diesen Titel gab.)

«Ich bin ernst geboren, so wie andere syphilitisch» – ich weiß nicht, ob dieses Zitat aus Becketts «Malone stirbt» korrekt ist.

Beckett («Malone stirbt»): «Und wer lang genug gewartet hat, wird ewig warten, denn wenn eine bestimmte Zeit vergangen ist, kann nichts mehr geschehen, kann niemand mehr kommen, und es bleibt nichts weiter als das nutzlose Warten selbst. Vielleicht ist es gerade so in seinem Fall.» Beherzigenswert.

27. DEZEMBER Grippe. Im Bett, einen Schestow-Text lesend. Verbitterte Wut. Von welcher Plattheit religionsphilosophische Betrachtungen sein können, wenn nicht Kierkegaard oder Pascal, also die bedeutendsten Geister sie anstellen! Die Freiheit – ja, die Freiheit ist wirklich ein Mysterium, doch nicht der sogenannte freie Wille, sondern die Möglichkeit der Unabhängigkeit und des Abstandes von uns selbst, die Möglichkeit der Freiheit und Befreiung von uns selbst. Das Leben selbst ist ganz einfach: Es ist offenkundig, daß alles auf Fressen und Tod eingerichtet und der Tod die völlige und restlose Vernichtung ist. Die Geburt folgt einem allgemeinen Gesetz, das des Todes ist personengebunden: Betrachten wir das einzelne Individuum, so muß es nicht unbedingt geboren werden, doch wenn ich einmal geboren bin, dann muß *ich* sterben. Punktum. Das Leben hat keinen Sinn. Das Dasein hat kein Ziel. Der Verstand verfügt über kein Wissen. Punktum. Das menschliche Bewußtsein ist offenkundig ein Kurzschluß, in der Folge irgendwelcher krebsartigen Überwucherungen. Alles in allem nicht mehr, als daß wir uns des Daseins und des unvermeidlichen Endes dieses Daseins bewußt sind. Alles, was an Höherrangigem dem herrschenden Lebensgesetz – genauer, Todesgesetz – zum Trotz zustande kommen konnte, ist eine ergreifende Revolte des Menschen gegen dieses Lebensgesetz, gegen den Tod oder, wenn man so will, gegen Gott. Das Gute – Revolte. Das Böse, das Natürliche, die Natur – das Fressen, der Krieg, der Tod: Das ist Gesetz, das ist Ordnung. Schon während ich «Schicksalslosigkeit» schrieb, habe ich notiert, wenn der Mensch akzeptierte, daß seine Geburt nicht notwendig ist und sein Tod die endgültige Vernichtung bedeutet, würde jegliches Mysterium verschwinden. Zugleich könnte das die Grundlage sein für eine neue Mitmenschlichkeit, in gewissem Sinn Religiosität, für die Schaffung einer vergeistigten menschlichen Welt. Doch der Mensch kann es nicht akzeptieren. Bleiben also Schestows wirre Ausführungen, seine mit infantilen Glaubensvorstellungen verschleierte Existenzunsicherheit und Todesfurcht, die Flucht vor der Wahrheit, der Existenz, der wirklichen religiösen Erfahrung, die Flucht in die Masse, in die Dummheit, in die Diktatur.

Die Tagebücher Thomas Manns. Das ganze Leben zum Gegenstand ununterbrochenen Schreibens machen. Was sich dabei herausbildet, ist, mit einem Wort, Lebensstil – Stil als Existenz auf höherer Ebene, als durchgeistigte Form des Daseins. Als erträgliche Form des Daseins. Wenigstens in dieser Hinsicht könnte ich ihm folgen. Die Aufzeichnung des Tatsachenlebens langweilt mich, überdies gibt es in meinem Leben kaum Tatsachen, die sich aufzeichnen ließen. Höchstens die landesweite Agonie, die Politik, die mich nicht interessiert, und die Grauen meines Privatlebens. Meine Mutter. Ihr Schenkelhalsbruch. Das Krankenhaus. Die Zustände im Krankenhaus (im János-Krankenhaus). Der einsame Todeskampf, der ärmliche, sozialistische, staatliche Tod. (Trotz immer offner Taschen, trotz dauernder Trinkgelder.) Meine Ohnmacht angesichts von Urin, Gier, Einsamkeit. Das sich täglich wiederholende panische Grauen, wenn ich die Tür zu diesem von Tigergestank erfüllten Zimmer öffne. Auschwitz, Endlösung. Das Prinzip hat gesiegt und walzt alles nieder. Heute mittag habe ich sie saubergemacht, ihr mit Seife und einem Papierhandtuch die Füße gewaschen. (Daß die Exkremente und der Urin vor allem an der Achillessehne und an den Knöcheln haftenbleiben und auf der Haut später dicke Schuppen bilden, daran erinnere ich mich noch aus dem KZ.) Trotz der dauernden Trinkgelder muß ich eine Betteinlage stehlen, um sie ihr unterzulegen. – Auf dem Totenbett beweist meine Mutter außerordentliche Charakterstärke. Die von ihr demiurgisch zum Selbstschutz gewählte Paranoia erweist sich, nachdem sie uns alle über lange Zeit quälte, in der Nähe des Endes als edles Mittel: Sie erspart ihr den Schmerz und bewahrt sie davor, daß sie sich ihres Ausgeliefertseins bewußt wird. Im Grunde genommen ist sie auch auf ihrem Totenbett noch Befehlshaber – auch wenn ihre Befehle bloß auf Spott, Gleichgültigkeit oder bestenfalls Unbeholfenheit stoßen. – Nachdem ich in den winterlichen Sonnenschein hinausgetreten und in dem Büro angekommen war, in dem ich etwas zu erledigen hatte, blieb ich lange und gelassen in Gesellschaft der beiden Damen dort sitzen und unterhielt sie mit «Stories», und sie konnten nicht ahnen, daß ich in meiner Verzweiflung einfach unfähig war, mich wieder vom Stuhl zu erheben.

Ein gemeinsamer Brauch von Henkern und Krankenpflegern: der barsche Ton, in dem sie mit zum Tode Verurteilten sprechen.

1989. 4. FEBRUAR Eine Situation, die mir auferlegt ist und mich, wie in der klassischen Tragödie, auf die Probe stellt: Doch ist die Situation selbst so unabhängig von mir, von meinen Fähigkeiten, meinem Willen und meinen Neigungen, daß ich diese Prüfung nur als das begreifen kann, was sie ist: als Schlag von außen, der sich kaum unbeschadet überstehen läßt, es hilft da nur der klare und salbungsfreie Ausdruck. Ich glaube, es ist nicht ratsam, all das im Alltagsstil zu analysieren. Ich glaube, es ist nicht ratsam, daß der Mensch den Wert solcher Dinge bemißt, die ihm zutiefst fremd sind, die er nicht selbst als Maßstab für sich aufgestellt hat, die also Fallen der Existenz, Labyrinthe der Existenz sind, aufgestellt, damit wir darin verlorengehen. Andererseits klar sehen: Es geschehen mit dem Menschen Dinge, die ihm fremd sind und die schließlich zu Existenzfragen werden, weil wir sie uns – unwillentlich und absurderweise – dennoch zum Maßstab machen, zum Maßstab machen müssen. Es gibt also Situationen, in denen wir das Scheitern auf uns nehmen müssen und dem nicht abhelfen können; in denen wir das Überleben wählen und in denen die Wahl des «Natürlichen», also «Niedrigen», wie ein Stigma sein wird. Doch bin ich nicht geboren, um Leben zu erfahren, «geschieht nicht alles für mich»? Und geschieht nicht alles, damit ich immerfort wie ein Messer an der Kehle fühlen kann: Jede Minute meines Lebens stellt sich das Problem des Selbstmords. – Inzwischen ist meine Mutter im Pflegeheim des charismatischen Doktor Losonci in Sicherheit gebracht. Der erste Teil des «Kaddisch» ist zum Abtippen gegeben, der zweite Teil seit einem halben Jahr unberührt.

Gestern vormittag blieb ich, nachdem ich aus dem Autobus gestiegen war, am Wallenberg-Denkmal stehen. Neben mir ein Mann, der in den Sechzigern gewesen sein mochte. Wir schauten, wer den Kranz mit der blauweißroten Schleife niedergelegt hatte. Ohne Umschweife sprach er mich an: Ob ich wisse, wer das sei? Dieser Mann habe 1944, fuhr er fort, das Leben Zehntausender Menschen gerettet. «Und trotzdem haben nicht die Deutschen ihn verhaftet», sagte er, «obwohl sie ja Grund dazu gehabt hätten. Aber wie dem auch sei», fügte er hinzu, «die Deutschen sind eben ein Kulturvolk.» In meiner Verblüffung konnte ich gerade noch einwenden, dieses Denkmal beweise eigentlich das Gegenteil, vor wem habe denn Wallenberg die Menschen gerettet? «Das stimmt», erwiderte er, «damals ja, aber seitdem...» Dann ruhig und fast triumphierend: «Aber die Russen haben ihn dann verhaftet, nach Sibirien geschleppt und umgebracht.» Eine ziemlich originelle Interpretation, doch sie trägt zweifellos den Stempel der Zeit.

7. MÄRZ Szigliget. Die Hoffnung, die mich hierhertrieb. Eisenbahn, dann mit dem Taxi. Wie ein Phäake. Vor genau einem Jahr habe ich hier die neue Fassung von «Kaddisch» begonnen. Wie gehetzt, wie schreibsüchtig ich damals war. Jetzt keine Spur davon. Angst. Als müßte ich Panzerschichten aufbrechen, Abgründe überwinden, um mit dem Schreiben beginnen zu können, in eine andere Welt gelangen, wo alles andere Dimensionen hat als in der, aus der ich komme. Ich breche auf aus dem Chaos und gelange in eine Welt, die bei gesundem, normalem Verstand ist. Doch warum kann ich mich nicht ständig dort aufhalten? Bin *ich* das Chaos?

Stendhal: «Ich glaube allerdings, daß das Bewußtsein großer Taten und großer Fähigkeiten mit Freude einhergeht.»

Die Rhythmusformel der Logik: Sie muß immer zuerst gefunden werden.

Ständiger Tatendrang und ständige Vergnügungssucht als Produkt eines unglücklichen Bewußtseins. Revolution, Krieg, Eroberung als Charakteristikum besonders unglücklicher, vom Unglück und dem Sinnieren darüber verfinsterter und verdummter Zeiten. (Das französische 18., das russische, das deutsche und das allgemeine 20. Jahrhundert.)

Das Leben, jedes Leben ist ohne Zweifel ein Erzählen. Und dieses Erzählen hat ohne Zweifel stets ein und denselben Gegenstand: das Leben. Die Künstler verdichten diese Erzählung dann für den, an den sie sich richtet und der sie ohne Zweifel hören will. So ist jedes Leben ein Beispiel, und jedes Leben muß als Beispiel gelebt werden. Jedes Leben richtet sich an jemanden, und insofern – und nur insofern – ist es ein sinnvolles Leben, wenn auch den Sinn des Lebens selbst völlige Finsternis umgibt.

26. APRIL Von diesen Wochen und Monaten bleibt keine Spur. Die Umstände, unter denen «Kaddisch» abgeschlossen wurde. Die Umstände meines Lebens. Wieder in Angyalföld in meinem halben Wohnsilozimmer. Die Tante. Das Krankenhaus. Doch trotz des ganzen Drucks erweist sich die hinterste Ecke meines Winkels, meiner Hundehütte als uneinnehmbar; und das Schicksal oder Gott oder wer auch immer läßt mir diesen Winkel. Es ist eine seltsame Bemerkung, aber mein Leben ruft entweder Wut in mir hervor, oder es bewegt mich zu Andacht. Ich wähle letzteres, versuche darin die Gnade zu erkennen. Wäre ich so dumm, daß mich die Dummheit mit Blindheit schlüge, würde ich mich bedauern, mein in der Hundehütte gefristetes Dasein, während 200 Kilometer weiter die ganze Welt ist; doch ich weiß, was ich gewählt habe, und solange ich es weiß, stehen mir die Kräfte zur Verfügung, die es mir möglich machen, mein Leben zu leben und meine Aufgabe zu erfüllen.

III

LÄSST LOS

(das Steuer)

HOLT HEREIN

(die Ruder)

IST GLÜCKLICH

Der alte, schlanke, zigarrerauchende Mann, wie er mit zerstreutem Blick die Straße entlangläuft (Marcel Duchamp). Mit strengem Gesicht läßt er bemessene Worte fallen, unverschnörkelte, zu äußerster Reinheit filtrierte Weisheiten eines (wahren) Dichters. Das Schachspiel und der malerische Ausdruck interessieren ihn, sonst nichts. – Die fast schmerzliche Anziehungskraft eines solchen Lebens; außerhalb der Welt, außerhalb der Zeit. Ein paar Themen noch, über die zu schreiben ist, ein paar Bücher noch, die zu lesen, ein paar fixe Ideen, die zu verfolgen sind (ab und zu auch zu verwirklichen); ein paar Abende noch, an denen ich spazierengehen und nachdenken möchte. Und im übrigen die Einsamkeit und Freiheit dieses alten Mannes; distanzierte Strenge, mit der ich das Leben sehe und lebe; mit der ich das Visier sehe, das sich vom Ende dieses Lebens her auf mich richtet und dem ich mich gleichmütig und mit gemessenen Schritten nähere.

Voller Bewegung den engen Zusammenhang zwischen dem Ende der Parsifal-Ouvertüre und dem 3. Satz der VI. Symphonie von Mahler erkannt.

Die Osteoporose bewirkenden Ursachen als ein glänzender Beweis für das Auschwitz-Prinzip der Natur. Nachdem die vorübergehende Aufgabe der Arterhaltung erledigt ist, sofort raus auf den Müll, ab in die Grube. Die uneingeschränkte Macht – die totalitäre Diktatur – ist eigentlich eine Nachahmung der Natur, ist Naturalismus.

Der Mensch ändert sich nicht, er durchläuft verschiedene Zustände, und in jedem dieser Zustände müßte man ihm einen anderen Namen geben, der anzeigt, daß wir es nicht mehr mit demselben Menschen zu tun haben, den wir aus dem früheren Zustand kannten.

Das Konzentrationslager ist ausschließlich als Literatur vorstellbar, als Realität nicht. (Auch nicht – und vielleicht sogar dann am wenigsten –, wenn wir es erleben.)

JUNI Ich kenne durchaus keine «Identitätsprobleme». Daß ich «Ungar» bin, ist um nichts absurder, als daß ich «Jude» bin; und daß ich «Jude» bin, ist nicht ein Stück absurder, als daß ich überhaupt bin.

Für kurze Zeit untergeordnete Arbeit übernommen – die Übersetzung eines sechs Druckbogen dicken Schundwerks –, aus finanziellen Überlegungen, vor allem aber zum Zwecke moralischer Aufbesserung und allgemeiner (nach «Kaddisch» erforderlicher) Ausnüchterung. – Sich von Zeit zu Zeit in Sklaverei versenken, so wie sich ein Kranker im Schlamm kuriert, Blutegel anlegt oder bis zum Ersticken inhaliert.

Was ist passiert? Nichts Besonderes: Die Krämer haben den Geist mit der Peitsche aus der Kirche getrieben. Fortan ist Marginalität das Kennzeichen erstrangigen Geistes; alle Ernsthaftigkeit ist illegal wie das schwerste sittliche Vergehen.

Wenn wir unsere eigenen Gewohnheiten kennen, sind wir nicht so verloren.

Wenn du gelegentlich über den Gedanken der Schöpfung geringschätzig lächelst, bedenke, daß der Mensch Menschen nicht erschaffen, allenfalls zeugen kann. Dieses auf die Ratio so stolze Wesen! Unser ganzes Leben liegt außerhalb unserer Macht, vor allem die Ratio.

Márais merkwürdige Definition des Gentlemans: wie die Definition des Ritters im Mittelalter, eines Wesens also, das sich immer und in allem an bestimmte Ideale hält.

Die physische und transzendentale Ohnmacht des Menschen. Alles spricht dafür, daß das Leben, wenn vielleicht auch kein völlig irriger, in jedem Fall aber auch kein angemessener Zustand des Menschen ist. Was soll er mit seinen Erfahrungen anfangen? Wozu ist seine Ethik gut? Wie kann eine derartige Kluft bestehen zwischen der naturalistischen Realität des nackten Daseins und den intellektuellen Erkenntnissen vom Seienden? Warum blicken wir über unser nacktes Dasein hinaus, wenn wir doch nichts erblicken, da wir in dieses nackte Dasein eingeschlossen sind. Und so weiter. Ein

Morgen, ein sommerlicher Morgen. Die Stadt mit ihrer unterträglichen, wimmelnden, gesichtslosen Masse, ihren Katastrophen und Bankrotten, ihrem krankmachenden Gestank, ihrem krankmachenden Lärm, ihrer krankmachenden Unmoral. Langsam (oder schnell?) nähere ich mich dem Tod. Die Zeit, die mir verbleibt, müßte ich dem Schicksal aus der Hand nehmen, das heißt, ich müßte «mein Leben» ändern. Ab und zu trägt ein Hauch des frischen Morgenwinds mir von weit her über alle Hindernisse hinweg Duftfetzen eines fernen Glücks zu, aus den Wäldern, von den Wassern, aus dem Raum, wer weiß, woher. Solange wir leben, sind wir glücklich. So betrachtet, ist auch Unglück noch Glück: Unglück gibt es höchstwahrscheinlich nur auf eine Art, die des Mörders.

Das Bürgertum: Handel, dann Handelswege, dann Flotten, dann Versicherungen, dann Banken, dann Industrie, dann Flotten-, Handels- und Finanzrechte, Staat, Verfassung, Verwaltung, Demokratie. Zweifellos hat der Mensch im Bürgertum und in der Bürgerlichkeit sein Erwachsenenalter erreicht. Wie dieses Erwachsenendasein beschaffen ist, darüber läßt sich streiten. Eines jedoch ist sicher: Gegenüber der bürgerlichen ist jede diktatorische und autarke Form von Herrschaft so wie jede Form von Massenherrschaft eine Regression in die Pubertät, ins Urmenschentum.

JULI Gestern abend Hitze, einsamer Spaziergang durch die dunkle Kútvölgyistraße in Pasarét. Bedrükkendes Gefühl von Sinnlosigkeit, Schuldbewußtsein, Gewissensqualen. Die Gründe sind zahllos, aber nur als Nebelwolke, die mich völlig einhüllte, blind, taub und stumm machte, gleichgültig und fremd für mich selbst. Ich sah mich aus der Ferne, wie eine Vision, und dabei war dieses blutige Gezause, diese zu Tode verwundete und zukunftslose Gewissensqual, die ich sah, ich selbst. Am János-Krankenhaus wurde ich auf eine alte, gutgekleidete Frau aufmerksam, die mit komischen Bewegungen, ihre künstlichen Zähne malmend, auf den Steinplatten um die Verkehrsampel taumelte. «Mein Herr», redete sie mich plötzlich an, «besorgen Sie mir ein Taxi, mir wird schlecht.» Ich besorgte ihr ein Taxi. Es war nicht leicht, aber der Eifer in mir groß. Dieses Abenteuer brachte mich, auf sehr natürliche und fehlbare Weise, wieder in Ordnung. Mein Realitätsempfinden kehrte zurück, der graue Alltag übernahm seine mörderische und beruhigende Herrschaft wieder. – Später, am Abend, über eine interessante Veröffentlichung gelesen, die den Versuch macht, durch die Tore der Sexualität zur transzendenten Erfahrung durchzubrechen. Eine mir unzugängliche Sphäre, was durchaus auch ein Mangel sein kann (besonders im Hinblick darauf, daß ich Schriftsteller bin und die sogenannten Tiefen der sogenannten Seele daher angeblich kennen müßte). Der Rausch, der erotische Fanatismus de Sades oder auch der Fanatismus von Juan de la Cruz, Alkohol, Rauschgift – all das ist für mich unzugänglich. Aber die große Perversion, die wirkliche Teufelei, der Mord, der Liebestod – all das ist mir so fern wie ein vom Fernsehen übertragenes Rugby-Spiel, von dem ich weder die Regeln kenne noch den Sinn verstehe. Mich überwältigt das Tierische im Menschen, die Tierhaftigkeit, das Trieb- und Hordenwesen der Masse (die alten Frauen im Pflegeheim zum Beispiel, altersschwachsinnig geworden, hinfällige, stammelnde Wesen, sind sie immer noch in der Lage, einem Geschöpf nachzustellen, das noch kränker als sie ist und nicht mehr fähig zu sprechen). Nichts zu machen, ich empfinde den Rausch als einen Selbsterregungszustand, voll von Elementen des Selbstbetrugs und der blinden Selbstbeglückung, von falschen und gefälschten Erfahrungen, als Lüge. Eine Lüge allerdings, die mitreißt: eine vitale Lüge. Und der Wahnsinn? Der Übertritt in die andere Welt ist entweder vollständig oder unmöglich; das heißt, wahnsinnig werden und gleichzeitig (durch Vermittlung eines dritten Wesens in uns) die Verbindung zwischen unserem dionysischen und unserem rationalen Ich aufrechterhalten, ist nicht möglich. Auf diese Weise schneidet sich der Mensch natürlich von anderen Realitäten als der seinen ab, untersagt sie sich und denkt mit Schrekken an den Wahnsinn und den Tod, obgleich auch das letztlich nur Zustände sind wie jene der Normalität und des Lebens. Doch diesen Fragen kann man nicht wirklich, nicht bis ins letzte nachgehen, weil wir uns in kindischen und unkontrollierbaren Worten verstricken. Der Mensch wird vom universellen Gesetz der Ratio und der Ethik beherrscht, vom rationalen Gesetz der *Mittelbarkeit*, sowie wir es verlassen, verlassen wir das

Dasein, das heißt das sogenannte vernünftige Dasein; ganz genau ausgedrückt, jenes Dasein, das nicht ganz uns gehört, für das wir aber die Verantwortung tragen, und zwar in viel stärkerem Maße, als wenn es lediglich ein partikuläres Winkeldasein wäre.

Schreiben, was noch zu schreiben ist – das klingt einfach, ist es aber durchaus nicht. Manchmal warte ich auf mich, wie bei einem Rendezvous, dessen Zeitpunkt längst überschritten ist, es ist fast sicher, daß ich nicht mehr komme, trotzdem regt sich in mir die vage Hoffnung: falls aber doch …

Im Geschriebenen machen sich, ebenso wie in den Gesichtszügen, rasch Zeichen des Alterns bemerkbar.

Die Ärmsten, bei ihnen hagelt es dummes Lob wie Prügel.

9. August Wie allmählich alles zu Erinnerung wird. Anblicke, Räume, die sich öffnen, der Boden, über den ich gehe, alles suggeriert etwas. Alles erzählt von einem verpfuschten, verstrichenen, schmerzlichen und süßen Leben, an jedem Erdklumpen haftet die unerbittliche Anmut des Unwiederbringlichen. Vielleicht ist mir noch eine kurze Weile vergönnt. Aber ich muß mein Leben als Toter leben: Die Schande (und diese Schande ist die Schande, hier zu leben, mein Leben hier verlebt zu haben) erlaubt mir nicht, ein anderes Urteil zu fällen.

Márais «Tagebuch»: Mit 57 Jahren «wartet» er nicht mehr, hat er die Lebensform von «Warten auf Godot» aufgegeben, abgeschlossen und überläßt sich dem Leben ohne Erwartungen, wie er schreibt, was allerdings philosophisch (und auch praktisch) gesehen unmöglich ist, denn der in die Zeit geworfene Mensch ist nach vorn ausgerichtet; seine Erwartungen können sich allenfalls verändern, allenfalls gedämpft, allenfalls um- oder zurückgestuft werden. Doch egal. Wider besseres Wissen, wider den nüchternen Verstand und wider allen Stolz lebe ich immer noch, auch heute noch im Zeichen Godots, daran habe ich keinen Zweifel, und weil ich es weiß, schäme ich mich auch nicht. – Und wie kann meine arme Mutter leben? Welche Erwartungen können in ihr leben, wenn sie, in der Hirnsklerose gefangen, aus ihrer ihr unbewußten Nacht die Augen zum Licht öffnet? Was sieht sie? Wo ist ihre Seele? Dieser gierige Drang nach Essen, der ihrer Situation völlig widerspricht – wie und womit ist dieses ganze Grauen zu erklären, das wir als Existenz betrachten, dieses endgültige Urteil; wo ist darin Sinn, wo die Liebe? Und warum besuche ich sie, was führt mich an ihr Bett, welche echten oder falschen Beweggründe, denn meine Sinne schützen sich mit Taubheit, und mein Verstand sagt mir, daß ihr Leben keinen Sinn mehr hat – ich bin nur Verrat, nur Selbstsucht, nur Flucht.

Der Schrecken der Kunst heute ist die offizielle Kunst, und jede Kunst ist offiziell, die nicht aus der Privatsphäre heraus spricht, nicht die Privatsphäre rettet, die also nicht selbstaufopferndes und zum Äußersten entschlossenes *individuelles Beispiel* ist, und nur Beispiel, einsames, unnachahmbares, ausgegrenztes und über die Grenzen getriebenes, die Schande auf sich nehmendes und an den unbefleckten Tod gemahnendes Beispiel.

Der Mangel an Vergebung ist häufig Schwäche, Schwäche ist häufig Gewalt, Gewalt ist häufig Gnadenlosigkeit.

Unser Leben und unser Sterben: was für eine Banalität mag das für Gott sein. Ob er wohl Buch führt, ein mächtiges Register, wie es uns diese Kindermärchen der Religionen weismachen wollen? Wie mag das letzte Urteil sein, das Warten auf den Anruf, die Einteilung in Himmel und Hölle und deren verschiedene Sektoren? Wenn er den Menschen nach seinem Ebenbild schuf, nach wessen Ebenbild schuf der Mensch dann die Selektion in Auschwitz?

Die Überflüssigkeit vollendeter Sätze unter dem Gesichtspunkt der Volksausrottung. Die Überflüssigkeit gebrochener Sätze, von Sätzen, von Sprechen, von Menschen usw.

Als sei ich irgendein ohnmächtiger Darsteller inmitten von um mich herum wimmelnden Figuren auf einem Gemälde von Bosch. Von den Gesichtern, die mich umgeben, geht eine fürchterliche Bedrohung aus. Die Lebensweise zeitigt apokalyptische Folgen. Die Flucht habe ich – diesmal endgültig – verpaßt.

Ich weiß nicht, ob schon einmal jemand erwogen hat, welche Auswirkungen es auf die spätere Diaspora hatte, daß das jüdische Staatswesen unter römischer Ägide stand. Mir scheint es ein ewiges Muster zu sein. Die Ehrerbietung für die fremde Macht, das ständig zu Kompromissen bereite Verhalten, das der eigenen Gemeinde gegenüber mit der Forderung von Opferbereitschaft auftritt. Allmählich wird daraus eine Umgangsform: Achtung dem Fremden, Verachtung dem Eigenen gegenüber; in sie mischen sich schmerzliches Schuldbewußtsein und die übergroße Familienliebe der ewigen Minderheiten. Das Wesentliche jedoch sind immer die – sogenannten – Opferdarbringungen für die fremde Macht, um ihre Gnade zu gewinnen, mal mit Geld, mal mit Menschen. In diesem Lichte betrachtet, ist das starke Gemeinschaftsgefühl nichts anderes als eine gewisse Form der Vermögensbewahrung, damit es etwas gibt, das man opfern kann, wenn der Augenblick gekommen ist. Andererseits die führenden Juden, die führenden Klassen innerhalb des Judentums. Die ewigen Judenräte. Das jüdische Großkapital, das einerseits als rationaler Faktor (in der Nationalökonomie einer fremden Nation) funktioniert und andererseits, gewissermaßen nach innen, der jüdischen Gemeinschaft gegenüber, wie ein väterlicher Diktator auftritt: eine gewisse Wohltätigkeit, Freigebigkeit, um das Leben und damit die Masse zu erhalten zum Zwecke der jeweils nächsten Opferdarbringung. – Verglichen damit eine beinahe moderne Erscheinung, wenn sich vereinzelt reiche jüdische Gemeinden im Zeichen der Selbsterhaltung von der armen, kompromittierenden Masse zu befreien versuchen; etwa das Verhalten der Amsterdamer Juden zur Zeit Spinozas: Diese reichen Juden gaben den aus Deutschland, Spanien usw. fliehenden armen jüdischen Massen Geld, unter der Bedingung, daß sie nach Rußland, nach Osteuropa weiterziehen.

Sich auf den Tod vorbereiten, wie man sich auf das letzte Werk vorbereitet. Uns gleichsam des Todes wegen am Leben erhalten. Gleichsam des Todes wegen reicher werden, reifen – nicht auf den Tod zu, sondern um die volle Weisheit des vollen Lebens zu erlangen, die uns zur Wissenschaft vom Sich-trennen-Können, vom Erreichen des Endes führt. So betrachtet, ist der Tod lediglich die letzte Konsequenz.

Warum sollte man Eros, da er überall und in allem gegenwärtig ist, ausgerechnet an seinem scheinbar unmittelbarsten Aufenthaltsort suchen?

Am äußersten Grenzstreifen des Lebens; manchmal überkommt mich auf der Straße fast sturmartig das Gefühl der Möglichkeit, über diesen Grenzstreifen vornüberzufallen, derart plötzlich und heftig, daß ich vor Schmerz fast aufbrülle. Aber gleichzeitig mit mir brüllt alles und jeder.

Das Leben eines jeden ist ein aufgegebener und im Grunde genommen erfolgloser Versuch des Lebens.
Was macht uns glauben, daß dieses Leben unser Leben, daß diese Welt die Welt ist?

Beim Übersetzen an Gustav Mahler denken, an das, was ihm die Kraft für die Theater- und Konzertarbeit eines ganzen Jahres gab.

Die anthropomorphe Gottesvorstellung ist auf jeden Fall wohlbegründet. Erstens: Der Mensch kann sich, eben weil er Mensch ist, nur eine anthropomorphe Vorstellung von Gott schaffen. Zweitens: Da der Mensch aus der gleichen Materie wie das Universum besteht, warum sollte diese nicht auch die Materie des Allmächtigen sein? Dem widerspricht die gleichfalls anthropomorphe Vorstellung, der Konstrukteur könne der Konstruktion nicht immanent sein: Sein Ort könne nur «außerhalb» sein. Aber auch dann, meine ich, muß die Konstruktion das Wesentliche des Wesens enthalten, das sie geschaffen hat. – Was nun aber die Vorsehung betrifft, so halte ich sie für eine infantile Vatervorstellung. Andererseits glaube ich natürlich zutiefst an sie. Vielleicht deshalb, weil ich an mich selbst glaube; an mich selbst glaube ich allerdings auch nur, weil in mir etwas ist, das nicht ich bin.

Eine wichtige Feststellung inmitten des Nihilismus: «Das Nichts ist nicht mehr als das Etwas.»

In letzter Zeit habe ich jeden Tag Schönbergs 1. Kammersymphonie gehört, bis mein Herz sie so aufgesogen hat, daß ich nun schon in ihrem Ton wehklage.

Toynbee: Das Judentum muß die westliche Kultur bereichern, darin muß es seinen Platz finden. – Eine Erkenntnis, die (für mich) zu spät kam.

Bliebe die Welt für einen einzigen Augenblick stehen, würde sie existieren. (Nietzsche?) Dies ist der Inbegriff jedes künstlerischen Strebens, das Geheimnis sogenannter Wirklichkeitsdarstellung oder vielmehr Naturnachahmung. Aber vergebens, die Welt bleibt nicht stehen, sie dreht sich weiter, und der Sinn dringt nicht durch.

Die Erkenntnis des Bösen ist eine inadäquate Erkenntnis: Spinoza.

SEPTEMBER Man muß fast verrückt sein, um an Kunst denken zu können. An etwas anderes zu denken lohnt jedoch nicht.

Was unterscheidet mich von ihnen? Sie stehen in Opposition zum System (zu Systemen), ich, wenn ich so sagen darf, zu Gott.

Wer in Opposition zu einem System steht, muß an ein anderes System glauben. Wer in Opposition zu Gott steht, muß an überhaupt nichts glauben, er muß nur leben, leben unter Seinem Blick: Das ist als Glaube gerade ausreichend.

Als Künstler lebe ich längst schon jenseits von Gefallen und Nichtgefallen. In dieser Beziehung geht es mir wie Simone Weil: Jede Freundlichkeit, selbst die bloße Höflichkeit, halte ich für einen Irrtum. Sie macht diese Erfahrung als Fabrikarbeiterin, ich brauche eine härtere Lektion, weil meine Sinne – anscheinend – stumpfer sind.

Warum haßt man die Juden seit Auschwitz noch mehr? Wegen Auschwitz.

Unter dem Wort «Form» verstehe ich schließlich, daß das Leben als ein geistiges Phänomen in einem Kunstwerk wiederauflebt, daß «Form» die geistige Existenzform des Lebens ist – ich verstehe darunter nicht die einzelne Kunstform, also Roman- oder Gedichtform. Und so ist «Form» nicht nur das Dasein der Essenz, sondern immer auch eine Metapher – ein mögliches Gleichnis für das Geheimnis.

NOVEMBER Vom 2. bis 30. Oktober Wien. Ruhe. Sonnenbäder im Volksgarten. Angst vor der Heimkehr. Ich genoß die Zivilisation, an der ich eigentlich nie anhaltender teilhatte. Ich glaube, ich bin für ein besseres Leben geboren, als mir zu leben gegeben wurde. Doch diese Feststellung ist hochmütig und Hochmut im wesentlichen immer Dummheit. Das Leben leben, das uns zugefallen ist, und es so leben, daß es uns ganz zufällt, das ist die Lebensaufgabe, wo immer wir leben.

Osteuropa: Bürgerliche Revolution ohne Bürgertum. Was kann daraus entstehen?

1990 Januar Wessen Traum lebe ich? Wessen Sprache spreche ich?

Solange Rechtschreibung wichtig ist, leben wir im Widerspruch. Aber auch in Disziplin.

Woran du auch glaubst, du wirst sterben; glaubst du jedoch an nichts, bist du bereits als Lebender tot.

FEBRUAR Schmutz, Matsch, Wahnsinn. Die Stadt wie ein Stich von Dürer oder vielleicht eher ein Gemälde von Bosch über die Abgründe der Apokalypse. Schweinegesichter, zähnefletschende Bestiengesichter, stumpfsinnige Pferde- und Rattengesichter, Hundegesichter und Unmengen von Insekten, vom Tausendfüßler bis zur Küchenschabe. Wenn sie mich umlagern – in der Straßenbahn, in Geschäften –, begreife ich plötzlich die Worte: «Lasciate ogni speranta...» Was für ein Irrtum, hier geboren und hier geblieben zu sein, sagt jene Stimme in mir, die im mehrstimmigen Getön meines Lebens am lautesten tönt, während der aufrichtigere Teil meines Inneren genau weiß, daß dies nur Geschwätz ist und daß es keine Zufälle gibt. Zufall, das ist das scheußlichste Licht, das auf ein Individuum geworfen werden kann (sagen wir, ein gelbgrünes). Zufall, das bedeutet größtes Lebensungeschick, vollkommener Bankrott. Gerade deshalb überkommt mich mitunter Euphorie, ein nahezu transzendentales Vertrauen zu meinem Leben, dem ich ausgeliefert bin wie der Säugling der Mutterbrust. Dieses Leben gehört scheinbar mir, ich lebe es, es scheint die Verwirklichung meines äußeren und inneren Tuns zu sein (hinzu kommen die äußeren, die sogenannten von mir unabhängigen Umstände – falls es die gibt), doch zugleich weiß ich genau, wie ohnmächtig ich ihm – meinem Leben – gegenüber bin und daß ich außer diesem Vertrauen nichts habe, worauf ich mich stützen kann. Trotzdem, dieses Vertrauen reicht aus, mich am Leben zu halten; und komischerweise scheint das wechselseitig zu sein. «In kräftigeren Zeiten» (ein Ausdruck Nietzsches?) nährte sich daraus vielleicht das Gefühl eines mit Gott geschlossenen Paktes. Heute würde ich eher sagen, das macht vermutlich das Alter, die Nähe zum Tod. Ganz fraglos ist das Individuum nur die Spitze des Eisberges; von dieser Spitze kann es unmöglich auf den vom Wasser verdeckten, mächtigen Block selbst hinunterschauen, der die allgemeine Wirklichkeit sein könnte. Nur dieses Gefühl des Vertrauens oder vielleicht dessen Gegenteil, das Gefühl der Verlassenheit, geben uns Nachricht davon. Die transzendente Wirklichkeit umschließt uns wie ein Mutterschoß. Sie ist das einzig Gewisse, alles, was wir als materielle Gewißheit ansehen, ist tausendfach ungewisser. So gesehen ist die individuelle Tragödie ein Irrtum, das Glück dagegen nicht. Das Göttliche spiegelt sich in der Freude, als schöpferischer Gedanke oder Gedanke der Schöpfung; das Absurde ist nur eine Stimmung – wenngleich auch eine sehr menschliche und sehr wohl begründete Stimmung des Menschen.

Die Befreiung von der Tyrannei erleben die Menschen als Zusammenbruch. Was erst, wenn man sie in die Freiheit entließe!

Das gierige Verlangen der Menschen nach Lügen.

Osten und Westen, der neurotische und der normale Typ. Neurose: die ständige regressive Wiederholung eines traumatischen Erlebnisses in Form stets gleichbleibender Symptome, bis in alle Ewigkeit, das heißt bis zum Tod. Normal: traumatische Störung, darauf die bewußte Aufarbeitung des Traumas, die Schaffung rationaler Garantien zur Vermeidung der Regression, des Rückfalls in die Symptome. Das eine ein Höllenerlebnis: das stets erneute Durchleben von Krankheitszuständen ohne Ende und ohne Ausweg; das andere: Katharsis, Weg der vollen Entfaltung und eines tragischen Glücks.

Es scheint so, als sei das normale Denken immer das originellste.

Zurücksinken in jene mit einem unbekannten Stoff gefüllte, aber prickelnde und schützende Badewanne, die Emerson das Zentrum des Heros nannte.

Der Gehilfe in der Mechanikerwerkstatt, der den Verstand verloren hat über dem Gedanken, daß, weil sein Vater Jude war, auch er Jude ist. Als Kind hatte man ihm alles verschwiegen. Sein Vater war im KZ umgekommen. Aus ihm ist ein gutmütiger Irrer geworden, lächelnd schaute er mich mit seinen veilchenblauen Augen an: «Ich habe Angst», sagte er. «Wovor?» erkundigte ich mich. «Daß plötzlich zwei Männer bei mir auftauchen», erwiderte er, «und sagen: Los, mitkommen!» «Aber wohin?» fragte ich nach. «Was weiß ich, eben dorthin», sagte er ahnungsvoll. Solange er seine Herkunft nicht kannte, war er völlig normal, ein freundlicher, gesprächiger und geselliger Mensch. Jetzt hat ihn plötzlich das Jahrhundert überfallen, und er antwortet mit der einzigen ihm möglichen Gebärde: mit Nerven- und Geisteskrankheit, dieser glänzenden Mimikry, dieser zeitgemäßen Tarnfarbe.

Die große Erkenntnis, richtiger, Entdeckung: *Jeder Einzelne* ist ein Geschöpf Gottes. Zu Zeiten übermächtiger Größe des Römischen Reiches. Zu Zeiten der großen mittelalterlichen Seuchen. Zu Zeiten totalitärer Staaten. Was ist Macht? Eigentlich, wirklich? Ausdruck der Nichtigkeit und Nichtswürdigkeit des Menschen. Die Wut der Macht, die Leidenschaft des Wütens, das zerstörerische und selbstzerstörerische ungezügelte Verhalten dieser Leidenschaft gegenüber der Ratio, gegenüber individueller Nonkonformität, überhaupt gegenüber dem *Individuellen als dem Ungehorsamen*. Dieses Wüten als Staatsform, diese Staatsform als Lebensform. Und die Solidarität – die Liebe – unter diesen Umständen als Subkultur. Und in Wirklichkeit ist authentische Solidarität, authentische Liebe auch immer eine Subkultur. Anders gesagt: Revolte, die einzig gottgefällige Art der Revolte. Die Revolte Gottes gegen die mißglückte Schöpfung.

Schönberg: Kunst heißt: *neue* Kunst («Style and Idea»).

Wenn du auch ein Leben lang das gleiche tust – denn dieser tätige Fluch bist du selbst –, tue es wenigstens nicht immer auf die gleiche Weise.

Ein Zeitalter ist vergangen, ein bestimmtes menschliches Verhalten erweist sich als unwiederbringlich, wie die Lebenszeit, wie die Jugend. Was war Kennzeichen dieses Verhaltens? Das Staunen des Menschen über die Schöpfung; seine andächtige Verwunderung darüber, daß vergängliche Materie – der menschliche Körper – lebt und eine Seele besitzt. Seine Verwunderung über das Bestehen der Welt ist vergangen und damit eigentlich die Ehrfurcht vor dem Leben, die Andacht, die Freude, die Liebe. Der Mord, der an die Stelle des früher Vorhandenen getreten ist – nicht als häufig vorkommende Unsitte, als Vergehen, als «Fall», sondern als Lebensform, als angenommenes und üblich gewordenes «natürliches» Verhalten dem Leben und den anderen Lebewesen gegenüber – der Mord als Weltanschauung, der Mord als Verhaltensform also ist zweifellos eine grundlegende Veränderung – Symptom einer Epoche oder Symptom endgültiger Krankheit, egal. Dagegen läßt sich anführen, daß die Menschenausrottung nicht gerade eine neue Erfindung ist; doch die *kontinuierliche*, die über Jahre, Jahrzehnte *systematisch* betriebene und so zum System gewordene Menschenausrottung, während nebenher das sogenannte normale, alltägliche Leben weiterläuft mit Kindererziehung, Spaziergängen Verliebter, ärztlichen Sprechstunden, Karierre- und sonstigen Sehnsüchten, Glücks- und Unglücksgefühlen, zivilen Wünschen, dämmernder Melancholie, Wachstum, Erfolg oder Erfolglosigkeit usw. usw.: dies, zusammen mit der Gewöhnung, der Gewöhnung an die Angst, dem Sichabfinden, sogar Langeweile – das ist eine neue, sogar die allerneueste Erfindung. Es ist nämlich – und das ist das Neue daran – *akzeptiert*. Es hat sich erwiesen, daß die Seinsform des Mordens eine lebbare und mögliche Seinsform, daß sie also *institutionalisierbar* ist. – Vermutlich stimmt, was mir einmal in meiner Kindheit (ich erinnere mich heute noch ganz deutlich daran) fast wie eine Erleuchtung erschien: Es ist die irdische Bestimmung des Menschen, die Erde und das Leben zu zerstören. Doch dann handelte er vielleicht wie Sisyphos: Eine Zeitlang entschlüpfte er seiner Bestimmung, seiner Aufgabe, sprang dem Tod von der Schippe und ergötzte sich an dem, was er zerstören mußte: am Leben. So ließe sich von höherer Warte aus – falls es die gibt – sagen, daß der Mensch doch nicht ganz umsonst entstand, insofern als er sich mit seiner Weigerung – wenigstens eine Zeitlang – eine Lebensweise aneignete, die Zeugnis gibt. So gesehen wäre alles Höhere in Form und Gedanken, das je geschaffen wurde, dieser Weigerung zu verdanken; Kunst, Philosophie, Religionen, alles das Produkt eines plötzlichen Innehaltens, eines Zauderns angesichts der eigentlichen Aufgabe – der Zerstörung; und dies Zaudern erklärte die unheilbare, nostalgische Traurigkeit der wirklich Großen.

17. MÄRZ «Wer darf sich brüsten, in dieser Situation Mensch geblieben zu sein?» Pessoa.

Du sagst: Aber das sind doch Gesetzmäßigkeiten, so war die Welt im Grunde schon immer. Erstens: Das stimmt nicht, zweitens: Stimmte es, wäre es keine fruchtbare Denkweise.

Das Absurde geht nicht aus der Natur und nicht aus den Emotionen hervor – die Variationen beider sind begrenzt –, sondern aus dem menschlichen Gehirn. Das dem menschlichen Gehirn entspringende Absurde aber wird zur real wirkenden Kraft; der absurde Gedanke zur möglichen Tat.

Erotische Phantasien: Alles, was du dir in heimlichen Träumen ausdenken kannst, wurde bereits gedacht. Was am ehesten zeigt, daß der Mensch nicht selbst phantasiert; die am wenigsten authentische Sphäre der Originalität.

Ich habe mehrere Ichs, die alle einem einzigen Ich, meinem repräsentativen Ich, dienen. Doch meine sämtlichen Ichs – und damit auch *ich* selbst – wissen über dieses repräsentative Ich nur das wenigste. Ich bin wie Erde und Dünger des Beetes; die Blume, die ich austreibe, ist mir fremd; gleichsam nur aus Höflichkeit mir selbst gegenüber vermag ich, sie ab und zu für einen flüchtigen Augenblick zu bewundern.

19. MÄRZ Krankenhaus. Die Gehirnsklerose – mitten im vollständigen Abbau vollständige, sogar gewählt formulierte Sätze, denen jedoch Situationen und Bezüge fehlen, so daß sie absolut leer sind. Dazu sind auch noch Mienenspiel, Erregung, Emotion dem Gesagten verhaftet – nur daß es weder für das Gesagte noch für die Emotion einen Grund gibt. Ein erschütterndes Phänomen: Aus dem Menschen spricht Sprache. Was ist Sprache? Verhüllung oder Enthüllung der Dinge? Vermutlich eher ersteres: Verhüllung des Seins, das sie ganz anders als ein *Anders*sein interpretiert. Das normale Sein ist ein dem Dasein den Rücken zuwendendes Sein; denn wer hineinblickt, verstummt oder wird «verrückt». – Ein Todesfall im Krankensaal: «Tante Vilmi». Ein Jahr lang überlistete sie den Tod, spielte mit ihm wie die Katze mit der Maus; die heimliche Selbstsicherheit in ihrer senilen Schnarrstimme, wenn sie jammerte, fast theatralisch klagte; die Nachttischschublade, die sie mit ihrem Körper abdeckte, während sie hastig Stücke gebratenen Hühnerfleischs herausfingerte und sie vornübergebeugt gierig verschlang – ihre ganze elegische und lebenskluge Schelmenhaftigkeit. Dann ein Gang zur Toilette, der bei ihr immer ein Zeremoniell war, mit der Metallstellage, die sie vor sich herschob, dem Festhalten an Stühlen, Klinken und Türen; plötzlich stürzte sie. Und dieser Sturz, so scheint es, erschütterte ihr Vertrauen zum Leben: Sie legte sich hin und starb innerhalb etwa eines Monats systematischer Arbeit. Was wußte sie selbst davon, das heißt, was wir für sie halten, als sie kennen? Simpel betrachtet lief das Ganze «unter-bewußt» ab. Dennoch läßt sich nicht unterbewußt nennen, was das Bewußtsein derart beherrscht, was sozusagen das Bewußtsein des Bewußtseins ist. Andererseits verbrachte sie den größten Teil dieses aus der Sicht des Todes äußerst aktiven Zeitabschnitts ganz offensichtlich in einem bewußtlosen Zustand: Es war ein ebenso wichtiger Abschnitt ihres Lebens wie die frühe Kindheit, über die der Mensch ebenfalls nicht das geringste weiß. Aber – und davon liefert dieses Krankenhaus großartiges Zeugnis – der Mensch kann sich in einem noch so jämmerlichen Zustand befinden, die unveränderte und unverminderte Gegenwart seiner Seele ist davon nicht betroffen; geduckt liegt sie in ihm wie ein leidendes und dennoch triumphierendes Tier, das, den heiligen Tieren der Urvölker gleich, Schweigen gebietet, Rätsel aufgibt, Furcht und Ehrfurcht weckt und zum Dienen zwingt. Symbol wofür ist der Mensch?

Goethe fand den Namen dafür: *Gleichnis.** Weder er noch irgendein anderer vermochte etwas darüber hinaus zu sagen.
Schönberg: Hätte Mahler seine X. Symphonie geschrieben, wären wir vielleicht in den Besitz des großen Geheimnisses gelangt: Darum war es ihm nicht vergönnt, dieses Werk zu vollenden. («Style and Idea»)

Alles müßte auf eine neue Grundlage gestellt werden, die Apokalypse, unsere ethischen Beziehungen zum Leben und vor allem unsere Wörter. Mit diesen Wör-

* im Original deutsch

tern nehmen wir kaum noch die Sprache wahr, geschweige denn das Leben.

31. MÄRZ Sonnenschein. Morgens an der Kasernenmauer entlang zur Kútvölgyistraße hinaufgestiegen. Nach einem ausgedehnten Spaziergang hinunter mit dem 156er Bus, in dem ich auf den Dialog der Stimmen einer hinter mir sitzenden älteren Frau und eines halb hinter mir stehenden jüngeren Mannes aufmerksam werde. Na und, fragt die Stimme des jungen Mannes, ist die Versorgung in Siebenbürgen besser geworden? Eine fremdklingende Aussprache, die hochgezogenen Wort- und Satzenden erinnern an den Klang irgendeiner westlichen Sprache und verleihen seiner Rede, allein schon dieser Aufschwünge wegen, eine ziemlich arrogante Färbung. Die alte Frau: Nichts ist besser geworden, die kostenlosen Hilfsgüter werden von den Behörden gegen Geld verhökert; die «Zigeuner» stehlen Hilfsgüter und verkaufen sie für viel Geld ans «Volk»; der evangelische Pfarrer, der die Verteilung übernommen hatte, schaffte die Ware in seine Wohnung, unter dem Vorwand, von da aus die Aufteilung abzuwickeln, doch er hat nur an seine Freunde verteilt und das übrige selbst behalten; sie, die alte Frau, stand drei Tage vor dem Bürgermeisteramt Schlange, doch der Bürgermeister war «auf irgendeine Hochzeit» gegangen; dann fingen die «Zigeuner» an zu schreien, daß selbst die Diktatur besser gewesen sei, worauf der Bürgermeister eilends von der Hochzeit zurückkam usw. Unvernunft, Elend, Bosheit, Gehässigkeit. Der junge Mann: Hast du gehört, daß zwei deutsche Flugzeuge mit Hilfsgütern umgekehrt sind, weil die Empfänger auf dem Flughafen anfingen, sich um das Zeug zu streiten? Das Ganze in einem zustimmenden, arroganten westlichen Tonfall. Die Umkehr der Flugzeuge brachte mir KZ-Szenen in Erinnerung, als man den bis auf die Knochen abgemagerten Menschen Essen vorsetzte und die Wohlgenährten, die dem Ansturm der halb Verhungerten zusahen, verächtlich den Mund verzogen, sie «undiszipliniertes Gesindel» nannten und ihnen zur Strafe wieder wegnahmen, was zu geben sie wahrscheinlich gar nicht beabsichtigt hatten. Schließlich drehte ich mich ruhig auf meinem Sitz um und musterte die beiden: Sie verstummten augenblicklich und gaben von da an keinen Mucks mehr von sich – ich zerbreche mir seither den Kopf: Warum? Ist mein Blick so streng?

Die Krankheit meiner armen Mutter zeigt deutlich, daß der Zustand der Muselmanen von Auschwitz (den ich auch durchgemacht habe) ein der Gehirnsklerose (Sauerstoffmangel) vergleichbarer Zustand ist. Von der Wirklichkeit abstrahierende Erinnerungs- und Traumbilder, die eine stärkere Realität besitzen als die Wirklichkeit; das Kindische, Regressive der Vernunft, die vollkommene Anpassung an den Traum, den Winkel, den Platz, die Umgebung, ohne daß wir auf unserem allgemein üblichen menschlichen Niveau etwas darüber wissen. Und in diesem Vegetieren leuchten dennoch immer wieder die Seele und das Licht der sittlichen Welt auf.

Stufen des Bewußtseins. Die Pflanze, das Tier, der Mensch. Wie könnte das vollständige Bewußtsein, das Wissen sein?

Hebbels Tagebuch: «Der Mensch ist ein Blinder, der vom Sehen träumt.» – «Große Talente kommen von Gott, geringe vom Teufel.» Seine Bemerkung über den aufstrebenden Menschen, der zum Glauben strebt; und den unten verharrenden, der auf ewig unten verharrt. Etwas mir sehr Nahestehendes: «Die Sehnsucht nach Unsterblichkeit ist der fortbrennende Schmerz der Wunde, die entstand, als wir vom All losgerissen wurden, um als Polypenglieder ein Einzeldasein zu führen.» – «Die Frucht des Baumes ist nicht für den Baum.» Dann: «Die Welt: die große Wunde Gottes.» Sehr aufregend: «Die Freude verallgemeinert, der Schmerz individualisiert den Menschen.» Und ein wunderschöner Fünfzeiler: «Wir Menschen sind gefrorne Gottgedanken, / Die innre Glut, von Gott uns eingehaucht, / Kämpft mit dem Frost, der uns als Leib umgibt, / Sie schmilzt ihn oder wird von ihm erstickt – / In beiden Fällen stirbt der Mensch!»

APRIL Politik: so auffassen, daß die politischen Veränderungen mich von der Politik erlöst und meiner gewohnten Verbannung zurückgegeben haben.

Jede Hoffnung ist paradox, allein schon deshalb, weil sie sich – ihrer Natur gemäß – auf die Zukunft (den Tod) richtet. – Nichtsdestotrotz ist noch nie zuvor so viel Hoffnung in so kurzer Zeit zunichte gemacht worden.

Ungarn hat sich vom Bolschewismus befreit, aber nicht von sich selbst.

Das auffallende Interesse Goethes an einer Notiz Sternes, in der dieser an sich selbst die Frage richtet, ob er wohl «seine Leiden wie ein kluger Mensch genutzt habe».

Enorme Anstrengung für jede Kleinigkeit. Enorme Anstrengung für das geringste bißchen Vernunft. Ein Abgrund trennt unser Leben vom Leben.

Ich weiß gerade genug über den Menschen, um – wenigstens in dieser Hinsicht – ruhig sterben zu können.

Vorübergehend verbirgt man dahinter, daß man so klug ist, geschickt, wie dumm man eigentlich ist.

MAI Schwere Depression. Wohltuend. Die Freude an der Zerstörung, diese eigenartige Befriedigung, auf seine Art sogar Glück. Denn Unglück ist letzten Endes natürlich Glück. Insofern es sich nämlich genießen läßt. Auch am Unglück haftet Libido.

Die erschrockenen Augen der Kranken; Augen, die nicht sehen, sondern da sind, gesehen zu werden; Augen, die, als seien es Eingeweide, zu einem stummen, heimlichen und seltsamen Ausdrucksmittel geworden sind.

Gestern die «Todesfuge» abgetippt. Während des Tippens ist dieser wundervolle Text immer wundervoller geworden: Nicht ein einziges Wort darin ist Verrat, das Gedicht entzieht sich vollkommen jeder Konvention, es geschieht wie ein Ereignis, das deshalb rein ist, weil es im Grunde nicht zu beeinflussen ist; tief und bedrohlich verbirgt sich in ihm das Verhängnis, das mit der Genauigkeit eines Uhrwerks eintritt, mit sicherer Hand niederstreckt und damit die tödliche Beruhigung bringt.

Die peinlichste Erfahrung moralischer und geistiger Menschen, daß ihnen von unmoralischen und geistlosen Menschen ständig Belehrungen über Moral und Geist zuteil werden. Andererseits können sie darin zweifellos eine gewisse Rechtfertigung ihres Daseins sehen – solange sie es aushalten.

JUNI Mein «Kaddisch» ist erschienen. Kühle, Stille. Äußere Angelegenheiten. Schnitzler-Übersetzung. Beklemmende Ahnungen, Anarchie, Wahnsinn, Tod. Salvador Dalís bis aufs Blut gepeinigte Körper, zerquetschte Knochen, deformierte Schädel, entstellte Gestalten. Ringsum brodelt glühendes Grauen. Gewissensqualen, Lebenssünden usw. Kurze Nächte. Zweifel, sinnloses Umherschauen. In meinen Adern kreist die Angst.

Die beiden großen Metaphern des 20. Jahrhunderts: das Konzentrationslager und die Pornographie – beide unter dem Aspekt des totalen Ausgeliefertseins, der Versklavung. Als wende die Natur dem Menschen und seinem Fortbestehen jetzt ihre unheilvolle Seite zu, indem sie die menschliche Natur radikal enthüllt.

Die Bibel kann man gut verstehen ohne die Geschichte, aber die Geschichte niemals ohne die Bibel.

Begabung verpflichtet zu Opfern im Dienst der Unbegabten. Die diskrete Scham der Begabung. Das Sühneopfer, das der Begabung als anhaltende Pflicht auferlegt ist. Entschuldigungen, Ausflüchte, Euphemismen.

Wir sollten uns darüber im klaren sein, daß der Totalitarismus, die Herrschaft über Massen, materielle Güter und Seelen eine Erfindung der Kirche ist. Falls das jemand für eine Übertreibung hält, nun gut, dann lassen wir es bei dem Begriff Abbild.

Wie weit entfernt bin ich von meinem Reden, meinem Tun, vom Reden anderer, von meinem Leben, vom Leben anderer, vom Leben!...

Davon, daß wir «auferstehen»: da ich doch noch nie gelebt habe. Davon, daß es ein Leben im Jenseits gibt: da ich doch in dieser Welt noch nie gelebt habe. Davon, daß unsere Seele unsterblich ist: da ich doch nie im Besitz weder meines Verstandes noch meiner Seele war. Ich, das ist irgendein Zwischenzustand, ein Sichfügen – sonst nichts. Oder doch noch etwas: Ausgeliefertsein. – Und damit Schluß und aus.

Aus dem 2. Satz der c-Moll-Sonate (op. 111): jene Stelle, wo das Thema («Wiesen-grund») entschwindet, wo es entflohen ist, wo es fehlt und das Klavier ohne es auszukommen versucht: vegetierend, sich mühsam fortschleppend, melancholisch träumend im nächtlichen Mondschein usw. Dann, als die Entbehrung nahezu unerträglich ist, kehrt es mit mächtiger Kraft zurück, um kurz darauf zu sterben. Wer schreibt heute so etwas? Und warum nicht? Fehlt einfach die Begabung, oder sind Gefühl, Schicksal und Wahrheit endgültig ausgestorben?

Erst jetzt zeigt sich das Geheimnis der Diktatur wirklich. Die Unsicherheit, der Unverstand, das Warten, die Kopflosigkeit der Menschen: Der Befehl kommt nicht. Und sobald es dann sicher erscheint, daß er nicht kommt, werden sie wild: Voller Haß fallen sie übereinander her, rauben und morden, sind zügelloser als zu Zeiten der Diktatur – und noch weniger frei.

Was man das Thema – eines Roman, einer Erzählung – nennt, überwältigt den Menschen wie eine Infektion: Er bekommt sie, ein paar Tage bleibt ungewiß, ob die Krankheit ausbricht, er versucht, sie abzuwehren, aber eines Tages wacht er auf, und sie hat sich seiner bemächtigt.

Márai: «Der Weg zurück – aus der Zivilisation – ist viel kürzer, als man glaubt.»

Die selbsterlassenen moralischen Gesetze, an denen der Mensch ununterbrochen scheitert wie ein Springer an der zu hoch liegenden Latte; und in der Folge diverse Verstauchungen und Knochenbrüche, Verdruß, Frustration, «Unbehagen»*.

Márais Tagebuch, die Seiten zu 1944: «Am dritten Juli morgens halb zehn beginnt der Luftangriff, der von allen bisherigen der schwerste ist» – an diesen Luftangriff erinnere ich mich genau. Diese Morgenstunde war mir in der zum Ghetto umfunktionierten Ziegelfabrik von Budakalasz (vielleicht meines fortwährenden Hungers wegen) längst wie Mittag erschienen. Mit ein paar anderen war ich auf eine längs des Zaunes verlaufende kleine Anhöhe geklettert, und von einem relativ hoch gelegenen Punkt dieses kleinen Erdhügels aus sahen wir, was in der Ferne geschah. Es geschah, was Márai beschrieben hat: «Der Himmel ist jetzt wirklich wie eine Eisbahn, von Schlittschuhkufen mit launischen Linien vollgekratzt, oder wie ein Spiegel, in den betrunkene Hände mit einem Diamanten krumme Linien geritzt haben. In großer Höhe blitzen manchmal ein paar Dutzend silberflüglige, schmetterlingsgroße Maschinen im Sonnenschein auf. Zwei Stunden lang dröhnen die Maschinen... Wenn man jetzt nach Budapest fährt, ist es, als liefe man in ein brennendes Haus» usw. Márai fährt von Leányfalu aus mit der Vorortbahn, der HÉV, in die Stadt: «Unterwegs fährt der Zug an der Ziegelei von Budakalasz entlang. Siebentausend Juden aus der Um-

* im Original deutsch

gebung von Pest warten hier zwischen den Trockenschuppen für die Ziegel auf ihre Deportation. Auf dem Damm stehen Soldaten mit Maschinengewehren.» – Ich weiß nicht, warum mich schlagartig noch nachträglich dankbare Freude darüber ergreift, daß Márai mich erblickt hat. Er war vierundvierzig, ich vierzehn. Er erblickte zwischen den Trockenschuppen der Ziegel das Kind mit dem gelben Stern und wußte, was dieses Kind damals nicht wußte: daß es schon bald nach Auschwitz abtransportiert würde. All das schrieb er – was sonst konnte ein Schriftsteller tun – in seinem «Tagebuch» nieder (und dieses «Tagebuch» ist, nebenbei bemerkt, der reinste, umfassendste und wichtigste geistige Abdruck dieser Zeit). Was bedeutet all das? Es ist so schwer zu deuten wie eine eigenwillige Sternenkonstellation. Dennoch, ich fühle darin ganz entschieden einen tiefen, von uns beiden unabhängigen Sinn, der in einem langsam größer werdenden Kreis leise ausstrahlt, so wie eine Radiowelle im Äther, die im allgemeinen Lärm außerordentlich schwer zu empfangen, trotzdem aber existent und unauslöschbar ist.

Ich sah die Auflösung des Lagers Buchenwald 1945, den Ausbruch des roten Greuels 1948, seinen Zusammenbruch 1956, seinen Wiederausbruch 1957 usw. Immer das gleiche Schauspiel! Es wäre ein Fehler zu glauben, daß es sich nur um den Bankrott des sogenannten kommunistischen Reiches handele und nicht um den der ganzen Menschheit. Um den von Moral und Rationalität. Denn dieses Reich bestand siebzig Jahre; seine Existenz (wie auch die jenes anderen, zwölf Jahre dauernden Greuelreiches) zeugt davon, daß Unvernunft, Chaos, Terror und menschliches Dahinvegetieren auf niedrigster Stufe über Jahrzehnte möglich sind. Lager, Mord, allgemeine Psychopathie, Erniedrigung, Repression – und all das als alltägliche Praxis, während Menschen lebten und geboren wurden, zwei Generationen einfach vergeudet, auf den Misthaufen der Geschichte geworfen wie irgendwelcher Abfall. Und vor allem: Nur weil der Bolschewismus untergegangen ist, müssen wir noch nicht denken, daß das Scheitern des sogenannten Sozialismus nicht das größte generelle menschliche Fiasko das Jahrhunderts ist.

Der Modeschriftsteller der sechziger, siebziger und noch der achtziger Jahre, ergraut, unsicher, klagend. Wie er vor dem Bücherzelt saß und auf Publikum wartete, das von ihm Bücher signiert haben wollte, das Publikum aber ausblieb. Er werde verhungern, beklagt er sich. (Ausgerechnet bei mir.) Ihm fehlen die Wohlfahrtsinstitutionen der patronalen Schreckensherrschaft, der Quell staatlicher Preise, der für ihn ständig sprudelte, die zentrale Kritikbehörde, die behördliche Kritikernomenklatur, das zum Schriftsteller Ernannt- oder Nicht-ernannt-Werden, die ganze widerliche gestrige Welt, auf die, wer weiß, eine noch widerlichere, aber wenigstens eine andere folgt. Jetzt erst merkt er, auf wie festem Boden er in dieser gestrigen Welt stand – auf so festen Fundamenten, daß er sogar eine kritische Haltung ihr gegenüber einnehmen (oder vortäuschen) konnte: An der Armierung der asiatischen Panzer zerplatzte das kritische Wort wie eine faule Frucht, er aber konnte Befriedigung darüber empfinden, die Mispel doch geworfen zu haben und sich dennoch nicht um seine Existenz sorgen zu müssen. Jetzt dagegen empfindet er aufrichtig zitternd Furcht.

Auch wenn der «Kommunismus» nur als geistige Verrenkung (auf jeden Fall mit Leichenbergen so hoch wie der Mount Everest) zu betrachten ist, waren die vergangenen vierzig Jahre doch Wirklichkeit, Realität, Zeit und Schauplatz meines Lebens. Heute verstehe ich kaum noch, daß ich aus- und durchgehalten habe; mir sogar einen geistigen Lebensraum geschaffen habe, als würde um mich herum nichts geschehen, unempfindlich der materiellen und geistigen Armut, blind der Gefahr gegenüber. Was hat mich geleitet? Am ehesten wohl der Instinkt; so wie Ameisen marschieren, mit einem ihnen unbegreiflichen Ziel und unbegreiflich sicherer Orientierung.

Eine interessante Frage, warum der Zeitgeist nie zusammenfällt mit dem großen geistigen Prozeß; und warum er sich, wenn die Zeit vergeht, plötzlich doch in den großen geistigen Prozeß einschaltet – das heißt das, was an Geist von ihm übriggeblieben ist.

Warum ist alle Gegenwart so verzerrt und verlogen?

Zur Erklärung ihrer Depressionen nehmen die Menschen zu den unterschiedlichsten Lügen Zuflucht. Für meine Depressionen ist die Wahrheit vollkommen ausreichend.

Ich lebe nicht radikal genug. Ich lebe, als erwarte mich ewiges Dasein und nicht völlige Vernichtung. Das heißt, ich lebe in der Knechtschaft meiner Zukunft und nicht in der unendlichen Freiheit meiner Sterblichkeit.

Die Todesangst ist ein Gefühl, das dich wohlwollend darauf aufmerksam macht, daß du nicht genug an den Tod denkst.

Tage, die ausschließlich der Kontinuität wegen vergehen. Der Mensch müßte nur die erfüllten, inspirierten Tage erleben und dazwischen, in den Zeiten der Finsternis, tot sein, bis das Lebensfieber ihn wieder auftreibt. Das wäre ein schönes Leben, aber vermutlich recht anstrengend. Und im Grunde auch eintönig.

Die Langeweile ist das Salz des Lebens.

Die Zustände, die Stadt, das Land. Die Umgebung fängt an, so bösartig zu sein wie ein Hund, der schon Tollwut in sich trägt.

15. JULI Ein plötzlich aufsteigendes, beinahe schmerzliches Gefühl von Freundschaft beim Anblick einer alten Photographie von Camus. Es drängt mich beinahe, ihn zu umarmen. Die Zeit, als mein Bewußtsein erwachte, den ganzen Zeitraum meiner Wandlung hat er als einer meiner Erzengel begleitet. Meine ganze stumme, ausschließlich auf mich selbst gerichtete «Revolution» ...

Wenn Darwin recht hat, müßten bald jene Tiere zum Vorschein kommen, die sich von Kunststoffen und strahlenverseuchten Abfällen ernähren. Anfangs sind es vielleicht Viren, später dann Bakterien, die sich rasch zu wohlgenährten Ungeheuern entwickeln. Welch eine Welt wird das!

Artikel von Agnes Heller, dem zufolge Auschwitz «nicht in die Geschichte integrierbar ist». Eine logisch-syntaktische Absurdität. Schließlich ist die Geschichte kein natürlicher Organismus, sondern eine Konstruktion, noch dazu eine Konstruktion des menschlichen Geistes. Wenn Auschwitz also nicht in die Geschichte integrierbar ist, liegt der Fehler nicht bei Auschwitz, sondern bei der Geschichte.

Der Soldat in der Straßenbahn. Eine kleine, fette weibliche Hand, um das Handgelenk eine Goldkette, an den Fingern Ringe, am kleinen Finger ein auffallend großer goldener Siegelring. Winzige Augen, aufgedunsenes Gesicht, Schnurrbart (eine etwas komische Art von Schnurrbart), niedrige Stirn. Der Sadist war ihm anzusehen. Rangabzeichen eines Unteroffiziers. Mit dem goldenen Siegelring wird er in seiner staatlichen Empörung in ein Gesicht schlagen, in einen Mund, aus dem sofort breit und unaufhaltsam Blut zu fließen beginnt. Ich rätsele herum, bei welcher Art Institution er «Dienst» tun könnte. – Ob es auch nur einen auf der Welt gab, der – wenn auch nur einen einzigen Augenblick lang – bis auf den Boden des Abgrunds gesehen hat, was Wissen über den Menschen bedeutet?

Der Mensch wird zufällig geboren, führt ein zufälliges Leben und stirbt gesetzmäßig.

Die Wichtigkeit von Traditionen. Es genügt nicht, irgendwo nicht hinzugehören, wir sollten auch möglichst genau wissen, wohin wir nicht gehören.

Letztlich ist es recht merkwürdig, daß ich vierzig Jahre lang eine Denkweise bewahrt habe, die merkwürdig deswegen ist, weil sie nicht dem Wesen nach, nicht bis ins Mark verlogen ist.

Das Verhältnis, die Bindung, die der Mensch zum eigenen Leben, zu den wichtigsten Personen in seinem Leben hat. Daß das Abenteuer immer etwas oder jemand anderes zu sein scheint, als gründete unsere Freiheit nicht in den wichtigsten individuellen Lebensaufgaben, nicht in den Pflichten gegenüber uns wichtigen Personen, nicht in der Moral, sondern in dem «Anderen», dem Vorgestellten, in dem, was nicht ist, schlimmstenfalls in der verhängnisvollen Lebensverfehlung. Es ist ein eigenartiges Spiel der Natur, unserer der Monotonie entspringenden Gereiztheit, der menschlichen Unstetigkeit. Andererseits verbirgt sich in der unergründlichen menschlichen Natur selbst etwas Abenteuerliches, dem wir bedingungslos folgen, bedingungslos gehorchen müssen, allem Schmerz, aller Treulosigkeit zum Trotz.

Den Tod üben, *ein*üben. – Wie? Vor allem immer *vom Tod her* (von jenseits des Abgrundes her) schreiben. – In dieser Beziehung bin ich einen Schritt voraus, denn in Osteuropa erzieht das *Leben* zum Tod.

Manchmal überwältigt mich der Genius loci dermaßen, daß ich monatelang am Tisch sitze, mit hängenden Schultern und gesenktem Kopf.

SEPTEMBER Die Landzunge von Badacsony, am Berghang die zotteligen, aber ebenmäßigen Kerzen der Pappeln. Sich entfernende, ins Blau verlierende Bergkegel. Der unerklärliche Gegensatz zwischen der Schönheit und der menschlichen Welt. Die Natur, dieser geschundene, stumme Elefant, der uns immer noch geduldig auf seinem Rücken trägt. Die beklemmende Fülle des Lebens zwischen den im Dunst der Nachmittagssonne liegenden Rebstöcken und Wiesen.

Die Tat, *die* Tat, deren Versäumnis einen beinahe metaphysischen Schatten auf das Leben wirft. Das große, große Schuldbewußtsein Kafkas der versäumten TAT wegen: Ist das «Auswandern» nicht diese Tat, *die Tat*? (Vgl. dazu alles mögliche, hauptsächlich das Motiv des Auswanderns in «Das Schloß».) – Die Charakterfestigkeit, der ethische Stolz und die Sprödigkeit bei Márai und Thomas Mann: Ist das Auswandern nicht die Basis dafür? – In Osteuropa besteht das ethische Problem für mich als Individuum nicht darin, ob ich mich einer geistigen Strömung anschließen und welche ich wählen soll, denn ganz gleich, welche ich wähle, ich kann nur das Morden und Mordenlassen wählen, noch dazu das sinnlose Morden und Mordenlassen; das ethische, das wirkliche Problem besteht hier für mich als Individuum darin, ob ich auswandern oder hier bleiben soll, und mit der Zeit nimmt es metaphysische Ausmaße an und bildet das einzige echte Motiv im Hintergrund jedes Schuldbewußtseins.

Um dauerhaftes Unheil anzurichten, sind langwierige und beharrliche Anstrengungen erforderlich: Tocqueville.

Eine langweilige Studie, die von der ganz und gar irrigen Auffassung ausgeht, das Leben sei wichtiger als die Kunst.

Es gibt keine romantischere Figur als den denkenden Menschen. Denn das Denken ist nicht nur selbst- und gemeingefährlich, nicht nur eine jede Leidenschaft ersetzende Leidenschaft, abenteuerlicher als jedes Abenteuer und jedem Glauben an Innerlichkeit überlegen – sondern obendrein auch noch über die Maßen unüblich.

Die Marquis-de-Sade-Mode. Seine Bücher, die Masse der Vor- und Nachworte. Für mich ist das einzig Interessante, daß im sogenannten Bösen der Infantilismus die absolute Dominanz hat. Als erfordere das positive und bedeutsame ethische Weltbild eine reifere, männlichere Beschaffenheit und Hirnmasse. Bei den politischen Projektionsformen der Kriminalität obwaltet der gleiche Infantilismus, was bei sämtlichen Usurpatoren ganz augenfällig ist. Das Universum des Demiurgen, das heißt de Sades, ist, in seiner Quintessenz, Auschwitz. Nur daß die Erbauer von Auschwitz im allgemeinen keine Lust empfanden und ungeheuer wenig SS-Soldaten mit «aufgerichtetem Geschlechtsorgan» herumliefen. Sie waren eher Gejagte und Jäger, Opfer einer konkreten und metaphysischen Treibjagd, keine Hedonisten; das Material, das bei ihnen hätte Orgasmen auslösen können, war jämmerlich. Wenn wir überhaupt versuchen wollten, uns de-Sadesche Orgien vorzustellen, haben wir uns ein Gemisch aus Dreck, Gestank, eiternden Wunden, Blut und Kot vorzustellen, das in seiner deprimierenden Realität höchstens Geisteskranken Lust bereitet, aber nicht zu einer grauen- und ekelerfüllten Teilnahme bewegen konnte. Die Welt de Sades ist eine rein ästhetische Welt, die Realität von Auschwitz dagegen eine unvorstellbare Welt, eine Welt, die sich nur mittels der ästhetischen Phantasie vorstellen läßt – was wiederum zum ästhetischen Orgasmus führt. Seltsam, wie der Mensch hin und her schwankt zwischen Realität und Phantasie; für den Sündenfall der Phantasie büßt er am Ende mit dem Ekel vor der Realität, und für die Ekelhaftigkeit der Realität sucht er Trost in der Phantasie. Ich kann nicht glauben, daß in der kreativen Aktivität ethischer Phantasie nicht mindestens eine solche Befriedigung steckt wie in der Ermordung eines vierzehnjährigen Kindes unter ausgesuchten Qualen und bei « aufgerichteten Geschlechtsorganen». Jedenfalls ist es Kennzeichen des gesunden Geistes, daß er keines von beiden: weder die Ethik noch die losgelassenen demiurgischen Vorstellungen für Realität hält, sondern lediglich für Spiele der Phantasie, die im übrigen immer irreal ist, weil sie ein statisches Weltbild erzeugt. Auf die göttliche Schöpfung ist Auschwitz die Antwort, auf Auschwitz dagegen Pater Kolbe und der Herr Lehrer. Auf das Göttliche und das Demiurgische ist unser Leben die Antwort, unsere Existenz als Zeugnis, unser Leben als ein Dasein für irgend jemand oder irgend etwas, das Durchleben der Existenz für eine gleichsam außerhalb der Existenz liegende Erfahrung – wie auch immer wir den Repräsentanten dieser Erfahrung nennen, ob Gott, kollektives Bewußtsein (oder Unterbewußtsein) oder wie wir wollen. In dieser Hinsicht – und nur in dieser Hinsicht – könnte der Spruch lauten: «Alles ist gut.»

10. OKTOBER Aus dem Wahnsinn kommen wir, Wahnsinn umgibt uns und auf Wahnsinn steuern wir zu; ist der Tod nicht in einem gewissen Sinn der Wahnsinn des Körpers? Und der einzige Augenblick der Rationalität nicht das Leben selbst?

Vorgestern in der Straßenbahn der Clochard, die perfekte Beckett-Figur. Der Hut ohne Krempe, mehrere Schichten lumpiger Kleider, ein schmutziger (blauweiß karierter) Schal, die Jackentaschen, die beiden Einkaufstaschen, aus deren einer er Weintrauben aß, sie einzeln von der unsichtbaren Traube pflückend; im übrigen ziemlich gut genährt, ein gesundes Äußeres,

eine sichtlich nicht in ihrem Selbstwertgefühl gestörte Seele, unbeschreibliche Schuhe; fast im Ton gebildeter Leute fragte er: «Sagen Sie bitte, ist das die Straßenbahnlinie 59?» Seine knorrigen Hände waren pausenlos in Bewegung, tasteten herum, sortierten die Jackentaschen um, fischten aus der Innentasche ein paar Geldscheine, ein, zwei Hunderter und einen Fünfziger, steckten sie zurück, dann kam ein riesiges Messer mit offener Klinge aus der Einkaufstasche zum Vorschein, das er – so, geöffnet – in die innere Jackentasche umplazierte usw. Er schien nicht unzufrieden zu sein.
Ein Mensch, der der gegenwärtigen menschlichen Welt nicht folgen kann. Außerhalb des «herrschenden Geistes», fern von Technik und Ideologien, von Gegenwart und Vergangenheit: Er bewahrt eine ewige Lebensform, gezwungenermaßen, am Rande der Gesellschaft. Es geht nicht darum, ob er recht hat oder nicht, es soll nicht vom schwachen Moment des gerührten Herzens berichtet werden, sondern von der tiefen, abgründigen, spaltenden und katastrophenträchtigen Verlogenheit und Ungleichheit der Welt – nicht auf der Ebene der Moral oder des materiellen Niveaus, sondern einfach des Geistes, des Bewußtseins. Man könnte leicht zu irgendwelchen Tolstoischen Schlußfolgerungen kommen, aber die Zeit, da Mahnungen noch fruchten konnten, ist abgelaufen und vergangen und der erhobene Zeigefinger zum Anachronismus geworden; was bleibt, ist die stumme, kopfschüttelnde Verwunderung, das flüchtige Nicken zwischen zwei Atombomben, Massenmorden oder ähnlichem.

Die Stadt, durch die ich jeden Tag mit gesenktem Kopf haste, ohne mich umzudrehen, nur nach dem Loch suchend, in dem ich mich möglichst rasch verkriechen kann und erleichtert aufatmen, daß ich dem Phantom des sogenannten Lebens hier, das mich verfolgt, entkommen bin, auch heute wieder entkommen bin...

«Die Nichtwissenheit wissen / ist das Höchste. / Nicht wissen, was Wissen ist, / ist ein Leiden. / Nur wenn man unter diesem Leiden leidet, / wird man frei von Leiden. / Daß der Berufene nicht leidet, / kommt daher, daß er an diesem Leiden leidet; / darum leidet er nicht.» Laotse – ein Geschenk von Gábor Karátson. Und eigentlich hat es mich, wenn auch nicht gerade auf die Quellen der chinesischen und hinduistischen Weisheit, so doch auf das Geheimnis gestoßen, das diese Quellen möglich gemacht, sie zum Sprudeln gebracht hat. Sie entstammen einer Gesellschaft, in der es keine Dynamik, keine Revolution und keinerlei Problematik gab – einfach deshalb, weil es nicht üblich war, über solche Dinge nachzudenken. Soweit Denken in diesen Gesellschaften überhaupt geübt wurde, so wurde über Leben und Tod nachgedacht. In dieser Hinsicht komme ich der Weisheit näher, da ich in einer Gesellschaft lebe, deren Dynamik offenkundig der Wahnsinn und damit einhergehend die Vernichtung ist; in einer Gesellschaft, der man nur den Rücken zuwenden kann, zuwenden muß, wenn man in ihr lebt. Leben bedeutet hier, an den Tod denken, an den Tod als Befreiung. Doch das muß auf dem Weg der inneren Bereicherung geschehen, durch Gifte, die nicht zerstören, sondern inspirieren, die nicht betäuben, sondern erwecken, nicht blind machen, sondern sehend, *klar* sehend.

Ob es Gott gibt oder nicht, ist keine Frage. Der Mensch darf auf jeden Fall nur in der Weise leben, als gäbe es ihn.

Eine nächtliche Verbindungssuche mit meinem «Unbewußten»: Es schwieg. Nur ein wirrer, unerfreulicher Traum entstand, ein chaotischer, apokalyptischer, depressiver kleiner Traum. – Gestern ein unangenehmes Abenteuer im Autobus, eine grobe Rüpelhaftigkeit eines etwa zwanzig, fünfundzwanzig Jahre alten, sportlich gebauten Mannes, die ungestraft blieb. Die Moral der Geschichte: Nicht nur Gott ist tot, es gibt auch keine Schaffner mehr. – Der entfesselte Pöbel, auf die Reste von gesundem Geist und gesellschaftlicher Disziplin losgelassen. Gesichter, wie ich sie noch nie sah. Eine Verbitterung ist in ihnen, als habe man sie im Büro des Beelzebubs als Kesselheizer für die Hölle eingestellt und von vornherein zu so aussichtslosen Bedingungen, daß nur noch die Verdammten, die über den von ihnen zum Lodern gebrachten Flammen in den Kesseln schmoren, in einer aussichtsloseren Lage sind: An ihnen rächen sie sich nun für die glühende Hitze, die unter ihren eigenen Sohlen brennt. Que diable allait-il faire dans cette galère? Mein Ideal ist ein hagerer Mann – sagen wir Duchamp –, den außer einer Manie (in seinem Fall das Schachspiel) und der äußersten Genauigkeit des Ausdrucks nichts mehr interessiert, er geht keinen Zerstreuungen nach, beschränkt sein Leben auf ein Minimum, hat keine Freunde und kein Seelen- und

Geschlechtsleben, alle seine Bewegungen werden von anarchischer Zweckdienlichkeit beherrscht. Doch auch er hat für erforderlichen Luxus gesorgt, der – minima ratio – für den Künstler, den schöpferischen Menschen anscheinend unerläßlich ist: Er lebt nicht in Europa – geschweige denn in Osteuropa! –, sondern in New York.

Die verhängnisvolle, die unheilbare Verwundung des modernen Menschen in der Musik: erstmals bei Beethoven. Die Quartette, die Sonate (op. 106) usw.
Das Ganze hat sich in den Tod gewendet. Hier so, anderswo anderswie. Die Beethovensche Verwundung auf den Tod bei Ady, bei Krúdy. Der selbstmörderische Charakter der Welt schreibt dem vernunftbegabten Geschöpf – dem Menschen – seine verhängnisvolle Aufgabe vor.

Kultur bedeutet Universales, Geistiges, Wirkliches, Lebendiges. Leben jenseits von Kultur, Leben in Nichtkultur bedeutet vereinzeltes, tragisches, zerrissenes und absurdes Leben, stilloses Leben, den Scheintod, dem rasch der wirkliche folgen kann.

26. OKTOBER Nach Tagen voll schwer depressiver und destruktiver Gedanken gestern abend ein leichter, aber schockartig wirkender Unfall. Auf dem Weg zur Straßenbahn rutschte ich im Lauf aus, die Beine vorneweg, und schlug auf den Rücken. Sekundenlang bekam ich keine Luft, die Rippen knackten bedrohlich. Interessant, daß ich den Kopf beim Fallen in die Höhe hielt:

Sollte der Unfall also eine Folge selbstzerstörerischer Tendenzen gewesen sein, so kommt darin andererseits eine lebensbejahende, konstruktive Tendenz zum Vorschein. Und wirklich muß ich den Unfall so betrachten wie einen Traum, nachdem ich mein Fatum, mein «Unbewußtes» seit Tagen und Wochen vergeblich befrage: Jetzt hat es geantwortet. In der Tat empfinde ich neben dem Schmerz Erleichterung, sogar große Erleichterung. – Heute Taxifahrerstreik, zu Fuß die ganze Mártirok-Straße entlang, vor den Geschäften Menschenschlangen, Chaos, Unsicherheit, einige unsinnige Gebärden, Beklommenheit, Erwartung, die Stimmung ähnlich wie in jenen wenigen «luftleeren» Tagen des Jahres 56. Doch interessant, inmitten drohender Anarchie und Wahnsinn erscheint mir das Leben jetzt endlich als *Wirklichkeit*, nach über vierzig Jahren totaler Künstlichkeit. Die vier apokalyptischen Reiter sind deutlich am Horizont zu erkennen: Sie steuern *tatsächlich* auf uns zu.

29. OKTOBER Wird man es werten, daß in den drei Tagen des Streiks keine einzige ideologische Parole gefallen ist, weder eine rechte noch eine linke? Bestimmt wird man es nicht werten, denn der Gegenangriff, der Gegenschlag wird ideologisch sein, und zwar von rechts. Sie werden dann wieder die «Nation» vorschieben, sie, die nicht das geringste von den Selbstheilungs- und Selbstreinigungsprozessen der Nation verstehen. Die Menschen brauchen Einfachheit, Brot, Solidarität und Lachen.

16. NOVEMBER Jeder Tag, an dem die Welt noch nicht zusammenbricht, läßt sich als ein Gewinn betrachten, wenigstens was meine Arbeit angeht («Die englische Flagge»). – Die Gesichter der Vögel, wie sie auf dem Fenstersims fressen, diese komischen, im Grunde freundlichen und sympathischen Gesichter. Ich muß nur ihre Gier beobachten, um zu spüren, wie verwandt sie mir sind, um zu erkennen, was in ihnen, wie gleichermaßen in allen Wesen, waltet. Das Leben ist es, in allen von uns waltet das Leben, es jagt und treibt uns alle. Was diese Kraft betrifft, braucht man keine Zweifel zu hegen: Sie ist unzerstörbar. Zerstörbar bin nur ich, dieses überaus fragwürdige Gebilde, in dem – in meinem Fall – die Kraft Gestalt angenommen hat, rein zufällig oder vielmehr weil es sich so ergeben hat; die Zerbrechlichkeit des Individuums steht ganz offensichtlich im umgekehrten Verhältnis zur Lebenskraft; Lebenskraft, die zu groß ist, fegt ihren Träger fast davon, so wie Energie den eigenen Kern aufzehrt.

9. DEZEMBER In einem gewissen Lebensalter einsehen, daß Selbstzerstörungstriebe infantile Strebungen sind; von dem Moment an stellt sich die Frage der Würde – und selbst schreiben dürfte man dieses Wort eigentlich nur insgeheim und in codierter Schrift; ich verstehe darunter aber lediglich die positive Entscheidung, am Leben zu bleiben, weiter nichts – das heißt zudem lediglich noch, was die positive Entscheidung, am Leben zu bleiben, mit sich bringt.

Ich habe ein Buch gekauft, in dem das sogenannte Problem der «Volkstümler-Urbanisten» in Ungarn erörtert wird; es ist so exotisch, so fremdartig für mich, als läse ich – sagen wir – ein Fachbuch über das Geschlechtsleben der Elefanten. – Stille Zufriedenheit darüber, daß ich in meiner Heimat ein vollkommener Fremder bin, ein Fremder unter den Menschen, ein Fremder in der Welt. Ich erfülle meine Aufgabe als Abgesandter einer anderen Welt – wobei ich über diese andere Welt nichts Genaueres weiß: nur so viel, daß sie nicht existiert.

Der Fall Immanuel Kants, der sich als Privatgelehrter zweimal um eine ordentliche Professur an der Königsberger Universität bewarb und beide Male abgelehnt wurde. Man soll hier nicht die banale Parabel, sondern das Maßgebende daran erblicken. Wenn Immanuel Kant einen philosophischen Lehrstuhl innehätte, was sollte dann der Lehrstuhl-Nachbar anfangen? Richtig also, daß man ihm keine Professur gab, doch man hat zugelassen, daß er zu Hause seine «Kritik der reinen Vernunft» schrieb. Die Praxis dieses Jahrhunderts ist demgegenüber bereits ganz entschieden eine Übertreibung: Er würde keine Professur bekommen und zudem in ein Lager gesteckt oder einfach umgebracht werden.

15. DEZEMBER Mein absurdes und ausgeliefertes Leben ist weder verstehbar noch durchschaubar. Es ist von vitalem Elan angetrieben, und meine sogenannte Persönlichkeit versucht zu steuern; doch von wem oder wodurch es dann ins Joch gespannt wird und wozu letztendlich, das bleibt ein Rätsel. Und die Kluft zwischen mir und mir wird größer und größer.

Thomas Manns Tagebücher: Chronik statt Selbstprüfung, genauer: Chronik *als* Selbstprüfung.

Eine neuerdings wieder zu beobachtende Anschauungsweise, die übrigens immer in Zeiten katastrophaler Umwälzungen Auferstehung feiert: der defätistische Optimismus.

Ein Satz Ciorans, für dessen Wahrheit ich mit meinem Leben bürge: «Jedes Buch ist ein aufgeschobener Selbstmord.»

Meine ständige Hast, wie einer, der trachtet, so schnell wie möglich sein Leben zu tilgen, es hinter sich zu wissen. Die peinigende Außenwelt. Tagelang schleppe ich einen Brief in der Aktentasche herum, um nicht auf die Post, unter Menschen gehen und Schlange stehen zu müssen. Mein Leben ist Vermeidung von Leben, nichts als Flucht und Verstecken, Illegalität und Protest. Was kommt darin zum Ausdruck? Das uns in einem Gewaltakt aufgezwungene Dasein, dieser durch ein absurdes Attentat zustande gekommene, unfaßbare und vor allem *widernatürliche* Zustand. – Das Leben ist widernatürlich. Es soll jenen Kräften überlassen werden, die es *wollen*, die die Macht wollen, das heißt, die das Leben zerstören wollen, den biblischen Beelzebuben, die auf die Oberflächenpalette des Lebens in den verschiedenen Tönungen des Faschismus erscheinen (von Rot bis Grün* und umgekehrt) und die man, medizinisch betrachtet, als Wahnsinnige, als Paranoiker zu bezeichnen pflegt. Sie werden ihre Arbeit verrichten, wie es in der Apokalypse für sie vorgeschrieben ist. Und wir übrigen schauen zu, wie alle und alles, was wir lieben, vernichtet wird, um unseren eigenen Kopf danach leichter vor dem Galgen, vor dem Schlag der Weltkatastrophe beugen zu können.

Kafka *schrieb* von links nach rechts, *zeichnete* aber von rechts nach links. Ist das von irgendwelcher Bedeutung? Ist überhaupt etwas von irgendwelcher Bedeutung? Die Liebe. Sie überlebt. Wie die Schande, wie die Pein.

Ich zweifele nicht an der Unvollkommenheit der Welt. Und das hat eine unglückselige, menschenähnliche Gottheit zu ihrer Bedingung erhoben.

1991. 5. JANUAR Radikale Wege und radikale Irrwege. Das vergangene Jahr hat den Beweis erbracht, daß ich ohne Radikalismus, ohne mir mein Schicksal zu zerstören, nicht leben kann. (Austrittserklärung aus dem Schriftstellerverband.) Als sei Sichwidersetzen die einzige Möglichkeit von Freiheit und Bejahung des Geistes, im eigentlichen Sinne des Wortes verstandenes

* Gemeint ist die konservativ-nationalistische Regierungspartei in Ungarn. (*D. Übers.*)

äußerstes Sichwidersetzen, völlig an den Rand der «Gesellschaft» (in Anführungszeichen, denn was mich hier umgibt, ist nicht einmal eine wirkliche Gesellschaft) drängendes, alles riskierendes Sichwidersetzen, unter Opfern oder, wenn es sein muß, als Opfer. Das Beispiel Thomas Bernhards, der sich in «Heldenplatz», gewissermaßen zum Juden geworden, gegen die zu Banditen verkommenen offiziellen Tugendwächter wendet; das Beispiel Becketts und das Gegenbeispiel Sartres, der auf radikalen Irrwegen wandelte und letztlich im Pferch des Konformismus (wenngleich auch des Gegenkonformismus) landete. Zu allem entschlossen, lebe ich nur so lange, wie mein Leben für mich ein Problem ist; und wenn ich an den Tod denke, fällt mir Schuberts erlösendes Todesgeklingel ein – er wußte über die Freuden des Nichtseins.

Die Geschichte ist anscheinend nichts anderes als der seit Jahrtausenden währende verzweifelte und kontinuierliche Versuch des Menschen, irgendwie dem Wahnsinn zu entkommen.

Es scheint, als brauche der Mensch die Vorstellung, daß, solange er lebt, im Universum irgendwo ein Thron über ihm strahlt und die Administration ohne Unterlaß tätig ist – möglichst im Interesse seines Seelenheils.

Wenn ich «Gott» sage, ist das natürlich bloß eine Metapher, wie übrigens alles, was ich sage, genauer, was ich sagen kann, was sich durch Worte sagen läßt.

22. JANUAR Weltuntergangsstimmung. «Golfkrieg». Ich habe Angst vor Hunden und Menschen. Schwindende Aktivität. Über Foucault: «Das Ich als neue strategische Möglichkeit» (Paul Veyne). «Das Ich als ein Werk betrachten, da es zu schaffen gilt...» – Nicht neu, aber ermutigend, das einzig Ermutigende sozusagen.

«Gott kann man überall finden, selbst in der Kirche»: ein typischer Márai-Satz. Oder: Die neueste Art des Fanatikers ist der korrupte Fanatiker. Weiter: «Der *Mahnruf** muß umgeschrieben werden. Wir haben noch gelernt: ‹Es gibt für dich außer diesem in der großen, weiten Welt keinen Ort...› Die Wahrheit jedoch ist: es gibt für uns keinen Ort außer in der großen, weiten Welt. Das Wort *diesem* kann man weglassen.»

Demütigender als die Niederlage ist nur der Sieg.

Ich weiß nicht, wer das ist, der in mir schreibt, der in mir Schriftsteller ist. Und das ist gut so. Es ist gut so ohne unnötige Anstrengungen, ohne die so häufigen und schrecklichen Neurosen der großen Schriftsteller. – Andererseits: Was ist der, der in mir schreibt, der in mir der Schriftsteller ist, für ein Schriftsteller? Da ich ihn nicht kenne, da er mir, abgesehen davon, daß er mich zur Arbeit treibt, vollkommen gleichgültig ist, stellt sich die Frage nicht. Wenn sie sich aber stellt,

* Zur Nationalhymne gewordenes Gedicht von Mihály Vörösmarty (1800–1855) (*D. Übers.*)

schau *ich* ihn mir an und antworte achselzuckend völlig ruhig: «Keine Ahnung, im übrigen aber auch ganz egal.»

Gott ist Auschwitz, aber auch der, der mich aus Auschwitz herausführte. Und der mich dazu verpflichtet, ja zwingt, über das alles Rechenschaft abzulegen, weil er hören und wissen will, was er tat.

Wenn du dann tot bist, genießt du die Stille.

Die Menschen sind schließlich dazu gezwungen, korrupt zu sein, doch für die Selbstverachtung, die zwangsläufig damit verbunden ist, rächen sie sich immer irgendwann – an jedem anderen.

MÄRZ Die «Rationalisten», das heißt die optimistischen Flüchtlinge (sie fliehen vor dem unverkümmerten Leben, dem Absurden und dem Glauben) werden nie verstehen, daß der bloße Gedanke «historischer Notwendigkeit» ausreichend ist, um zu Auschwitz zu führen. Den Knüppel der «historischen Notwendigkeit», dann aber an der anderen Seite gepackt, läßt Auschwitz sich «nicht rationalisieren» und ist folglich also auch nicht notwendig. – Worte, alles nur Worte, denen jene tiefere Bedeutung fehlt, welche unser Leben ist und damit auch Auschwitz.

3. APRIL Der Tag gestern. Morgens die Korrekturen von «Die Englische Flagge» in den Verlag zurückgebracht. Fesselndes Sonnenlicht, strahlender Himmel, frischer Wind. Im Verlag lauter freundliche Gesichter, Zuvorkommenheit usw. An der Bushaltestelle gegenüber vom Gellért das Mädchen, dem der Wind, ohne daß sie es merkte, den schwarzen Schal davonwehte; ihr Lächeln, als ich ihr den Schal zurückgab. Mittags im Krankenhaus. Meine Mutter wie ein Auschwitz-Muselman. Die brüllende Unterhaltung der alten Frauen auf dem Flur. «Die Juden darf man ungestraft ermorden», schrie mit tiefer, kranker, scharfer Stimme die eine. Zwölf Jahre alt war ihre Tochter, als sie in Auschwitz umgebracht wurde. «Wer hat dafür gebüßt?! Wer?!» kreischte sie immer wieder verstört, aber furchteinflößend, wie eine biblische Matrone. Gespräch mit der dicken, pausbäckigen, etwas orientalisch aussehenden Krankenschwester über meine Mutter. Sie würde nicht essen, und selbst wenn es gelänge, ihr eine Banane hineinzuzwingen – was habe es für einen Sinn? «Was verwertet sie davon? Nichts», sagte sie. Den Beginn des warmen Wetters werde sie kaum erleben, denn in der Maiwärme breche oft der Kreislauf zusammen. Ich klagte, daß ich keine Verbindung zu ihr habe, um ihr beistehen zu können, wie wir «einem Sterbenden beistehen», um ihr Trost zu spenden, ihre Hand zu halten und ihre letzten Worte zu hören: Ich sei einfach machtlos, da die Gehirnsklerose eine Verbindung im buchstäblichen Sinne unmöglich mache. Nach Hause, verschwitzt und verklebt in der U-Bahn. Zwischendurch die abzusendenden Texte photokopiert. Zu

Hause ein Brief von dem amerikanischen Verlag, der «Schicksalslosigkeit» herausgeben will. Wegen meiner mangelhaften Englischkenntnisse habe ich ihn nur halb verstanden und weiß nicht, was ich machen soll. Ich war so erschöpft, daß ich für zehn, fünfzehn Minuten fest einschlief. Es dämmerte bereits. Ich verabschiedete mich von A. und fuhr zurück in die Törökstraße, um noch etwas zu arbeiten. Auf dem Moszkva-Platz verstellte mir ein Mann im wahrsten Sinne des Wortes den Weg. Er schien um die vierzig, aber das Gesicht war voll grauer Bartstoppeln, unter den Augen tiefe Ringe, eine graue Gesichtshaut, ein ungepflegtes, verlottertes Äußeres, ein unruhiger, listiger, aber tief verzweifelter, flehender Blick. Als sei er irgendwie nicht ganz wirklich, sondern eher entworfen, wie die Maske eines Schauspielers, der eine heruntergekommene Pester Gestalt spielt. Seinen lückenhaften Zähnen sah man an, daß sie vor kurzem noch gesund gewesen sind. «Sieh einer an», redete er mich an, «Künstler werden wohl einfach nicht älter»; wie gut ich mich gehalten habe, fuhr er fort, oder irgend etwas dergleichen. Nicht wahr, ich würde ihn nicht erkennen? fragte er, meine Überraschung bemerkend. Wie sehr ich mir auch den Kopf zerbrach, ich war mir sicher, dieses Gesicht noch nie gesehen zu haben. «Und wo haben Sie Ende der siebziger Jahre gearbeitet?» fragte er. So zur Rede gestellt, erschrak ich wie einer, der etwas zu verbergen hat – das Ganze war wie ein Traum. «Wo ich gearbeitet habe?» setzte ich an. «Zu Hause.» – «Na bitte!» erwiderte er prompt und mit unsagbarem Triumph. Er ließ in einer fast erpresserisch wirkenden Weise Anspielungen darüber fallen, daß ich inzwischen ein «großer Künstler» geworden sei und daß ihn das freue, sehr freue. Dann nannte er seinen Namen, von dem freilich nicht klar war, ob es sein Name war, und fügte hinzu, er habe im Ministerium für Verlagswesen gearbeitet. Ich sah ihn genau an und hätte abermals schwören können, ihn noch nie im Leben gesehen zu haben; nebenbei bemerkt, war ich auch nie in der von ihm genannten Behörde. Nun folgte eine verworrene Geschichte, daß er dieser Tage aus dem Gefängnis gekommen sei, was übrigens ganz gewiß stimmte, man sah es ihm an. Das Märchen, warum er gesessen hatte, ist völlig nebensächlich, zum einen habe ich es nicht verstanden, zum anderen war jedes Wort gelogen. «Ich habe mich schließlich eingesetzt für das neue System», sagte er. Ich wollte die entsetzliche Leier nicht hören; daß er, wie er sagte, wegen Hetze gegen die «Volksrepublik» gesessen habe und ähnliche Dinge. Ich wollte nicht wissen, warum er gesessen hat; ich hoffte, aus einem zivilrechtlichen Grund; sollte es ein politischer gewesen sein, dann ist sicher, daß mir dieser Grund nicht sympathisch wäre. Endlich bat er mich um Geld – worauf ich von Anfang an gewartet hatte. Ich war erleichtert. Er ging zum Du über. «Weißt du, du bist kein Kleinbürger», sagte er, «darum bitte ich dich.» Ich sollte ihm zwei Abendessen bezahlen und ein Mittagessen. Enorme Bereitwilligkeit überkam mich, ein fast brüderliches Gefühl, vermischt mit Abscheu. Ich gab ihm 500 Forint. «Gib mir noch einen Hunderter, damit ich auch Zigaretten kaufen kann», sagte er. Ich gab ihm den Hunderter. Er umarmte und küßte mich, ich küßte ihn.

Ich war tief beeindruckt. Gute Wünsche murmelnd stieg ich in die Straßenbahn wie jemand, der einer großen Gefahr entronnen ist. – Der ganze Tag vollkommen traumartig, mit dieser letzten Steigerung zum Abschluß, in der ich auch heute vormittag noch eine tiefere, nicht in Worte faßbare Bedeutung spüre. Als hätte ich an einem Mysterium teilgehabt, als hätte ich – aus rätselhaft unerklärlichen Gründen – plötzlich einen heimlichen Weiheritus durchmachen müssen; und als hätte ich ihn, bescheiden und so gut ich eben konnte, doch bestanden. – Heute vormittag, viel erschöpfter, nüchterner und im Besitz des Abstandes von einem Tag, verstehe ich das Ganze zwar immer noch nicht, empfinde aber das gleiche, mit inniger Dankbarkeit und bescheidener, furchtsamer Zufriedenheit. – Lots Begegnung mit dem Obdach suchenden Engel.

Ich habe von einer Epoche nie etwas anderes geglaubt als das, was ich von ihr gesehen und erlebt habe. Erst jetzt zu merken, daß Menschen bis zum Schluß etwas anderes glaubten, an etwas glaubten, während sie durchmachten, was sie durchmachten, oder daß sie zumindest nicht glaubten, daß sie das durchmachten, was sie durchmachten. Für viele ist so Überleben möglich geworden, sogar Wohlergehen oder vielleicht das Gefühl, über das Leben einen Triumph errungen zu haben; man sollte sich aber klarmachen, daß sie daran auch gleichzeitig verkrüppelt sind. Und diese Verkrüppelung stellt einen schweren Schlag für die Kreativität dar, sie verkalkt die schöpferischen Kräfte wie die Sklerose, sie überwuchert sie wie ein Krebsgeschwür; der

Geist erträgt nur das bloße Überleben, der Künstler kann die Zeit nur als Opfer überstehen, ein Opfer, das die Zeit vollkommen zu Boden getrampelt hat und das daran dennoch nicht zerbrochen ist. Ein seltsames Paradox, die Seltenheit von Künstlern zeigt die vollkommene Aleatorik eines solchen marginalen Zufalls.

Sklaverei, Freiheit: alles wird mit falschem Bewußtsein erlebt, falschem historischem Bewußtsein und falschem Existenzbewußtsein. Der tröstlichste Fall ist noch die Verkehrung, wenn also die Sklaverei als Freiheit und die Freiheit als Sklaverei erlebt wird; tröstlich deshalb, weil er wenigstens einfach und zugleich auch lächerlich ist. Die komplizierteren Fälle sind schon finsterer und meistens auch gefährlicher.

12. APRIL Vorgestern ist sie gestorben. – – –
Vorher die Wienreise wegen der plötzlichen Erkrankung abgesagt. Grippe. Abszeß am Zahn. Am Dienstag frühmorgens ein seltsamer, aufdringlicher, mahnender (und bedrohlicher) Traum. Eine Parallele zu dem merkwürdigen Erlöser-Traum vor drei oder vier Jahren. Ein unmißverständlicher Hinweis: Der Erlöser schickte die Nachricht, daß er in einer Krise stecke, daß er vernachlässigt werde und zu strafen gedenke – mich, das heißt sich selbst. Vorsicht also, Verbindung suchen mit dem Urglück, das in der Tiefe von allem steckt, mit der Schöpfung; schreiben, zugleich aber auf alles, was dich umgibt, achten – Einsamkeit suchen, sie sogar schaffen, und trotzdem nicht alles andere sträflich liquidieren, wie du es immer getan hast.

Auf die (vermutlich «erkenntnistheoretische») Frage, wie sicher es ist, daß wir leben, kann man zur Antwort geben: etwas weniger sicher, als daß wir sterben.

Max Brod über Kafka: «Le cœur triste – l'esprit gai.» Er verheimlichte seine schweren Depressionen zutiefst und war immer zu einem herzlichen Lachen bereit.

Ich beginne zu durchschauen, daß mich vorm Selbstmord (dem Vorbild Borowskis, Celans, Amérys, Primo Levis usw.) jene «Gesellschaft» bewahrt hat, die mir, nach dem KZ-Erlebnis, in Form des sogenannten «Stalinismus» den Beweis brachte, daß von Freiheit, Befreiung, großer Katharsis usw., von allem also, wovon die Intellektuellen, die Denker und die Philosophen in glücklicheren Weltgegenden nicht nur redeten, sondern woran sie offenkundig auch glaubten, überhaupt nicht die Rede sein konnte; diese Gesellschaft garantierte mir die Fortsetzung des Lebens in Knechtschaft und sorgte so dafür, daß viele Irrtümer gar nicht erst möglich wurden. Das ist der Grund dafür, daß mich jene Flutwelle der Enttäuschung nicht erreichte, die Menschen mit ähnlichem Erfahrungsbereich, die in freieren Gesellschaften lebten, sozusagen gegen die vor der Flut davonlaufenden Beine klatschte und ihnen – sie beschleunigten ihre Schritte vergeblich – allmählich bis zum Hals reichte. Im Laufe der Jahrzehnte und der Reihe nach verwarf ich die irreführenden Schlagworte einer irreführenden Freiheit, wie «unerklärbar», «historischer Irrtum», «läßt sich nicht rationalisieren» und ähnliche Tautologien; Gebärden des Über-den-Dingen-Stehens; ich bin nicht in die Versuchung des Selbstmitleids gekommen, mag sein, auch nicht in die wahrer Erhabenheit, göttlicher Hellsicht; aber ich wußte bereits, daß meine Erniedrigung nicht nur Erniedrigung, sondern auch Erlösung birgt, wenn mein Herz mutig genug sein würde, diese Erlösung: diese sicher besonders grausame Form der Gnade anzunehmen, ja die Gnade in dieser grausamen Form überhaupt zu erkennen. – Was ist der Unterschied? Nicht ablehnen, sondern akzeptieren, nicht nein, sondern ja sagen – zum geheimnisvollen Tor eines wirklichen, von Ideologien unverfälschten, von den Verschmutzungen meines Ichs gereinigten Lebens vordringen. Ob es sich auftut?

Erschlage ich einen mir lästigen Käfer, ergeben sich, *was den Sinn angeht*, folgende Fragen: Warum existiert der Käfer, wenn sein Leben so mühelos auszulöschen ist, das heißt, wenn manche Lebewesen ihn mühelos erschlagen, während er anderen Lebewesen vielleicht als Nahrung dient. Und wenn ihm ein so furchtbares Los bestimmt ist, warum ist er dann dermaßen fruchtbar, warum gibt es von seiner Sorte so viele? Was den Sinn angeht, könnte man antworten, zum Schutz, zur Erhaltung der Art, weil von ihnen viele erschlagen und viele gefressen werden. Wenn dies aber der Fall ist, warum sind sie dann Einzelwesen, warum haben sie also auch irgendeine Art Individualität? Die offenkundige Antwort darauf, was den Sinn angeht, ist: damit ihnen individuelle Todesfurcht innewohnt, damit sie so ihre Erhaltung betreiben. – All diese Fragen nur, damit klar wird: Jede Frage nach dem Sinn führt zu Sinnlosigkeit;

der Sinn kann also niemals zur Wahrheit führen, zu jener Wahrheit, die das Leben erschaffen hat und aufrechterhält – falls es überhaupt eine Wahrheit ist und nicht etwas ganz, ganz anderes, für das wir nicht nur keine Worte, Begriffe und intuitiven Ahnungen besitzen, sondern überhaupt keinerlei Empfinden, wenigstens nicht, solange wir Teil dieser Welt sind, das heißt, solange wir leben.

In meinem Leben gab es vielleicht keinen einzigen Augenblick, in dem ich dieses Leben als voll und ganz mir gehörig empfunden hätte. Aber wer in mir ist es, der besitzen will? Und wer ist es, der lebt? – Die Fremdheit meines Lebens beweist die Notwendigkeit des Todes. (Und wird der Tod mir nicht genauso fremd sein?) Leben ist widernatürlich. (Es ließe sich auch als Gnade oder Strafe bezeichnen – ganz nach jeweiligem Belieben oder vielmehr nach jeweiligem Leben.)

Zum letztenmal über meine sogenannte «Identität»: Ich bin einer, den man als Juden verfolgt, aber ich bin kein Jude.

Typisch für diese Welt die in letzter Zeit so oft gestellte Frage: Warum der Kommunismus (Bolschewismus, Sozialismus oder wie immer man es nennt) eigentlich zusammengebrochen ist; niemand fragt jedoch, warum und wie er überhaupt so lange bestehen konnte.

Nicht eine meiner – anscheinend – guten Eigenschaften ist mit sich selbst identisch, und sämtliche Eigenschaften von mir sind nur dazu gut, daß sie mein Leben noch schwerer machen.

Keine große Erkenntnis ist es wert, daß wir unsere Alltagsgewohnheiten für einen Tag aufgeben.

Das Gebet des wirklich gläubigen Menschen ist Selbstprüfung, selbst dann, wenn ihn das weit forttreibt vom Glauben und von Gott.

30. JUNI Die Thomas-Bernhard-Gedenkfeier gestern abend im österreichischen Fernsehen. Zwei Schauspieler vom Burgtheater und Claus Peymann. «Meine Krankheit ist mein Kapital», zitierte man, wie er so oft gesagt hat. Plötzlich hatte er mit der Einnahme von Medikamenten aufgehört. In diesem Augenblick begann er, vor dem Tod seine Waffen vollkommen zu strecken, reichte ihm sozusagen mit einladender Geste die Hand, so wie ein Kriegsgefangener einer geschlagenen Armee. – Kann es nicht sein, daß ich in Wirklichkeit immer auf das Leben spekuliere? Was vielleicht kein Fehler wäre, aber... Wenn ich auf das Leben spekuliere, warum inspiriert das Leben mich dann nicht, warum suche ich Inspiration in der Erniedrigung, in der Hoffnungslosigkeit, im Tod? Oder ist das etwa keine grundlegende moralische Entartung, ist daran etwas gerechtfertigt? Gerechtfertigt etwa gerade vom Leben?... Allmählich interessiert mich auch die Wahrheit nicht mehr, nur noch die Inspiration, denn in der Inspiration ist die Wahrheit; die Inspiration ist die Probe, der Katalysator; doch in den ausgeglicheneren Zeiten meines Lebens verschwindet die Inspiration, löst sich gleichsam auf im Ölbad der zufriedenen Gefühle. – Bernhard hat sich immer mit den Opfern – am Ende seines Lebens mit den Juden – identifiziert, offensichtlich um der Inspiration willen.

4. JULI Schließlich und endlich läßt es sich auch so formulieren: ein klares Bewußtsein erzeugen. Worauf könnte es basieren? Auf einem demonstrativen Prozeß, dem Zeigen (und Vorzeigen), wie der Kampf um die Herstellung eines klaren Bewußtseins abläuft: das genügt – und nur das ist es, was genügt. Als Ergebnis wird keineswegs eine unwiderlegbare Wahrheit erwartet, nein, es besteht lediglich in der vielversprechenden Möglichkeit des Funktionierens des normalen Geistes, genauer: daß wir von dieser Möglichkeit Zeugnis geben.

15. JULI Die seltsamen Stoffe, aus denen wir bestehen, die unser Körper erzeugt, die unseren Körper ausmachen: Nägel, Haare, Zehen, Gallengang, Kleinhirn usw. Unsere Magensäure ist angeblich giftiger als Salzsäure... Meine körperliche Beschaffenheit ist meinem Bewußtsein genauso fremd, wie die Umstände meiner Geburt (der Zeitpunkt, der Ort, dann beispielsweise mein Judentum) meinem Wesen, meiner nackten menschlichen Existenz fremd sind. Ist diese Überlegung platt? Wenn nicht, wie kommt es dann, daß sie sowohl in der Philosophie als auch in unserem täglichen Denken so wenig Raum einnimmt? Würde sie den Menschen in seinem ohnehin unsicheren Dasein zu sehr verunsichern? Oder spricht im Gegenteil gerade davon alles und jeder seit der Geschichte der Vertreibung aus dem Paradies, seit der Formulierung der Platonschen Ideen und noch viel, viel früherer Gleichnisse, seit den Tausenden von Mythen über die Zerrissenheit des Menschen.

Das Provisorische unseres Lebens. Alles wird vernachlässigt, von der Warze bis zu den moralischen Angelegenheiten; das Sichabfinden mit unserem Körper, unserer Seele, unseren Umständen... Das Abwinken: *Vorläufig* wird es noch so gehen, wie es ist...

Es wäre ein Fehler, nicht zu sehen, daß in dieser nicht wiedergutzumachenden Welt, in der es keine Katharsis gibt, sich alles zur Tragödie wandelt und alle Tragödien zur Katastrophe.

Heute früh ein Traum. Mein Vater, meine Mutter in ihrer Jugend, wie auf ihren alten Photographien. Die glänzenden schwarzen Haare, das Gesicht meines Vaters. Das Mädchengesicht meiner Mutter, wie auf diesem braunstichigen Bild mit den Blumen im Haar. Sie sitzen auch so, als würde man sie gleich photographieren. Mein Vater flüstert meiner Mutter etwas zu, beide kichern verliebt, meine Mutter hält die Hand vor den Mund. Ich hörte, was mein Vater meiner Mutter sagte, und es *hätte* mich zu einer ironischen Bemerkung veranlaßt – wenn ich nicht plötzlich aufgewacht wäre, und zwar deshalb, weil ich mir diese ironische Bemerkung auf das schärfste und mit einem fast entsetzten Ärger verbot. Ich wußte genau: Die Worte, die mein Vater zu meiner Mutter sagte, diese Werbungen, die meine Mutter schließlich überzeugten, dieses Liebesspiel zwischen den beiden mir so vertrauten jungen Leuten führt dann zu meiner Geburt, wird zur Folge haben, daß ich auf die Welt komme. Und habe es akzeptiert. Habe sowohl sie als auch mich akzeptiert.

Um Erlöser – keineswegs der «Menschheit»! – lediglich seines eigenen Lebens sein zu können, um sich für das eigene Leben Absolution erteilen zu können, ist ein volles, unsagbar intensives und von ständiger innerer Arbeit erfülltes Leben notwendig. Der Mensch hat ein grauenhaftes Leben – die Geschichte –, und er hat die Erzählung von der Welt, mächtig und viel weiser als er, in der er zur Gottheit, zum Magier wird; und diese Erzählung ist genauso ein Wunder, wie sein geschichtliches, «reales» Leben etwas Unglaubliches ist.

11. AUGUST Alles hat ein Ende, und alles begann von vorn; doch es begann anderswo und führt vielleicht anderswohin. Vorgestern nacht auf dem Balkon, ein kühler Wind, das große, wolkenförmige, dunkle Laubdach der Bäume in der Pasaréti-Straße, darunter die schummrige Beleuchtung – für einen Moment war mir, als sei es nicht die vertraute Alptraumstadt. Tiefe, tiefe Melancholie, Erinnerungen, als umgebe mich die Vergänglichkeit, voll Banalität, voll Wirklichkeit, voll langweiliger Wahrheit, wie der Tod.

L., der Schriftsteller, der die Literatur relativ auffaßt. Im Gegensatz zu Schönberg, nach dessen Ansicht Wahrheit für die Kunst genügt, muß die Kunst L. zufolge dem Überleben dienen, denn, sagt er, wenn wir die nackte Wahrheit erblicken, bleibt uns nichts anderes übrig, als uns aufzuhängen – oder vielleicht den, der uns die Wahrheit gezeigt hat. Keine ganz ungewöhnliche Haltung; es würde mich nicht wundern, wenn sich herausstellte, daß L. Familienvater ist und das, was er tut, nur für die Zukunft seiner Kinder tut. Nur daß relative Literatur immer schlechte Literatur und nichtradikale Kunst immer mittelmäßige Kunst ist: Der wirkliche Künstler hat keine andere Chance, als die Wahrheit zu sagen und die Wahrheit radikal zu sagen. Deswegen kann er trotzdem am Leben bleiben, denn die Lüge ist nicht einzige und ausschließliche Bedingung des Lebens, selbst wenn viele keine sonstigen Möglichkeiten sehen.

In letzter Zeit stelle ich mir häufig etwas vor, eine unklare Gestalt, ein menschliches Wesen, einen alterslosen, freilich eher alten oder doch älteren Mann. Er kommt und geht, erledigt seine Dinge, lebt sein Leben, leidet, liebt, verreist, kehrt heim, manchmal ist er krank, manchmal geht er schwimmen, zu Bekannten oder Karten spielen; zwischendurch jedoch, sobald sich eine freie Minute findet, öffnet er die Tür einer versteckten Zelle, setzt sich rasch – und gleichsam zerstreut – vor ein schäbiges Instrument, schlägt einige Akkorde an und beginnt dann halblaut zu improvisieren, eine weitere von inzwischen zahllosen Variationen des seit Jahrzehnten gespielten, immer gleichen Themas. Kurz darauf springt er auf, muß gehen – doch sobald sich wieder freie Zeit findet, sehen wir ihn abermals vor dem Instrument, als sei sein Leben nur die notgedrungene Unterbrechung zwischen zwei Spielen. Würden die Töne, die er dem Instrument entlockt, aufstehen und, gleichsam ineinander verdichtet, in der Luft gefrieren, würden wir vielleicht ein Eiskristallgebilde erblicken, an eine verkrampfte katatonische Bewegung erinnernd, worin, bei genauerer Betrachtung, zweifellos die Hartnäckigkeit einer Ausdrucksabsicht zu erkennen wäre, wenn auch nur die der Monotonie; setzten wir sie gar in Noten, könnten wir vermutlich die Umrisse einer sich mehr und mehr verdichtenden Fuge herauslösen, die immer entschlossener zu ihrem Ziel durchbricht, dabei aber dieses Ziel immer weiter fortschiebt, fortstößt von sich, und so wird es dennoch immer ungewisser. – Für wen spielt er? Warum spielt er? Er weiß es selbst nicht. Zudem – und das ist das Merkwürdigste daran – kann er nicht einmal hören, was er spielt. Als habe ihm die gespenstische Kraft, die ihn wieder und wieder an sein Instrument zwingt, das Gehör geraubt, damit er allein für sie spiele. – Ob jedoch sie ihn wenigstens hört? (Die Frage, sehen wir es ein, ist sinnlos, aber den Spieler müssen wir uns natürlich glücklich vorstellen.)

ANMERKUNGEN *Béla Balázs*, 1884–1949, ungar. Schriftsteller, Dramatiker, Filmtheoretiker. Sein bekanntestes Buch war «Der Geist des Films», deutsch 1930.

Sándor Márai, 1900–1989, ungar. Schriftsteller, studierte in Deutschland. Zeitungskorrespondent in Paris. Ging bei der kommunistischen Machtergreifung 1948 freiwillig ins Exil; starb in San Diego. Er schrieb vor allem gehobene Gesellschaftsromane über Probleme des aussterbenden Bürgertums. Auf deutsch erschien u. a. «Geist im Exil», Tagebuch 1945–1957.

Antal Szerb, 1901–1945, ungar. Schriftsteller, Essayist, Literaturwissenschaftler, Verfasser einer bedeutenden Geschichte der Weltliteratur. Starb im Arbeitslager.

Dezsö Szomory, 1869–1944, ungar. Schriftsteller, Dramatiker, liebte den großen Stil. 1944 im Ghetto von Budapest verhungert.

Imre Kertész

Imre Kertész, geboren 1929 in Budapest, wurde 1944 nach Auschwitz deportiert und 1945 in Buchenwald befreit. Seit 1953 lebt er in Budapest als freier Schriftsteller und Übersetzer. Er schrieb Romane, Erzählungen und Theaterstücke und wurde mit mehreren Preisen ausgezeichnet.

Roman eines Schicksallosen
Deutsch von
Christina Viragh
288 Seiten. Gebunden und als rororo 22576
«Ohne der Versuchung zu Superlativen nachzugeben: Kertész hat mit seinem Roman mehr als nur ein Buch geschrieben. Er hat mit sparsamsten Mitteln eine Sprache gefunden, die vieles verschweigt, aber alles sagt. Da legt einer Zeugnis ab, für den Leiden und Leben identisch sind. Im Schmerz erfährt er Wahrheit. Im Unglück ahnt er so etwas wie Glück.»
Süddeutsche Zeitung
«Ein literarisches Meisterwerk.» *Der Spiegel*

Galeerentagebuch
Deutsch von
Kristin Schwamm
320 Seiten. Gebunden und als rororo 22575

Der Holocaust als Kultur
Essays. Mit einem Vorwort des Autors
rororo 22571
Kertész wagt es als Überlebender von Auschwitz, Holocaust und Moderne, Totalitarismus und Freiheit zu Ende zu denken.

rororo Literatur

Die englische Flagge
Erzäblungen
rororo 22572
Die Erzählung führt zurück ins stalinistische Ungarn der 50er Jahre und erzählt die Geschichte eines Mannes, der vergeblich versuchte, sich mit dem System zu arrangieren, um sich schließlich für Jahrzehnte in ein selbstentwortenes geistiges Leben zu flüch-ten. Imre Kertész' Erzählungen sind Bausteine in seinem Lebenswerk, ihr autobiographischer Hintergrund ist offenkundig.

Kaddisch für ein nicht geborenes Kind *Roman*
rororo 22574
Eine «Todesfuge in Prosa, die in ihrer ergreifenden Schönheit noch einmal das geistige Erbe des Abendlandes aufleuchten läßt, bevor es im Grauen von Auschwitz untergeht». *Neue Zürcher Zeitung*

Ich – ein anderer *Roman*
Deutsch von Ilma Rakusa
128 Seiten. Gebunden und als rororo 22573

3711/2